KATE L.

REVENGE
OF
THE CROWN

KEIN WEG ZU WEIT

Bibliografische Information der Deutschen Nationalbibliothek:
Die Deutsche Nationalbibliothek verzeichnet diese Publikation in der
Deutschen Nationalbibliografie; detaillierte bibliografische Daten
sind im Internet über http://dnb.dnb.de abrufbar.

© 2023 Kate L.

Lektorat/Korrektorat: Lektorat WortTraum
www.worttraumlektorat.net

Buchsatz: Autorenservice & More
www.lillyschwarz.de

Schriften:
Caudex - Google Fonts
Cinzel Decorative - Google Fonts
Pinyon Script - Google Fonts
Miller Text - Adobe Fonts
Arial

Herstellung und Verlag: BoD – Books on Demand, Norderstedt

ISBN: 9-783757-820213

VORWORT

Eigentlich habe ich diese Geschichte für meine kleine Cousine geschrieben. Nun ja, was soll ich sagen ... die Geschichte hat sich immer weiter entwickelt, bis ich an dieser Stelle sagen muss: »Ich glaube, sie sollte erst einmal älter werden.«

Für alle, die gerne mal in einer anderen Zeit sein möchten.

TRIGGERWARNUNG

In diesem Buch werden potenziell triggernde Inhalte thematisiert. Eine genauere Auflistung findest du am Ende des Buches auf der letzten Seite. Die Auflistung könnte Spoiler enthalten.

Bitte denkt daran, dass die Geschichte reine Fiktion ist, auch wenn die benannten Themen für manche auch Realität sind.

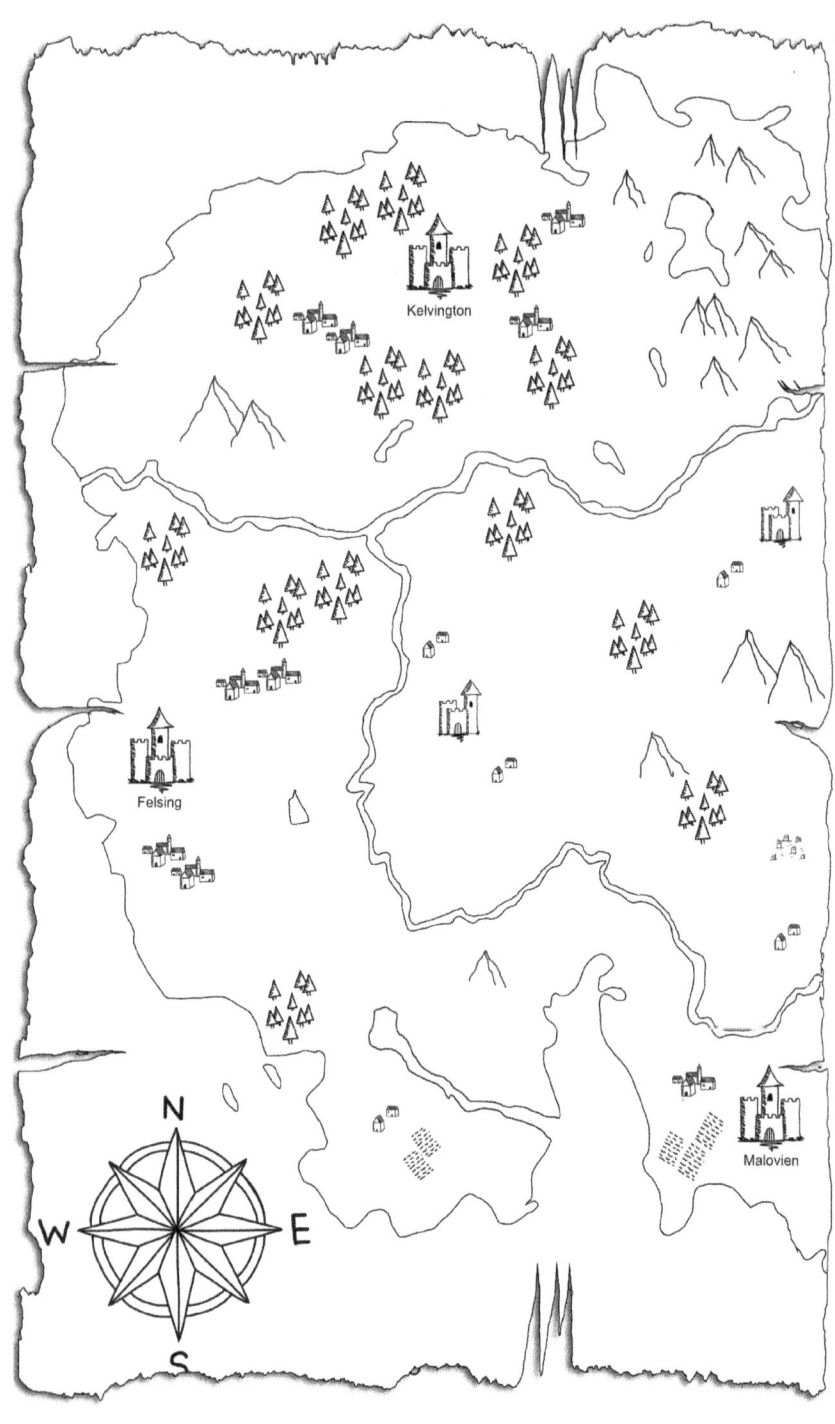

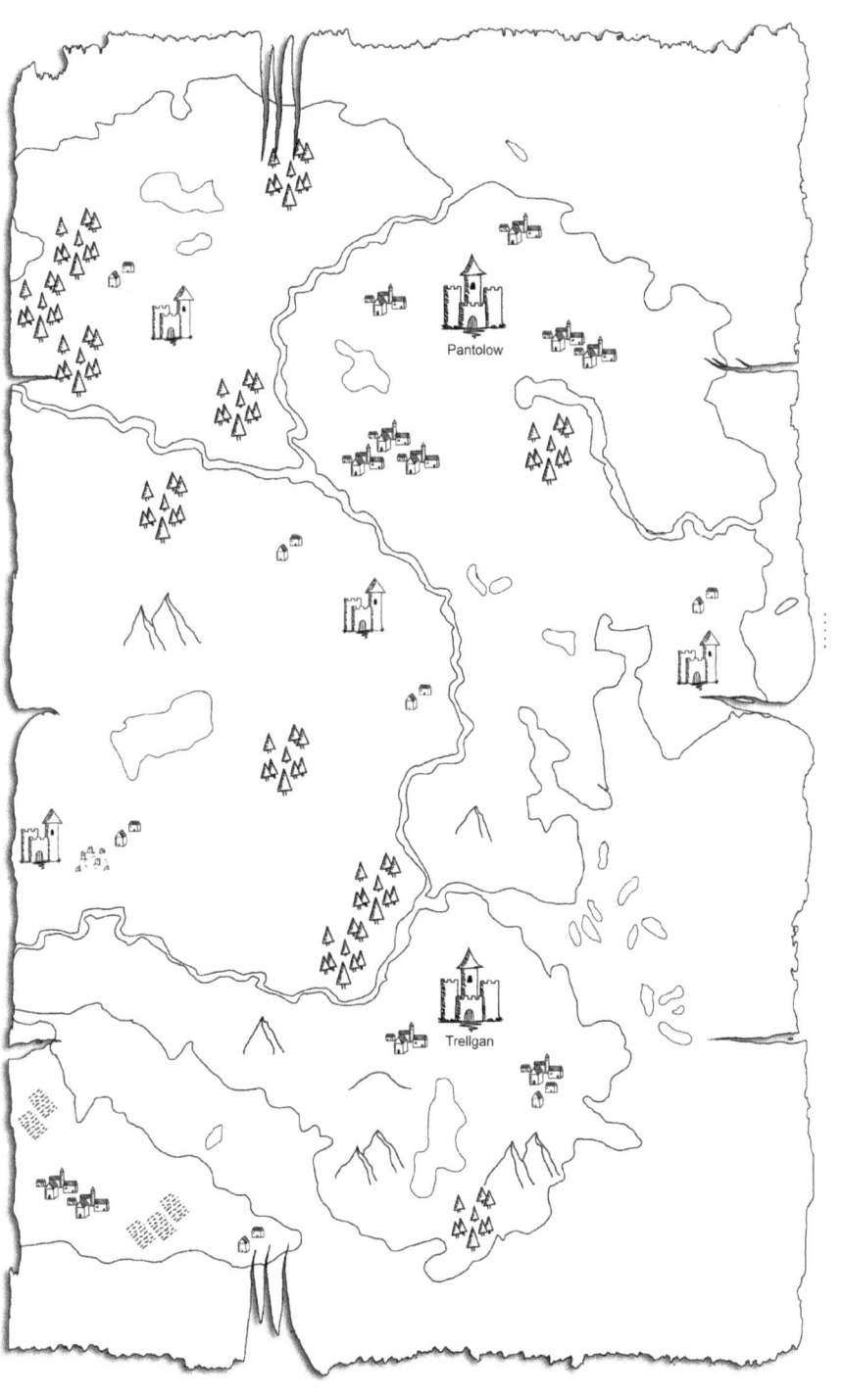

KAPITEL 1

04. Okt. 1470

Tatsächlich war ich nicht schon immer gern allein. Früher, als ich noch klein war, habe ich jeden Tag mit meiner Schwester Victoria verbracht. Wir waren unzertrennlich. Wenn wir im Unterricht waren, um Lesen und Schreiben zu lernen, habe ich Victoria vermisst. Natürlich bin ich dankbar für die Möglichkeit zu lernen. Schließlich ist es nicht selbstverständlich. Bildung ist sehr teuer und scheint nur den wenigsten wirklich zugänglich zu sein. Sobald der Unterricht beendet war, rannten wir wieder zueinander und spielten.

Heute ist es anders. Heute gehe ich jeden Tag durch die Hallen der Burg, begutachte unseren Garten und lese ein Buch an meinem Lieblingsort. Zwar sind Bücher noch nicht allzu lange auf dem Markt, doch seitdem ich das erste Buch, welches nicht den Zweck für Bildung erfüllen sollte, gelesen habe, bin ich fasziniert von ihnen.

Meine Lieblingsbücher sind Romane, welche von Abenteuern großer Menschen, wie zum Beispiel Rittern, handeln, und Sagen, welche einem die wahre Liebe versprechen, nach welcher ich mich tief in meinem Innersten sehne. Doch mein absolutes Lieblingsbuch ist eine Geschichte von einem Mädchen, das zu Beginn nichts hatte und sich mit keinerlei Hilfe geschafft hat, ein Imperium aufzubauen. Ein Imperium, in welchem sie niemals mehr trauern musste. Ich erhoffe mir einst, in meiner Zukunft, zusammen *mit meinem zukünftigen Ehemann, den ich aus vollem Herzen lieben werde, etwas aufzubauen, etwas selbst zu erschaffen und meine Zeit nicht damit zu verschwenden, mir Sorgen über Geld, Reichtum oder andere wertlose Dinge zu machen, die keinerlei Bedeutung haben, wenn man unglücklich ist.*

Natürlich meine ich damit nicht, dass ich jetzt unglücklich bin. Das würde ich niemals behaupten! Schließlich habe ich ein Heim, eine Familie und einen Platz, an dem ich mich wohlfühle, ohne mir über jegliche Dinge den Kopf zerbrechen zu müssen.

»Eure Hoheit, Euer Mahl ist zubereitet.«

Entspannt kehre ich aus meinen Gedanken zurück und sehe von meinem Notizbuch auf. Vor mir steht einer unserer Bediensteten. An seinen Namen kann ich mich nicht erinnern. Vermutlich würde ich es, wenn wir nicht so viele hätten. Während ich mich von meinem gemütlichen Sitz erhebe, reiche ich ihm mein Notizbuch. Schon jetzt sehne ich mich bereits danach, an meinen Platz zurückzukehren. Es ist eine Bank, auf der ich sowohl sitzen, als auch liegen kann. Um sie zu polstern, ist eine große Decke darübergelegt. Zudem befinden sich dort wunderschöne rote Kissen, die mit goldenen Verzierungen geschmückt sind und so noch angenehmer gestalten.

Auf dem Weg in die Burg zum Speisesaal träume ich mich noch immer an den Ort zurück, an welchem ich mich gerade noch befand. Es ist eine Terrasse, die sich auf der Rückseite der Burg befindet, weit entfernt von den Räumen, in denen meine Familie oder die Bediensteten sich üblicherweise aufhalten. Somit ist es ruhig, und ich werde von niemandem gestört, wenn es nicht unbedingt sein muss.

Zudem kann ich von dort aus beobachten, wie die Blumen im Frühling anfangen zu wachsen, wie die Sonnenstrahlen im Sommer durch die Bäume auf die Blumen scheinen, wie die Blätter im Herbst durch den leichten Wind sanft fallen und wie die Sonnenstrahlen im Winter den Schnee zum Glitzern bringen. Es ist vermutlich der schönste Ort in der Burg. Moment, ich muss mich korrigieren: Es *ist* der schönste Ort in der Burg und wird es für mich auch auf ewig bleiben.

Doch nicht nur die Terrasse, sondern auch der Weg zwischen ihr und dem Speisesaal ist wunderbar, denn auf diesem liegt die Bibliothek. Somit kann ich mir auf dem Weg hin zur Terrasse ein schönes Buch in der Bibliothek aussuchen und auf dem Rückweg zum Speisesaal das Buch wieder zurücklegen, ohne einen Umweg machen zu müssen. Es ist ein traumhafter Ort, in den man sich verlieben könnte. Und genau so ist es auch geschehen.

Jeden Tag bin ich dort und genieße die Zeit, die ich an jenem Platz verbringe. Vor den Türen des Speisesaals treffe ich auf meine Schwester, was sehr ungewöhnlich ist, da wir uns sonst erst darin begegnen.

»Guten Tag, liebe Schwester«, begrüße ich sie.

Wir haben uns schon sehr lange nicht mehr wirklich unterhalten. Unsere einzigen Treffen sind die beim Speisen, und dort wird stets geschwiegen. Wenn jemand beim Essen sprechen darf, sind es einzig und allein der König, die Königin oder die Person, die diese direkt ansprechen.

»Guten Abend, Schwesterherz.« Sie scheint so vertraut. *So wie früher* ... Und doch so entfernt.

»Wollt Ihr nicht hineingehen?«, deute ich an.

Ich möchte einem unangenehmen und aufgesetzten Gespräch ausweichen, da ich nicht das Gefühl habe, mich meiner Schwester gegenüber wirklich öffnen zu können.

»Ich würde lieber noch einen Moment hier draußen verweilen.« Sie atmet hörbar aus und krümmt dabei leicht ihren Rücken.

Als sie es einen kurzen Augenblick später zu bemerken scheint, macht sie ihn sofort gerade und drückt die Schultern nach hinten, sodass sie aufrecht und selbstbewusst steht. Trotzdem kann ich an ihrer Mimik erkennen, dass sie sich derzeit nicht fühlt.

»Ist etwas geschehen?«

Schockiert sieht sie mich an. »Oh nein, keineswegs! Nur dies hier ist einer der wenigen Augenblicke, die ich noch besitze, ohne unter dem Druck unseres Vaters zu stehen.« Nach einer kurzen Pause fügt sie hinzu: »Oder besser gesagt unseres Volkes.«

Ich kann sie verstehen. Ich bemerke schließlich auch, dass ich unter dem Stress der Bediensteten leide, wenn diese mal mehr Arbeit zu bewältigen haben. Wie soll sich dann Victoria fühlen, die direkt in dieser Welt, voller Aufgaben, leben muss und die Arbeit unseres Vaters teilt?

»Ihr werdet bald Königin werden. Ihr habt Euch etwas Pause verdient«, wende ich ein und hoffe instinktiv, dass damit das Gespräch beendet ist.

Ich liebe meine Schwester, doch leider haben wir mit der Zeit an emotionaler Nähe verloren. Zwar liebe ich unsere gemeinsamen Momente, doch mehr als die, die wir beim Essen verbringen, schaffe ich nicht.

Einerseits, weil ich mir sonst Hoffnungen mache, es könnte so bleiben, dass wir wieder mehr Zeit füreinander finden, doch am Ende würde ich schließlich nur wieder und wieder enttäuscht oder verletzt werden. Andererseits habe ich mit der Zeit gelernt, allein zu sein und auch solche Momente wertzuschätzen.

»Glaubt Ihr, dass ich es meistern werde?«

»Was solltet Ihr nicht meistern können?«, frage ich vorsichtig.

»Eine Königin zu sein.«

Ich weiß, dass sie eigentlich niemals Königin werden wollte. Sie liebte unsere Spiele, genau wie ich es damals tat, und wollte unsere Verbindung niemals vernachlässigen, doch da sie die Erstgeborene ist und unsere Mutter keinen Sohn zur Welt gebracht hat, ist sie nun dazu gezwungen. Sie ist eine treue Tochter und hört auf all das, was von ihr verlangt wird. Niemals legt sie ein Widerwort ein, doch ich bemerke, dass sie häufig nicht froh über die getroffenen Entscheidungen ist.

»Ihr habt von klein auf alles Erdenkliche gelernt und all Euer Mögliches getan.« Sie sieht mich an, als hätte ich ihre Frage noch immer nicht beantwortet. »Natürlich. Ihr werdet eine großartige Königin sein.«

Unverzüglich, als ich meinen Satz beendet habe, werden uns die Türen geöffnet und wir betreten den Speisesaal. In dem befinden sich sämtliche Wachen mit unseren Eltern, die bereits wartend am Tisch sitzen. Der Tisch steht inmitten des Raumes und ist eigentlich viel zu groß für unsere kleine vierköpfige Familie. Doch trotzdem reichen die Stühle bei wichtigen Essen mit den Vertretern anderer Königreiche oder Festen nie aus. Neben unseren Eltern stehen im Hintergrund ihr Gefolge und der Berater des Königs, unseres Vaters, welcher am Ende des Tisches sitzt. Es ist wichtig, dass der König dort sitzt, da er von seinem Platz aus den besten Überblick über den gesamten Raum hat. So kann er, wenn der Saal voll ist, jeden ansehen, ohne jemand anderem dabei den Rücken zuzuwenden. Außerdem kann ihn jeder Gast von seinem Sitz aus erblicken. Geschmeidig stolziert Victoria an mir vorbei zu ihrem Platz links vom König, welcher eigentlich dem Thronfolger und somit dem Kronprinzen gehören sollte, doch bei uns gehört dieser meiner älteren Schwester, der Kronprinzessin von Kelvington, da wir keinen Bruder haben. Ich setze mich als ihre jüngere Schwester neben Victoria. Während sie einen ranghohen Titel hat, ist meiner im Vergleich unwichtig und lautet alleinig »Prinzessin«. Es bedeutet, dass ich keinen besonderen Anspruch auf unser Reich oder die Krone habe, was, meiner Meinung nach, nicht besser sein könnte. Ich bin »Prinzessin Eleonore von Kelvington« oder auch nur »die jüngere Schwester der Kronprinzessin«. Keiner schenkt mir besondere Aufmerksamkeit und niemand achtet auf mich. Ich kann einfach gesagt im Frieden und im abseits des Trubels leben.

Nach einem prächtigen Mal, mit Wein und Braten, steht mein Vater auf und spricht zu uns: »Nun, heute ist ein erfreulicher Tag, denn am heutigen Tage haben wir eine Nachricht aus dem Königreich Malovien erhalten. In dieser befindet sich die Mitteilung, dass Kronprinz Nikolai wünscht, seine zukünftige Gattin kennenzulernen. Somit wird uns meine älteste Tochter Victoria schon heute verlassen, um ihren zukünftigen Gatten, Kronprinz Nikolai von Malovien, zu treffen. Ihre Hochzeit wird bereits nächsten Monat stattfinden«, verkündet er. »Die Vorbereitungen ihrer Abfahrt laufen bereits.«

Reflexartig sehe ich zu meiner Mutter, die vor Freude förmlich strahlt. Als ich allerdings zu meiner Schwester sehe, sieht sie weniger begeistert aus, jedoch versucht sie es offensichtlich mit einem Lächeln zu verschleiern.

»Du wirst lernen, deinen Mann zu lieben«, äußert Mutter plötzlich.

Tatsächlich klingt sie aufrichtig und ehrlich, was es wahrscheinlich auch ist. Anscheinend hat auch sie Victorias aufgesetztes Lächeln durchschaut. Schon als wir klein waren, hat sie uns die Geschichte über sich und unseren Vater erzählt. Sie war eine gewöhnliche Adlige und besaß keinerlei gebürtigen Anspruch auf den Thron, doch sie war vermögend, wunderschön und besaß viele Ländereien. Ihre Eltern hatten sie dem zukünftigen König Arthur, meinem Vater, versprochen, worüber meine Mutter im ersten Moment ebenfalls nicht begeistert war, doch trotz ihrer Widersprüche und Einwände verliebte sie sich in meinen Vater und ist nun glücklich, in dieser Familie zu sein. Indessen erscheint ein ehrliches Lächeln auf Victorias Gesicht. Dieser eine Satz von Mutter hat wohl uns beiden genügt, um sich an die Geschichte zu erinnern. Einen Moment später verlassen meine Eltern den Speisesaal und meine Schwester folgt ihnen. Die Wachen, Berater und das Gefolge tun es ihr gleich und verlassen den Saal.

Victoria wird schon heute gehen? Betrübt sehe ich hinauf in den klaren Himmel, in dem ich auch Sonnenstrahlen erkennen kann. Auf eine Art und Weise gibt er mir Hoffnung. Nur wofür brauche ich diese Hoffnung? Bedächtig setze ich einen Fuß vor den anderen und halte meine Hand nur wenige Zentimeter von mir entfernt über das Blumenbeet voller Chrysanthemen, Astern und Sterngladiolen. Sie wird gehen und mich verlassen, doch es ist die richtige Entscheidung. Denn sie ist endlich alt genug, um zu regieren und eine Ehe einzugehen, die uns mit einem anderen Königreich verbünden wird. Sie wird für Allianzen und Frieden sorgen. Darauf wurde sie bereits von Geburt an vorbereitet. Und nun kann sie ihren Gemahl noch vor der Hochzeit kennenlernen und mit ihm alles Nötige besprechen, bis sie schließlich zur Hochzeitszeremonie wieder hier sein wird. Ich sehe zu meinen Handflächen, welche sich von den Blumen leicht kribblig anfühlen, hinab. Es fühlt sich angenehm an.

Die Natur sieht himmlisch aus und vor allem bunt. Der Garten ist voller Blumen in den verschiedensten Farben und Tönen: rot, gelb, blau und lila. Sie alle strecken sich in die Höhe in Richtung Sonne. Schritt für Schritt folge ich dem Weg durch das Beet. Schließlich entspanne ich mich, schließe meine Augen, lasse mich von den Pflanzen führen und genieße den Augenblick, doch bedauerlicherweise kann ich dies nicht lange, denn sobald ich meine Augen öffne, sehe ich den Bediensteten, der mich bereits heute Vormittag aus meinen Gedanken gerissen hat. Schnellen Schrittes kommt er auf mich zu. Es ist wohl Zeit, Abschied zu nehmen.

Am Eingangstor angekommen, hält die Kutsche bereits an, das Gepäck wird eingepackt und Victoria steht mit unseren Eltern am Ende der Eingangstreppe. Sie macht einen Hofknicks und sieht dann zu mir auf. Ihr Lächeln ist charmant und dazu trägt sie ein Kleid, das ich zuvor noch nie an ihr gesehen habe. Es ist schlicht gehalten, doch macht trotz dessen einen eleganten und königlichen Eindruck. Am Ende der Treppe bleibe ich vor ihr stehen und mache ebenfalls einen Hofknicks. Unsere Blicke treffen sich und wir halten sie noch für einige Sekunden. Ich werde sie vermissen und wünschte, ich könnte mehr Zeit mit ihr verbringen. In ihrem Gesichtsausdruck sehe ich keinerlei Zweifel an dem, was vor ihr liegt. Sie scheint zwar traurig zu sein, doch auch voller Hoffnung und Vorfreude. Sicherlich hat sie Hoffnung und Vorfreude auf unser Wiedersehen.

»Ich wünsche Euch eine gute Reise, Schwester.«
Ihr Grinsen wird breiter und sie reicht mir ihre Hand.
»Ich vermisse Euch bereits jetzt.«
Zum letzten Mal machen wir einen Hofknicks voreinander, bevor sie mithilfe ihres Begleiters in die Kutsche steigt und losfährt. Als Abschiedsgeste winkt sie anmutig durch das offene Fenster.
Bereits als ich die Burg betrete, wird mir bewusst, was ihre Abfahrt zu bedeuten hat. Alle Bediensteten eilen umher und diskutieren miteinander. Offensichtlich bereitet die angehende Hochzeit bereits jetzt viel Arbeit und Stress. Ich allerdings ziehe mich lieber an meinen ruhigen Ort auf der Terrasse zurück und widme mich meinem Notizbuch.

Welch ein Glück, dass ich nur die zweite Tochter des Königs bin. Dadurch habe ich nicht die Pflicht, einen Prinzen heiraten zu müssen, den mein Vater erwählt, anders als meine ältere Schwester. Stattdessen kann ich mir selbst meinen Gatten aussuchen. Doch auch, wenn es jetzt paradox klingt, muss es trotzdem ein Prinz sein. Wenn ich darüber nachdenke, ist es eine ziemliche Ungerechtigkeit, dass Prinzessinnen einen Prinzen heiraten müssen, doch im Gegensatz dazu Prinzen jede erdenkliche Frau als Gemahlin nehmen dürfen, solang sie nicht der Unterschicht angehören. Doch daran lässt sich ohnehin nichts ändern. Als einfache Prinzessin habe ich keine Befugnis mich in die Politik und königlichen Pflichten einzumischen, doch zumindest habe ich auch keinerlei Pflichten, die ich erledigen muss, wodurch ich die Freiheit besitze, mich jeden Tag zu entspannen und meinen Büchern zu widmen. Außerdem kann ich meine Zeit eigenständig nutzen und planen.

Selbstverständlich gibt es Einschränkungen, wie zum Beispiel, dass ich nicht allein und ohne die Erlaubnis des Königs verreisen darf und ich trotz der freien Wahl meines Gatten um Erlaubnis des Königs fragen muss, diesen Prinzen heiraten zu dürfen. Und trotz dieser Einschränkungen habe ich deutlich mehr Freiheiten. Ich bin froh darüber, mich nicht mit den Aufgaben einer Thronfolgerin beschäftigen zu müssen. Faktisch habe ich mich auch noch nie mit den Aufgaben meiner Schwester auseinandergesetzt, obwohl ich es könnte. Schließlich bin ich nicht die Thronfolgerin. Weshalb sollte ich also meine Freizeit mit solchen Dingen verschwenden?

Bedauerlich, dass Victoria diese Pflichten erfüllen muss. Dadurch hat sie keine Ruhe und muss dauernd auf irgendwelchen Terminen aufkreuzen. Deswegen haben Victoria und ich uns als Freunde leider verloren ...

So wie ich heute ihre Nähe verliere, denn Victoria hat heute unser Königreich verlassen, um ihren zukünftigen Ehemann zu treffen. Ihre Abwesenheit löst in mir eine Art Unruhe aus. Zwar habe ich auch Hoffnung, dass es Victoria gut ergehen wird, doch andererseits vermisse ich ihre Präsenz bereits jetzt. Obwohl wir keine Beschäftigungen mehr miteinander teilten, wusste ich, dass sie hier ist. Sie war bei mir und das hat mir ein Gefühl von Unterstützung gegeben, doch jetzt ist sie fort und wird erst in einem Monat zurückkehren. Ihre Hochzeit wird dann stattfinden.

Ein Monat, um alle Vorbereitungen zu treffen. Eine Hochzeit, eine Krönung und ein Fest mit unserem Volk müssen geplant werden. Es gibt so viel zu tun und es ist nur so wenig Zeit. Bereits jetzt, kurz nach Victorias Abreise, arbeiten alle Bediensteten härter als je zuvor. Wahrscheinlich werde ich schon morgen zu meinem Schneider gehen müssen, um meine Maße nehmen zu lassen und eine Vorstellung meines

Kleides zu präsentieren. Außerdem wird mein Vater nun mehr zu tun haben, wenn ihn seine Assistentin, die Thronfolgerin, nicht unterstützen kann. Bereits jetzt macht mir die Unruhe in der Burg zu schaffen und es wird nur schlimmer werden. Es wird immer schlimmer, bis dieser endlose Monat vorbei sein wird.

Erschöpft lege ich mich an diesem Abend zu Bett.

KAPITEL 2

»Guten Morgen, Eure Hoheit«, sagt Grace mit ruhiger und freundlicher Stimme, wie an jedem Morgen, und öffnet die Vorhänge.

Grace ist bereits, solange ich denken kann, für mich zuständig und herzallerliebst. Jeden Morgen weckt sie mich und jeden Abend bringt sie mich zu Bett. Früher war auch sie diejenige, die mich erzogen hat. Heute bin ich alt genug, meine eigenen Entscheidungen zu treffen, obwohl sie weiterhin die Verantwortung für meine Entwicklung behält.

Ich erwache mit einem Lächeln aus meinem selig schönen Schlaf und sehe Grace in ihrer Bediensteten-Kleidung, jung und hübsch wie an jedem Tag, vor mir stehen. »Habt Ihr wohl geruht?«, erkundigt sie sich.

»Prächtig«, antworte ich.

Es ist ehrlich gemeint, denn ich habe schon lange nicht mehr so tief geschlafen. Auf Graces Gesicht erscheint ein Lächeln und sie geht zur Tür des Kleiderbereichs. Kurz nachdem sie die Tür geöffnet hat, verschwindet sie für einige Momente dahinter. Als sie aus dem Kleiderbereich tritt, hat sie ein prachtvolles Kleid und hinreißende Schuhe bei sich. Die Schuhe stellt sie vor mir auf den Boden und das Kleid hängt sie auf einen Kleiderbügel, der sich nicht weit entfernt von meinem Bett befindet. Sofort hilft sie mir das Nachtkleid auszuziehen und die Schuhe und das Kleid überzuziehen. Dieses Kleid habe ich noch nie getragen. Allerdings ist das nichts Besonderes mehr, da ich fast jeden Tag

Massen an neuen Kleidern geliefert bekomme. Es ist eines der Dinge, die den Reichtum und die Macht der Königsfamilie kennzeichnen.

Langsamen Schrittes stelle ich mich vor den Spiegel und betrachte mich, während Grace mir die Haare frisiert. Mein Haar trage ich meist geflochten zu einem Kranz, halb offen auf meinem Haupt, sodass mir die restlichen Haare über die Schultern fallen können, allerdings nicht mein Gesicht bedecken. Diese Frisur steht mir am besten und betont mein schmales Gesicht, das zwischen meinem welligen Haar hervortritt. Mein Teint erscheint allerdings meist, wegen meines kastanienbraunen Haars, sehr bleich. Zudem stechen meine blau-grünen Augen heraus. *Ich sehe aus wie meine Schwester.* Unser Haar und unsere Gesichter sehen beinahe gleich aus, so wie bei Zwillingen. Der einzige erkennbare Unterschied ist, dass sie etwas älter ist als ich.

Unser Modegeschmack weist hingegen ein paar kleine Abweichungen auf. Während Victoria stets helle Töne trägt wie zum Beispiel Gelb oder bleiches Rot, trage ich eher dunklere Töne wie Grün oder Blau. Wie auch am heutigen Tage: Das Kleid ist in einem adligen blau gefärbt und der Stoff ist mit einem schlichten gestickten Muster verziert. Es besteht aus reinster Seide und reicht hinab bis zum Boden. Am Rücken ist es etwas länger, sodass es wie ein kleiner Schleier hinter mir her schleift. Auch die Ärmel sind lang und werden nur durch dünne Schnüre zusammengehalten, wodurch ein schlichtes Muster entsteht. Dahingegen ist es an meinem Dekolleté bis zu meiner Brust offen und schließlich spitz zugeschnitten. Um meinen, sonst entblößten, Körper zu bedecken, trage ich darunter ein cremefarbenes Wollunterkleid, das mich auch im tiefsten Winter wärmt. Zudem trage ich blaue Schuhe aus Leder, die man wegen meines langen Kleides erst sehen kann, wenn ich es anhebe. Im Gesamteindruck erscheint das Kleid edel und repräsentiert meinen Wohlstand und hohen Rang.

Nachdem Grace mich eingekleidet und frisiert hat, verlasse ich mein Gemach und mache mich auf den Weg zum Speisesaal, um mit meiner Familie zu frühstücken. Doch schon als ich den Saal betrete, bemerke ich, dass sich Unbehagen in mir ausbreitet. Sonst saßen wir in einer kleinen Vierer Runde und haben zumindest diese Zeit zusammen verbracht, auch wenn wir nicht miteinander gesprochen haben. Doch nun ist der Platz zwischen meinem Vater und mir frei. Wir sind nicht mehr vollständig, und das fühlt sich falsch an. Ich hätte lieber Victoria hier gewusst. Ich vermisse die damalige Zeit, in der Victoria und ich noch miteinander gespielt und zusammen Spaß hatten. Später hatten wir zumindest noch das gemeinsame Essen, doch nun wird auch das mir genommen.

»Sie ist nur für einen Monat fort«, sage ich mir selbst und schlucke das Essen beinahe erzwungen herunter.

Nach dem Essen begebe ich mich sofort auf den Weg zur Bibliothek, um mir ein weiteres Buch herauszusuchen. In Gedanken versunken, schlendere ich an den riesigen Regalen der Bibliothek entlang. *Habe ich schon mal gelesen ... Habe ich schon einmal gelesen ... Habe ich ... schon ... gelesen ...* Ich greife nach einem Buch, das ich schon seit langem nicht mehr gesehen habe, und betrachte den Einband. Darauf ist eine Krone zu erkennen und der Titel: »Eine Macht aus Nichts«. Es ist das erste Buch, das ich gelesen habe. Mit ihm habe ich mit dem Lesen begonnen und es lieben gelernt.

Sanft streiche ich über die Krone auf dem Einband, während ich mich an die Geschichte darin zurückerinnere: *Eine junge Frau hat ihre Eltern verloren und mit ihnen auch ihr Heim. Schließlich musste sie für lange Zeit auf der*

Straße leben und jeden Tag aufs neue versuchen, Geld für etwas zu Essen aufzutreiben. Dafür hat sie sich jeden Tag in den Wald begeben, Kräuter gesammelt und verkauft. Niemals hätte sie erwartet, dass dieses Geschäft sie eines Tages zu einer Reise zu sich selbst und in ihre Zukunft verleiten würde ...

Eine kurze Zusammenfassung für eine solch große Geschichte. Eine Geschichte über Trauer, Erfahrungen, Liebe, Geld und Macht. Ja ... Es ist mein erstes und liebstes Buch. Und auch, wenn ich weiß, dass diese Geschichte niemals so geschah, gibt es mir Hoffnung, meinen Traum an ein selbst erschaffenes Leben zu glauben.

Plötzlich ertönt das laute Geräusch einer zufallenden Tür, das mich aus meinen Gedanken und zurück in die Realität reißt.

»Eure Hoheit?«, dringt eine leise Stimme an mein Ohr, die mir bekannt vorkommt.

»Grace? Warte. Ich komme zu dir.«

Ich stelle das Buch zurück an seinen rechtmäßigen Platz und sehe Grace zwischen den Regalen, vollbepackt mit Büchern, hervortreten.

»Eure Hoheit, Ihr werdet beim Schneider erwartet.«
»Natürlich.« Sofort folge ich ihrem Schritt.

An diesen Tag habe ich Dutzende von Terminen, die ich einhalten muss. Alle gelten der Hochzeit und Krönung von Victoria und ihres zukünftigen Gattens Kronprinz Nikolai von Malovien.

Wahrscheinlich wird das nicht nur heute so sein, sondern auch am darauffolgenden Tag und dem Tag danach, dem Tag darauf und jedem folgenden. Nun wird jeder Tag nur aus Terminen, Entscheidungen und wildem Durcheinander der Bediensteten bestehen und ich bin mitten hineingeraten, ohne einen Ausweg zu sehen. Die Zeit wird mir nicht einmal erlauben den Geruch eines neuen Buches wahrzunehmen oder es auch nur in meiner Hand halten zu können.

Die Vorhänge meines Gemachs werden geöffnet und eine bekannte Stimme wünscht mir einen guten Morgen. Doch anders als sonst, klingt sie frustriert oder auch düster, genau wie der Himmel an diesem Morgen.

»Guten Morgen, Grace«, sage ich zufrieden und versuche so die Stimmung aufzuheitern, allerdings reagiert Grace nur mit einem kurzen Nicken. Zwar ist es normal für das Personal, nur zu sprechen, wenn sie tatsächlich angesprochen werden, doch Grace und ich sind viel vertrauter. Wir sprechen nicht wie Bedienstete und Burgherrin, sondern wie Freunde.

»Hattest du einen guten Morgen, Grace?«, hake ich nach, dennoch antwortet sie nicht. Stattdessen geht sie in meinen Kleiderbereich, als hätte sie mich nicht gehört. Geduldig warte ich darauf, dass sie wieder herauskommt, um meine Frage zu beantworten. Doch auch dann bekomme ich keine Antwort. Sie sieht mich nicht einmal an. Als ich ihren schmerzerfüllten Blick erkenne, kann ich nicht anders als noch einmal zu fragen: »Geht es dir nicht gut?« Meine Stimme klingt besorgt und fest. Es klingt beinahe so, als würde ich ihr befehlen, meine Frage zu beantworten. Augenblicklich sieht Grace mich einen Moment lang an, um dann ihren Blick einfach von mir abzuwenden.

»Mir geht es gut, Eure Hoheit. Macht Euch keine Sorgen. Ich hatte nur keinen besonders erfreulichen Morgen.«

Weiterhin besorgt schenke ich ihr ein Lächeln, um es ihr erträglicher zu machen. Ihr Morgen war bisher nicht gut, doch ein Lächeln könnte es ihr vielleicht zumindest etwas versüßen. Allerdings springt sie nicht darauf an. Stattdessen verdunkelt sich ihre Miene bloß noch mehr. Was mag bloß geschehen sein, dass sie eine solche Last mit sich trägt? Ich wünschte, ich wüsste, wie ich ihr helfen kann.

Nachdem sie mich bekleidet und frisiert hat, verlasse ich mein Gemach, um zum Frühstück zu gehen, doch sobald ich hinter meine Zimmertüren trete, fällt mir auf, dass sich Wachen vor meinem Gemach befinden. Ebenso wie vor jeder anderen Tür des Ganges.

Verwundert, doch ohne weiter über die Situation nachzudenken, folge ich meinem Weg. Bereits kurz darauf fällt mir auf, dass mir ebenfalls zwei Wachen folgen. Was kann bloß der Grund für dieses Vorgehen sein? Es kann nicht an der Abwesenheit meiner Schwester liegen, da sie bereits seit einigen Wochen fort ist. Ist der Grund für diese Besonderheit derselbe, weshalb Grace derart besorgt aussah? Was kann so plötzlich geschehen sein?

Nach kurzem Nachdenken komme ich zu dem Entschluss, dass es etwas mit meinem Vater zu tun haben muss. Er ist schließlich für die Sicherheitsmaßnahmen in der Burg zuständig. Beunruhigt beschleunige ich meinen Schritt, um zu meinem Vater zu gelangen. Erst erscheint nichts weiter auffällig zu sein, bis ich bemerke, dass sich keine Bediensteten in den Gängen befinden. Niemand eilt wie in den letzten Wochen durch die Hallen, um die Hochzeit und weiteren Feste vorzubereiten, sondern es ist alles totenstill. Die einzigen Geräusche in der Burg sind die Schritte der Wachen, die mich normalerweise nicht begleiten.

Als ich den Speisesaal betrete, sind meine Eltern noch nicht eingetroffen. *Merkwürdig ...* Üblicherweise bin ich die Letzte, die hinzukommt. Ist meinem Vater etwas zugestoßen? Fühlt er sich nicht wohl? Sind die Bediensteten bei ihm?

Als ich den Saal verlassen und zu dem Gemach meines Vaters eilen möchte, versperren mir allerdings meine Wachen den Weg.

»Lasst mich durch!«, befehle ich ihnen, woraufhin die Wachen eine Verbeugung machen und einer von ihnen sagt, dass meine Eltern bereits auf dem Weg sind.

Ungeduldig und besorgt setze ich mich auf meinen Platz. Links von mir steht noch der freie Stuhl von Victoria. Erst nach einiger Zeit, die ich damit verbringe zu warten, treffen meine Eltern ein. *Zum Glück! Meinem Vater geht es gut!* Um meinen Eltern den gewohnten Respekt zu erweisen, stehe ich auf und warte darauf, dass sie sich setzen, doch sie tun es nicht. Stattdessen bekommen sie beide kein Wort heraus und sehen mich mit einem bedrückten Gesichtsausdruck an. Zeitgleich fällt mir auf, dass mein Vater einen Brief in der Hand hält, der bereits geöffnet ist. Langsamen Schrittes gehe ich auf sie zu. Im nächsten Augenblick überreicht mir mein Vater deprimiert den Brief, ohne ein Wort zu sagen.

Eure Majestäten von Kelvington,

bedauerlicherweise müssen wir Euch von dem tragischen Ereignis des Vorabends berichten.

Am Vortag, dem 15. Oktober des Jahres 1470, befanden sich Ihre Majestäten, Kronprinzessin Victoria von Kelvington und Kronprinz Nikolai von Malovien, begleitet von einem Dutzend bewaffneter Wachen, auf einer Besichtigung des Königreichs Malovien. Unglücklicherweise wurde auf der Rückreise in die Burg des Prinzen die königliche Kutsche von unbekannten feindlichen Rittern angegriffen.

Selbstverständlich versuchten die Wachen alles Erdenkliche, um die Hoheiten zu beschützen, doch trotzdem gelang es den feindlichen Rittern, Kronprinzessin Victoria von Kelvington in ihre Gewalt zu bringen. Im Austausch für die Kronprinzessin verlangten sie den Kronprinzen Nikolai von Malovien und eine gefahrlose Heimreise, andernfalls würde Kronprinzessin Victoria sie in ihr Königreich begleiten.

Zu diesem Zeitpunkt waren den Wachen die Absicht der Ritter sowie deren Herkunft nicht bekannt. letztlich entschieden die Wachen schnell. Zwar waren sie dem Schutz der Kronprinzessin und des Kronprinzen verpflichtet, doch gilt ihre erste Pflicht dem zukünftigen König von Malovien, somit beschützten sie den Kronprinzen, indem sie die Hoheit unauffällig vom Ort des Geschehens entfernten und ihn in ein für den Prinzen sicheres Versteck brachten. Der Aufenthaltsort des

Kronprinzen kann zum Schutze der Hoheit nicht mitgeteilt werden.

Nach dem plötzlichen Verschwinden des Kronprinzen waren die feindlichen Ritter aufgebracht, woraufhin diese die Kronprinzessin Victoria von Kelvington noch vor Ort hinrichteten.

Daraufhin wurden unverzüglich sämtliche feindliche Ritter festgenommen und befinden sich derzeit, getrennt voneinander in Gewahrsam und unter unserem Befehl, hinter Gittern. Dort werden all unsere Mittel eingesetzt, um an die von uns verlangten Informationen zu gelangen, doch bis zum jetzigen Zeitpunkt können wir noch keinerlei Auskunft geben.

Sollte sich die Situation ändern oder mehr Informationen vorliegen, werden wir Euch einen weiteren Brief zukommen lassen.

In tiefstem Bedauern

König Henry von Malovien

Schockiert sehe ich vom Brief auf zu meiner Familie. Als Königsfamilie dürfen wir selbstverständlich trauern, doch trotz allem müssen wir an das Königreich denken. Niemals dürfen wir schwach oder angreifbar erscheinen. Nun erkenne ich, wie meine Eltern schweigend mit sich kämpfen, ihre Tränen zurückzuhalten. Trauernd sehen wir uns an und nehmen uns folglich in den Arm, um uns zu trösten. Leider ist diese Annäherung nur kurzweilig, denn bereits im nächsten Augenblick lösen meine Eltern die Umarmung und setzen sich an den Tisch. Mit mir selbst kämpfend, folge ich ihnen und möchte mich gerade auf meinen gewohnten Platz setzen, als ich allerdings unterbrochen werde.

»Euer Platz ist dieser, Eure Hoheit.« Ein Bediensteter zeigt auf den Stuhl rechts neben mir.

Es ist genau der, der vor einigen Momenten noch Victoria gehört hatte. Zögernd trete ich einen Schritt zur Seite. Er erscheint so furchtbar weit entfernt, dabei benötige ich nicht einmal ganz einen Meter, um zu ihm zu gelangen. Langsam setze ich mich auf den mir zugewiesenen Platz und bemerke sofort, dass mir Tränen in die Augen fließen. Es fühlt sich so an, als würde ich meine geliebte Schwester einfach ersetzen, als hätte sie niemals existiert und als würde sie mir nichts bedeuten.

»*Atme, Eleonore. Atme*«, sage ich mir selbst in Gedanken. Für einige Momente kann ich nichts anderes tun, als mich alleinig auf meine Atmung zu konzentrieren. *Durch die Nase ein …, durch den Mund aus …* Als ich bemerke, dass sich Tränen in meinen Augen sammeln, schließe ich sie und versuche mit all meiner Kraft dagegen anzukämpfen. *Nicht weinen. Nicht jetzt.* Als ich meine Lieder wieder öffne, sehe ich die Bediensteten, die das Frühstück servieren. Es ist wie an jedem anderen Tag auch. Mein Blick folgt ihren Händen hinunter auf meinen nun vollen Teller sowie der Gabel, die links daneben liegt. Ich sollte essen, doch ich verspüre nicht den Drang dazu. Ich habe keinen Hunger und schon gar kein Bedürfnis mir den Magen zu füllen. Nein, ich versuche erst gar nicht, etwas zu essen. Wie könnte ich denn einfach weitermachen? Wie könnte ich normal weiterleben, wobei meine erste Freundin und ältere Schwester gerade ermordet wurde? Selbst, wenn ich essen wollte, würde ich niemals auch nur einen Bissen herunterbekommen. Doch als ich zu meinen Eltern sehe, essen sie, als wäre nichts geschehen.

Entkräftet schlendere ich durch die Gänge der Burg. Mein knurrender Magen macht sich dabei immer wieder bemerkbar, obwohl ich keinen Appetit verspüre. Mit der Zeit allerdings verliere ich immer weiter an Kraft, bis mir schließlich schwindelig wird. Ich stoße mich ständig an den Schränken in den Gängen und muss mich an ihnen festhalten. Es fühlt sich an, als würde mir in jeder einzelnen Sekunde mehr Energie geraubt werden. Zitternd fasse ich an meine Brust. *Es tut so weh.* Es fühlt sich an, als würde ein Teil von mir fehlen. Nur mit Mühe schaffe ich es, mich fortzubewegen. Im nächsten Moment sehe ich Sterne.

»Bringen Sie Ihre Hoheit in Ihr Gemach!«, höre ich eine Stimme rufen.

Dann spüre ich jemandes Arme unter meinen Beinen und an meinem Rücken. Ich möchte meine Augen öffnen, doch durch den Verlust des festen Bodens unter mir, wird mir nur noch schwindeliger.

Das Erste, was ich erblicke, sobald ich meine Augen öffne, ist mein Gemach. Es ist leer und die Vorhänge sind zugezogen.

Ohne darüber nachzudenken, was ich am besten tun sollte, greife ich nach meinem Notizbuch und schreibe.

19. Okt. 1470

Meine Schwester wurde getötet. Es war unerwartet und furchtbar, den Brief, der die Informationen darüber erhält, zu lesen. Mehrmals hatte ich beim Lesen gestoppt, in der Hoffnung, dass es nicht wahr sein würde. Ich wollte nicht wissen, was geschehen war. Es sollte für mich sein, als wäre alles gut und normal. Wenn ich nicht weitergelesen hätte, wäre für mich die Welt noch in Ordnung und das Geschehene wäre für mich nie geschehen. Ich hätte noch den Glauben daran, Victoria in wenigen Tagen wiederzusehen, doch nun weiß ich, dass es niemals mehr geschehen wird.

Noch immer spüre ich die Trauer und Wut in mir. Es ist ein solch starkes Gefühl, dass mir davon schwindelig wird. Ich liebe meine Schwester und werde sie niemals vergessen können. Wie konnte es jemand nur wagen, die zukünftige Königin von Kelvington hinzurichten? Sie war meine ältere Schwester und meine älteste Freundin. Was waren die Gründe für ihre unverzeihliche Tat?

Eigentlich ist es nicht wichtig, warum sie es taten. Es ist und wird immer unverzeihlich bleiben. Es schmerzt so sehr, darüber nachzudenken, und doch kann ich nicht damit aufhören. Allerdings muss ich es, für meine Familie und für mein Volk so erscheinen lassen, als hätte ich mit ihrem Tod abgeschlossen.

Es klingt wahrscheinlich taktlos, dass meine Eltern so handeln, und dass sie einfach so weitermachen wie bisher. Doch sie müssen es, denn wenn meine Familie Schwäche zeigt, wird auch unser Königreich als schwach angesehen. Andere Könige würden die Chance nutzen und uns angreifen und keiner wäre mehr sicher. Als Monarchen müssen meine Eltern den Schein wahren, als würde uns dieser Verlust nichts anhaben.

Die Tür meines Gemaches springt auf und es erscheinen meine Eltern, unser Heiler und Grace. Sie sind in ein Gespräch vertieft und nehmen mich erst gar nicht wahr. Dann sieht meine Mutter mich an und lächelt leicht. Grace sieht ebenfalls zu mir. Schleunigst kommen sie alle an mein Bett und sehen zu mir hinab.

»Eure Hoheit. Wie geht es Euch?«, fragt mich Grace. In ihrer Stimme ist Sorge zu erkennen.

»Mir geht es gut«, lüge ich.

Ich möchte nicht weiter darauf eingehen. Es wird reichen, wenn ich mich mit meinen Problemen selbst auseinandersetze, indem ich meine Gedanken notiere. Dann wird die Welt wieder in Ordnung kommen. Ich werde allein damit fertig werden.

Im weiteren Verlauf sprechen sie über mein Wohlergehen. Dabei melde ich mich niemals zu Wort und höre auch nicht zu, schließlich weiß ich, was mir fehlt. Mir fehlt meine Schwester. Sobald sie das Gespräch beendet haben, wenden sich meine Eltern mir zu und berichten über die Pläne der nächsten Monate. Grace steht daneben und nimmt alle Informationen auf, um sie in die Tat umzusetzen, schließlich muss sie mich morgens für den bevorstehenden Tag ankleiden und frisieren. Nachdem alles Wichtige gesagt ist, verlassen alle Anwesenden mein Gemach und lassen mich wieder allein.

Meine Familie lebt ihr Leben weiter, ohne Andeutungen zu machen, dass sie trauern könnten. Natürlich weiß ich, dass dies ihre Pflicht ist, doch ich habe erwartet, dass sie wenigstens, wenn wir unter uns sind, ein wenig mehr Gefühle zeigen würden. Zurück zum eigentlichen Geschehen: Soeben habe ich erfahren, dass ich die Nächste in der Thronfolge bin. Selbstverständlich war es mir schon vorher bewusst gewesen, jedoch habe ich es nicht in Betracht gezogen. Es ist noch nicht offiziell, doch es wird schon bald verkündet werden. In Zukunft werde ich ebenfalls alles Nötige lernen müssen, um das Amt übernehmen zu können. All das, was meine Schwester in mehreren Jahren gelernt hatte, muss ich nun in wenigen Monaten schaffen.

Immer, wenn ich lernen werde, werde ich an meine tote Schwester denken müssen, mich nicht konzentrieren können und mein Volk im Stich lassen. Ich würde all die Menschen unbeachtet lassen, wie ich es einst bei meiner Schwester tat, als sie anfing, all das Wichtige zu lernen, und weniger Zeit mit mir verbringen.

Ich habe sie einfach allein gelassen und habe mich von ihr entfernt. Inzwischen kann ich nicht mehr zu ihr zurück. Ich kann nicht ohne weiteres so tun, als wäre alles normal. Das kann ich nicht nach einem solchen Verlust. Meine Gefühle bereiten mir schon jetzt Gewissensbisse. Was wäre passiert, wenn ich mich nicht von ihr distanziert hätte? Was wäre, wenn ich sie nach Malovien begleitet hätte? Hätte ich ihr helfen können, sie beschützen können? Was wäre, wenn ich sie nicht allein gelassen hätte …?

Es darf nicht passieren, dass ich jetzt auch noch mein Volk allein lasse. Ich werde für das Volk kämpfen, mich konzentrieren und lernen! Damit ich einmal eine gute Königin werde und so regieren wie Victoria es tun würde.

Ich werde für unser Volk da sein, so wie ich es für meine Schwester nicht war!

Um mein Amt einnehmen zu dürfen, werde ich heiraten müssen. Ich werde einen fremden Mann heiraten. Das habe ich mir nie gewünscht. Nicht für mich, genauso wenig wie meiner Schwester, doch es war ihre Pflicht und nun ist es meine. Das Einzige, dass ich über meinen Verlobten weiß ist, dass es nicht der Verlobte meiner Schwester sein wird, da mein Vater keinen König für sein Volk möchte, der sich nicht für seine Frau einsetzt und sich versteckt hält, statt zu kämpfen. Er wird mir einen anderen Mann suchen. Einen Prinzen, welcher ebenfalls eines der größten Königreiche regieren wird. So wie wir eines der größten besitzen. Keiner wird jemals mehr wagen, uns anzugreifen, und keiner wird unserer Armee Einhalt gebieten können. Deswegen ist es so wichtig, dass ich schnellstmöglich verheiratet und gekrönt werde.

Bedauerlicherweise werde ich meinen Verlobten nicht vor der Hochzeit kennenlernen dürfen, denn laut meines Vaters sei es sowohl für mich als auch für meinen Verlobten zu gefährlich zu reisen. Seit dem Angriff auf Victoria und ihren Verlobten setzt er striktere Regelungen, um unsere Sicherheit zu gewährleisten. Ich werde erst kurz vor der Hochzeit erfahren, wer genau mein Gatte sein wird und ihn das erste Mal auf dem Weg zum Altar sehen.

Mein Magen zieht sich bei dem Gedanken zusammen. Ein fremder Mann soll mein Königreich regieren? Was, wenn er kein guter König sein wird? Was, wenn wir nicht zusammen, sondern gegeneinander arbeiten werden? Was, wenn ich ihn nicht lieben kann oder sogar verachte?

Gerade fallen mir die Worte meiner Mutter ein, die einst an Victoria gerichtet waren: »Du wirst lernen, ihn zu lieben.« Nun sind sie an mich gerichtet.

Somit werden in nächster Zeit die Zeremonie, meine offizielle Ernennung zur Thronfolgerin, meine Verlobungsfeier, der Unterricht, um mich auf das Amt vorzubereiten, meine Krönung und Hochzeit stattfinden. All dies muss selbstverständlich vorbereitet und geplant werden. Es wird einiges an Zeit und Energie benötigen, weswegen meine Hochzeit um einige Wochen verschoben wird. Es ist etwas mehr Zeit, als eigentlich geplant, doch noch lange nicht die Zeit, die ich benötige, um mich mit all dem Nötigen vertraut zu machen. Ich werde all meine Freizeit, die ich noch besitze, dem Lernen widmen müssen. All die Freiheit, die ich einst mal hatte und so sehr wertschätzte, werde ich opfern müssen. Allerdings werde ich mich für mein Volk aufopfern! Ich werde mein Volk nicht allein lassen! Ich werde meinen Traum von einem eigenen aufgebauten Leben und einem liebevollen Ehemann, den ich mir selbst erwähle, für Victorias Volk vergessen.

KAPITEL 3

24. Nov. 1470

*E*s ist bereits einige Zeit her, seit wir den Brief erhalten haben, der den Bericht über den Tod meiner Schwester enthält. Seitdem ist schon viel geschehen. Unter anderem wurde der Tod von Victoria bekannt gegeben und eine Trauerfeier abgehalten. Unglücklicherweise gab es keine Beerdigung, da sich ihr Körper nicht bei uns im Königreich befindet.

Wahrscheinlich liegt sie noch im Königreich Malovien. Ich hoffe, dass sie dort in Frieden ruht. Natürlich wäre mir lieber, wenn sie hier wäre und das Begräbnis bei uns stattfindet, doch Malovien antwortet noch immer nicht auf unsere Anfragen und inzwischen habe ich es aufgegeben sie wiedersehen zu können, auch wenn ihr Anblick alles andere als schön wäre. Es bedrückt mich noch immer, was Victoria zugestoßen ist. Dadurch, dass Malovien uns nicht antwortet, ist uns auch nach wie vor unklar, wer dafür verantwortlich ist, und warum es geschehen ist oder wie.

Ebenfalls wurde das gesamte Volk über die Nachfolgerin informiert und es wurde ein Fest abgehalten, wonach sich mein Alltag schlagartig verändert hat. Nun bekomme ich Privatunterricht, auf den ich mich, wie versprochen, konzentriere. Sogar wenn meine Maße genommen werden, werden mir sehr häufig weitere Dinge erklärt oder ich erledige meine Aufgaben nebenbei. Anfangs waren es nur wenige und einfache Aufgaben, wie die Post, die Verfassung *und die Berichte der Bediensteten über die Aktivität des Volkes zu lesen und Beispiele für den Umgang schwieriger Situationen zu nennen. Dabei sind viele meiner Vorschläge in die Tat umgesetzt worden, aber leider manchmal gut ausgegangen. Durch meine Fehlentscheidungen gibt es viele Aufstände und Gruppen, die in die Burg gelangen wollten, doch durch diese Ereignisse habe ich dazu gelernt.*

Ich muss über ein gesamtes Königreich regieren und dabei wird das Leben sämtlicher Bewohner sowie ihre Zukunft und die des Königreichs in meinen Händen liegen. Ich allein trage die Verantwortung über die Zukunft so vieler Menschen. Es ist wie ein seidener Faden, der durch jedes Wort, das ich sage, oder jede Aufgabe, die ich erledige, reißen könnte, wodurch mein Königreich stärker werden oder zerfallen kann.

Ich habe verstanden, wie viel Einfluss ich tatsächlich habe und worauf ich achten muss, deswegen habe ich mich weiter auf konzentriert und mich noch mehr als zuvor der Arbeit gewidmet. Schließlich habe ich so viele Aufträge übernommen, wie ich kann. Inzwischen bin ich viel besser geworden. Ich bin sogar so viel besser, dass ich heute Morgen zum ersten Mal wieder meine Notizen machen kann, ohne mich an den Stapel an Blättern in meiner Schreibstube zu erinnern. Endlich habe ich einen Moment Ruhe ... Es fühlt sich unglaublich schön an, endlich alles niederschreiben zu können.

Ich blicke vom Notizbuch auf, schließe die Augen und atme die frische und leicht kühle Luft tief ein. Dann wende ich mich erneut meinem Notizbuch zu.

An jedem einzelnen Tag habe ich mehr Verantwortung bekommen. Neben dem ganzen Stress, dem ich ausgesetzt bin, ging es mir häufig körperlich nicht sehr gut, doch ich habe immer weiter gemacht und je besser ich wurde, je mehr ich verstand und gelernt habe, je schneller ich meine Aufgaben erledigen konnte, desto besser ging es mir auch. Ich dachte immer weniger über Victoria nach und dachte, ich hätte es geschafft, mit dem Ereignis abzuschließen. Doch heute Morgen, da ich endlich wieder Zeit für mich habe und jeder Gedanke ausschließlich meiner Schwester gilt, habe ich eher das Gefühl, es geschafft zu haben, meinen Frust zu verdrängen und mich anderweitig zu beschäftigen. Ich wende mich meinem Königreich zu und wachse an meinen Erwartungen.

Zudem habe ich fast jeden Tag eine Probe für meine Hochzeit als auch meiner Krönung, damit an den großen Tagen nichts falsch verlaufen wird. Ständig sehe ich die Bediensteten wild durch die Hallen laufen.

Meine Hochzeit ist bereits in einer Woche und weiterhin ist unklar, wen ich heiraten werde. Mein Vater wollte spätestens heute eine Entscheidung treffen.

»Es wird Zeit, Eure Hoheit«, höre ich Grace sagen.

Sofort klappe ich mein Notizheft zu und stehe von meinem gepolsterten Stuhl auf, der sich an einem kleinen Tisch neben der Wand befindet. Wenn ich nach vorn sehe, blicke ich direkt durch ein offenes Fenster hinaus, was ich häufig beim Schreiben tue. Ich kann auf einen Teil des Vorderhofes und über die entfernten Mauern sehen, neben denen ein Weg verläuft, der ins Dorf führen soll. Im Hintergrund erkenne ich die Weiten des Königreichs. Es ist eine wunderschöne

Aussicht und trotz dieses Ausblicks ist es nicht mein liebster Ort. Aber am Morgen sitze ich hier gerne, da ich jeden Tag die Morgenröte des Sonnenaufgangs genießen kann und die Sonne beobachte, wie sie langsam hinter den Mauern aufsteigt.

Ich öffne die Türen des Arbeitszimmers, in dem mein Vater bereits auf mich wartet.

»Dein Tagesplan liegt auf deinem Platz«, sagt er im strengen Ton.

Er wirkt gestresst und abwesend. So kurz vor meiner Hochzeit wundert es mich nicht. Wie üblich greife ich nach meinem Plan und betrachte ihn. Schon allein bei seinem Anblick wird mir übel.

Berichte zur Kenntnis nehmen, Anprobe, Treffen mit meinem Schneider, Probe der Hochzeit, Probe der Krönung, Testessen, Wahl der Vorhänge, Vorbereitung der Ankunft meines Vermählten, Briefe lesen, Problembehebungen im Dorf, unter anderem die Aufstände, Beschwerden, Hunger, und noch viele weitere Punkte stehen auf der Agenda. Außerdem sind dies nur die Aufgaben und Termine, die bis heute Mittag erledigt werden müssen. Ich blicke von dem Blatt Papier auf und sehe zu meinem Vater, der sich mit seinen Beratern unterhält. Nachdem er die Berater von dem Gespräch befreit, frage ich ihn: »Ist Euch inzwischen bekannt, wer mein Gatte sein wird?«

Ohne von seinen Unterlagen aufzusehen, antwortet er mir: »Heute Morgen ist ein Brief aus dem Königreich, das ich erwählt habe, angekommen. Ich werde ihn gleich lesen.

Doch Eleonore, sei nicht ungeduldig. Konzentriere dich auf deine Liste!«

»Gewiss doch, Vater«, erwidere ich mit einem Knicks und öffne die Tür, um den Raum zu verlassen, doch bevor ich den ersten Schritt aus der Arbeitszimmer machen kann, werde ich bereits hinausgezogen.

»Eure Hoheit! Ihr Schneider wartet längst auf Euch. Schnell, schnell!« Eine Dame zerrt mich durch die Gänge der Burg, bis wir an einen Ankleideraum gelangen.

Dort stelle ich mich auf ein kleines Podest vor meinen Schneider und warte. Die Bediensteten eilen durch den Raum und kleiden mich mit dem Kleid an, dass wohl mein Hochzeitskleid wird. Es ist ein weißes Kleid mit einem weißen Tuch, das meine Reinheit repräsentieren soll und mein Haar bedeckt.

Dazu trage ich einen langen Schleier, der mein Haar bedeckt und durch den halben Raum reicht. Es ist bildhübsch und passt perfekt. Es muss nichts mehr daran verändert werden.

»Das nächste!«, ruft der Schneider und die Bediensteten eilen wieder durch den Raum.

Wenige Augenblicke später trage ich bereits ein anderes Kleid. Es ist tiefrot, bis auf meine Vorderseite, die aus rotschwarzem Samt besteht. Dort, wo sich die zwei verschiedenen Stoffe treffen, ist ein Muster aus goldenen Stickereien zu sehen. Dieses Kleid besitzt keine Schleppe, da es selbst lang geschnitten ist, sodass es hinter mir her schleifen wird. Auch bei dieser Bekleidung werde ich ein Tuch tragen, das meine Haare bedeckt, denn als eine verheiratete Frau gehört es sich so.

»Genug!«, ruft der Schneider und erneut eilen die Bediensteten durch den Raum, um mich mit einem neuen Kleid anzukleiden.

Es ist nicht dasselbe, das ich vor der Anprobe trug, doch sieht es dem sehr ähnlich. Bereits erschöpft von der bestehenden Hektik verlasse ich den Ankleideraum und mache mich auf den Weg zum Speisesaal. Nicht, weil es Zeit ist zu speisen, sondern um weitere Vorbereitungen zu treffen.

Als ich den Saal betrete, ist es still und keiner bewegt sich. Alle weiblichen Bediensteten tragen ihre Uniform, stehen in einer Reihe, blicken nach vorn und halten ihre Hände hinter ihren Rücken. Vor ihnen steht der Esstisch und auf ihm viele verschiedene Vorspeisen, Hauptgänge und Desserts. Ich werde alle probieren müssen und mich entweder dafür oder dagegen entscheiden. Sobald ich mit dem letzten Dessert fertig bin, bekomme ich schon verschiedene Vorhänge, Tischdecken, Besteck und Pflanzen vorgezeigt, zwischen denen ich mich entscheiden muss. Nach einer gefühlten Ewigkeit verlasse ich den Speisesaal und gehe zum großen Saal. Der Saal, in dem ich verheiratet und gekrönt werden soll. Ohne weiteres beginnen die Bediensteten und der Prediger mir erneut den Ablauf genauestens zu erklären.

Jeden Tag aufs Neue wird mir alles erklärt und immer wird derselbe Durchgang wiederholt und geprobt. So oft bis jeder Anwesende, unabhängig davon, an wie vielen Tagen die Person anwesend war, den Ablauf im Schlaf erläutern könnte. Schnell mache ich mich auf den Weg in den Thronsaal. Die ständigen Wiederholungen bei den Proben haben viel Zeit benötigt, weswegen ich mich bei den nächsten Aufgaben beeilen muss. Auf dem Weg stoße ich fast mit einer Truppe von Bediensteten zusammen, die eine große Menge an Briefen bei sich tragen, die sie offensichtlich in meine Schreibstube bringen.

All diese Briefe werde ich nach der Anhörung verschiedener Probleme, welche die Untertanen äußern, lesen und beantworten müssen. Eigentlich wünsche ich mir eine Pause, doch ich habe versprochen alles zu geben, um eine gute Königin zu sein, um die Königin zu sein, die meine Schwester gewesen wäre, also mache ich einfach weiter, ohne auch nur ein noch so winziges Detail zu äußern, das auf meine Erschöpfung hinweisen könnte.

Im Thronsaal muss ich mir nun alle Beschwerden der Untertanen anhören, die ehrlich gesagt nicht gerade wenige sind. Sie beschweren sich über Aufstände in den Dörfern, die von Personen geführt werden, die kleinere Steueranteile und gleichzeitig größeren Lohn verlangen. Außerdem suchen einige ein Dach über dem Kopf, da ihre Häuser aufgrund ihres Glaubens abgebrannt werden. Viele Einwohner hungern und andere frieren in ihren Häusern, weil die benötigte Kleidung und auch das Geld dazu fehlen. Den Landwirten fehlt das Tierfutter, um Nahrung und Wolle zu produzieren und die Bauern beschweren sich über die schlechte Ernte des letzten Jahres. Als Lösung verlangen sie größere Landflächen, die wir ihnen allerdings nicht bieten können.

Hier war unser Weg die Allianz zwischen Malovien und Kelvington. Kelvington ist eher voller Wälder, die jedoch für die Jagd und für Beeren im Sommer gedacht sind. Malovien besitzt hingegen an viel Land und Feld. Die Allianz hätte dafür gesorgt, dass sie ihre Ernte mit uns teilen. Für all diese Probleme und noch viel mehr muss ich nun Lösungen finden. Ich sollte mich mit anderen Königreichen verständigen und ein Abkommen aushandeln, um meinem Königreich das weitere Leben zu ermöglichen.

Im nächsten Augenblick bin ich wieder auf dem Weg zu meiner Schreibstube, um die vielen Briefe, die ich bereits gesehen habe, zu lesen.

Dort angekommen, setze ich mich auf den Stuhl an meinem Arbeitsplatz und sehe mir den Stapel an. Viele Berichte und Briefe sind vom Volk und ein Brief aus … Malovien. Ich sollte den Brief erst lesen, wenn meine Eltern dabei sind, doch ich kann nicht anders, als ihn jetzt zu öffnen. Aufgewühlt schiebe ich den Rest beiseite und öffne den Brief.

Eure Majestäten von Kelvington,

im letzten Schreiben habe ich Euch berichtet, dass die Schuldigen am Mord der Prinzessin Victoria von Kelvington auf meinen Befehl gefasst, gefoltert und befragt werden. Nun werdet Ihr über die Fortschritte der Nachforschungen über das Verbrechen aufgeklärt.

Laut Aussagen der gefangenen Ritter handelt es sich bei dem Befehlsgeber um König Wilhelm von Pantolow.

Seine Absicht war es, durch die Entführung und Ermordung des Kronprinzen Nikolai die Hochzeit und das Bündnis der Königreiche Kelvington und Malovien zu verhindern. Das Ziel sei es gewesen, daraufhin König Arthur von Kelvington ein Angebot zu machen, den Sohn des Königs Wilhelm von Pantolow mit der Kronprinzessin von Kelvington zu verloben. Aus ihrer Sicht hätte König Arthur von Kelvington keine andere Wahl gehabt, als diesem Angebot zuzustimmen, da die Zeit bis zur anstehenden Hochzeit verrennen würde.

Sie wollten das Bündnis der zwei größten Königreiche verhindern und sich selbst durch dieses Bündnis zum mächtigsten Königreich erheben.

Da die Ritter, auf den Befehl des Königs Wilhelm von Pantolow, auf schuldig plädieren, werden sie bis zu ihrer Verurteilung weiterhin in Gewahrsam genommen.

Falls sich etwas an der Situation ändern sollte, werden wir Euch diesbezüglich informieren.

In tiefstem Bedauern

König Henry von Malovien

KAPITEL 4

Unfassbar. Furchtbar. Brutal. Empörend. Traurig. Deprimierend. Verletzend. All das ist diese Tat.
Es wundert mich nicht, dass der Grund für dieses Vergehen die Rivalitäten zwischen den Herrschaftsgebieten ist. Mein Vater hat mich gelehrt, dass kein Reich, unerheblich wie groß es ist, es einfach hinnehmen würde, wenn sich zwei der mächtigsten Königreiche verbünden würden. Mehrmals wurde ich von ihm darauf hingewiesen, dass ich mich auf mögliche Angriffe vorbereiten muss und, dass ich auch als machtvollste Monarchin nicht allein gegen alle anderen ankommen würde.

Plötzlich spüre ich, wie all meine Emotionen wieder hervorbrechen. Wut. Angst. Ärger. Zorn. All die Gefühle, die ich geschafft habe zu vergessen, sind augenblicklich nach dem Brief zurückgekehrt. Diese Tat darf nicht ungestraft bleiben! Es ist nicht genug, nur die Ritter, die das Verbrechen begangen haben, inhaftiert und verurteilt zu sehen. Derjenige, der hinter all dem steckt, trägt die volle Verantwortung für das Geschehene. So muss auch er mit den Konsequenzen leben und zur Rechenschaft gezogen werden. Er sollte nicht nur seine Ritter verlieren, sondern auch wissen, wie es sich anfühlt, wenn man einen geliebten Menschen verliert, ein solches Gefühl hat, wie ich: nicht wissend, was als Nächstes geschieht. Er muss für seinen Befehl und diese Tat geradestehen.

Sein Kopf muss rollen! Unbestreitbar ist, dass es nicht einfach wird. Es wird nicht klug sein, König Wilhelm *einfach anzuklagen und zu Tode verurteilen zu lassen. Jedes andere Königreich würde mich dann als schwach ansehen oder gar zurückschlagen wollen. Ebenso wäre es zu gefährlich, mich nach meiner Hochzeit als Königin auf den Weg zu ihm zu machen, doch es gibt keine andere Möglichkeit, als es selbst zu tun. Ich selbst werde zu ihm gehen und meine Schwester rächen, allerdings werde ich es nicht als Königin tun, sondern als die, die ich bin. Als eine Frau, die ihre wahre Königin rächen wird. Als eine Frau, die ihre älteste Freundin rächen wird. Als eine Frau, die stark vorangeht. Ich, als eine starke Frau ohne Krone. Ich werde den Mörder meiner Schwester ausfindig machen.*

Leider ist es leichter gesagt als getan. Da ich rund um die Uhr bewacht werde, ist es beinahe unmöglich, die Burg zu verlassen, ohne erwischt zu werden. Keiner darf wissen, wann ich genau gegangen bin und wohin ich gehen möchte. Jeder Schritt muss genauestens bedacht sein.

Wie werde ich meinen Eltern den Brief und den Inhalt verheimlichen? Wo werde ich leben, wenn ich verschwinde? Würde mich mein Volk erkennen, wenn ich unter ihnen lebe? Ja, wahrscheinlich werden mich einige erkennen. Doch sicher nur wenige, da die Königsfamilie nur selten unterwegs ist. Wenn wir es waren, dann verreisten wir meist in bewachten Kutschen mit Sichtschutz. Nur die wenigsten Untertanen kennen tatsächlich die Gesichter ihrer Herrscher. Dies machen sich häufig arme Bürger zunutze und geben sich für die Königsfamilie aus. Es sind Betrüger, die sich die Unwissenheit und Leichtgläubigkeit der anderen zunutze machen.

Eine Frage schwirrt mir jedoch noch im Kopf herum: Wie werde ich es schaffen, aus der Burg zu fliehen, ohne gesehen zu werden? Ich denke, es muss doch eine Person eingeweiht werden und es sollte eine Person sein, der ich vertrauen kann, die mich niemals verraten würde und meine Situation versteht, denn allein werde ich nicht aus diesem Gefängnis entkommen können.

»Ich wünsche Grace zu sprechen«, sage ich zu einer meiner Wachen, während ich noch weiter auf mein Notizheft sehe.

Plötzlich fällt mir doch noch eine Frage ein und es ist wahrscheinlich die wichtigste von allen: Was würde ich tun, wenn ich im Königreich Pantolow vor König Wilhelm stehe? Ich werde ganz allein sein, ohne Begleitung oder Wachen und ohne jegliche Kampferfahrung. Das Einzige, das ich über Kriege und Kämpfe weiß, ist die Theorie, die ich bei meinem Vater gelernt habe, um mein Königreich zu beschützen. Bei ihm lernte ich keinesfalls kämpfen, sondern alleinig, wie viele Ritter ich am besten wo positionieren sollte, um erfolgreich zu sein. Wobei selbst dieses Wissen nicht ausreichend ist, da eigentlich der König für die Kriegspläne verantwortlich ist und mir somit nur die Grundlagen gelehrt wurden. Somit ist klar, dass ich, bevor ich nach Pantolow gehe, kämpfen lernen muss.

»Ihr wolltet mich sprechen, Eure Hoheit?«, höre ich Graces Stimme sagen.

»Ich würde mich gern allein mit dir unterhalten«, antworte ich mit erhobener Stimme.

Ich sehe keine der Wachen und Grace an, sondern sehe in den Himmel. Der Himmel ist frei von Wolken und strahlend blau. Wenn ich mich nicht um andere Dinge sorgen würde, könnte ich diesen Anblick genießen. Die Wachen verstehen meinen Tonfall, gehen in die Burg hinein und lassen somit Grace und mich allein.

»Ich möchte dich um einen Gefallen bitten.«

»Natürlich, Eure Hoheit. Was soll ich für Euch tun?«

Nach wie vor sehe ich nicht zu Grace. Stattdessen lege ich mein Notizbuch auf den Brief von Malovien, damit Grace diesen nicht sehen kann. Ich habe ihn mitgenommen, damit meine Eltern ihn nicht zu Gesicht bekommen, solang ich nicht wusste, wie ich damit umgehen sollte. Nun dürfen sie ihn nicht lesen, damit niemand eine Vorahnung haben könnte, was ich vorhabe.

»Ich möchte, dass du, wenn du heute Abend meine gesäuberte Kleidung in mein Gemach bringst, eine deiner Bediensteten-Kleidungen hinzulegst.« Nun wende ich mich ihr zu. »Ich werde dich mit reichlich Gold belohnen, wenn du diese Angelegenheit für dich behältst.«

»Gewiss doch, Eure Hoheit. Kann ich noch etwas für Euch tun?«

»Nein. Du kannst gehen«, erwidere ich und wende mich meinem Notizbuch zu.

Ich bekomme noch mit, dass Grace wieder hineingeht und sich die Wachen allesamt draußen versammeln.

Grace wird mir ermöglichen, hinauszukommen und mithilfe ihrer Kleidung werde ich im Dorf nicht allzu sehr auffallen. Natürlich könnte es sein, dass sie mich verrät, doch ich vertraue ihr. Ich weiß, dass ich ihr in der gesamten Zeit, in der sie bereits bei mir arbeitet, ans Herz gewachsen bin. Eigentlich sollte das ein Grund mehr sein, weshalb ich zweifeln sollte. Sie könnte mich verraten, um mein Wohlergehen abzusichern. Doch was sollte sie sagen? Sie weiß nicht, weshalb ich die Kleidung brauche, und ebenso wenig weiß sie, dass ein weiterer Brief aus Malovien angekommen ist.

Ich greife nach dem Brief, der noch neben mir liegt, und verstaue ihn in meinem Notizbuch. Dieses Buch lasse ich über den Tag nicht mehr aus den Augen. Während meiner noch unerledigten Aufgaben sehe ich regelmäßig nach ihm. Keiner darf mir mein Notizbuch nehmen. Keiner darf sehen, dass ein Brief ankam. Keiner darf erfahren, was ich vorhabe. Jede Aufgabe, die ich nun zu erledigen habe, fühlt sich an wie eine Ewigkeit. Nur schwer kann ich mich konzentrieren und ich warte nur sehnsüchtig darauf, dass es Abend wird und ich meinen Plan durchführen kann. Trotzdem versuche ich, mich so zu verhalten, wie an jedem anderen Tag. Mein Plan soll nicht missglücken, weil ich mich auffällig oder merkwürdig verhalte.

Nach dem Mittagessen, in meiner kurzen Pause, gehe ich zur Schatzkammer. Dort nehme ich ein paar Goldstücke für Grace mit, um meinen Teil der Abmachung einzuhalten. Kurz bevor ich die Schatzkammer durch ihre gewaltige Tür verlasse, mache ich allerdings kehrt. Ich packe noch weitere Goldstücke ein, die für mich sein werden, schließlich werde ich dort draußen für mein Essen selbst bezahlen müssen.

Zum Abend kehre ich nun endlich in mein Gemach zurück. Ungeduldig suche ich nach der Uniform, die Grace mir hinlegen sollte, doch finde sie nicht. Hat sie mich doch verraten? Mir stockt der Atem und plötzlich zucke ich zusammen, als sich die Tür meines Gemachs öffnet. Es ist Grace. Kontrollierend sehe ich hinter sie. Sie ist allein. Schweigend tritt sie in mein Gemach, an mir vorbei zu einer Truhe. Kurzerhand öffnet sie diese und holt das Stück ihrer Garderobe hervor. Schweigend sehen wir uns an.

»Ihr habt darum gebeten, dass keiner es erfahren wird.« Sie macht eine kurze Pause, bis sie vor mir steht. Sie streckt die Hand, in der sie die Uniform hält, zu mir aus und fügt hinzu: »Niemand wird von mir in Kenntnis gesetzt werden.«

»Vielen Dank, Grace«, sage ich mit einem leichten Lächeln und strecke die Hand mit dem Gold aus, das für sie gedacht ist.

Nun wende ich mich dem Kleidungsstück zu, doch Grace zieht es, kurz bevor ich es greifen kann, zurück.

»Könnt Ihr mir versprechen, dass ich mir keine Sorgen um Euch machen muss?«

Ich sehe sie perplex an. An ihrem Blick kann ich erkennen, dass sie vermutet, dass ich gehen werde. Mir ist bewusst, dass sie mich nicht von der Tat abhalten möchte. Sie möchte nur sicher sein, dass es mir gut ergehen wird.

»Ich werde auf mich aufpassen«, sage ich überzeugt und zwinge mich zu einem kleinen Lächeln.

Es ist nicht das, was Grace von mir will, doch das Versprechen, das sie von mir verlangt, kann ich ihr in einer solchen Situation nicht geben. Sie scheint sich dessen ebenfalls bewusst zu sein. Langsam streckt sie ihre Hand aus, um mir die Klamotten zu reichen. Zügig tauschen wir Gold und Kleidung aus, woraufhin wir uns erneut schweigend ansehen. Wir beide wissen, dass das nun der Abschied sein wird. Werden wir uns eines Tages wiedersehen? Womöglich könnte einer von uns, bis dahin nicht mehr auf dieser Welt verweilen. Ohne Worte macht Grace einen Knicks vor mir. Kurz darauf wendet sie sich zur Tür. Als sie die Tür öffnet, verharrt sie allerdings noch einen Augenblick auf der Stelle.

»Gute Nacht, Eure Hoheit.« Mit diesen Worten verlässt sie mein Gemach und schließt die Tür hinter sich.

Grace ist mir ebenso ans Herz gewachsen, wie ich ihr. Es tut weh, sie hier allein zu lassen. Es fühlt sich an, als würde ich erneut jemandem im Stich lassen. Selbst dann, wenn ich eigentlich für jemanden da sein möchte. Ich für Victoria da sein möchte ...

Nun muss ich mich beeilen. Jede Sekunde zählt. Ich ziehe mir die Bediensteten-Bekleidung an, binde meine langen Haare zusammen, damit sie mich nicht stören und packe einen kleinen Beutel. Hinein kommt mein restliches Gold, mein Notizheft mit Feder und Tinte und der Brief. Mehr werde ich nicht benötigen.

Ich werde nicht durch die Türen meines Gemachs gehen können, ohne erkannt zu werden, also werde ich anders hinauskommen müssen. Während ich nachdenke, halte ich mir die Hand vor mein Gesicht. Der Mondschein blendet mich, da Grace die Vorhänge nicht zugezogen hat. *Ich werde aus meinem Fenster steigen!*

Entschlossen suche ich nach irgendwelchen Dingen, die ich benutzen könnte, um hinunterzuklettern. Schließlich verknote ich sämtliche Kleider und Bettlaken, um sie als langes Seil nutzen zu können. Ein Ende des Seils befestige ich an meinem Bett, da es der schwerste Gegenstand in meinem Gemach ist und mich somit am wahrscheinlichsten tragen könnte. Bevor ich das aus Kleidern bestehende Seil hinunterwerfe, sehe ich noch einmal aus dem Fenster an der Burg hinab. *Hoffentlich ist keine Wache dort, die ich übersehe.* Während ich das andere Ende des Seils hinunterwerfe, sehe ich gespannt dabei zu, ob die Länge auch ausreichend ist. Tatsächlich! Es reicht! Vorsichtig klettere ich aus dem Fenster und halte mich am Kleiderseil fest. Ich weiß, dass ich mich in zwanzig Metern Höhe befinde. Also darf ich nicht hinuntersehen, solange ich klettere, sonst würde ich noch vor Angst erstarren.

Mit zusammengekniffenen Augen klettere ich Stück für Stück und auf meine Atmung achtend, damit ich nicht vor Aufregung ohnmächtig werde, hinunter.

Ich klettere weiter und weiter, bis ... Das Seil rutscht! *Oh nein! Oh nein! Nein, nein, nein!* Angst durchströmt mich. Ich spüre meinen Puls in meinem ganzen Körper. Meine angespannten Arme klammern sich weiter an das Seil und pulsieren. Ich verharre in dieser Haltung. Jede Sekunde fühlt sich wie eine Ewigkeit an. Das Seil war nicht weit hinuntergerutscht und doch bringt mich dieses Stück völlig aus der Fassung. Weiterhin hänge ich an der gleichen Stelle des Seils wie vor dem Fall und versuche, mich auf meine Atmung zu konzentrieren.

Einatmen ... ausatmen ... Erst, als ich mir sicher bin, dass ich mich beruhigt habe, klettere ich weiter. Meine Hände werden feucht und mein Stirnschweiß fühlt sich durch den kühlen Wind wie Eis an. Leicht fegt der Wind an mir vorbei, durchdringt die dünne Kleidung und gelangt direkt an meine Haut. Je länger ich am Seil hänge, desto mehr fange ich an zu zittern und desto mehr brennen meine Arme, die mein Gewicht halten müssen. Ich werde unsicherer, doch diesmal würde die Zeit mir nicht helfen. Ich muss mich beeilen, bevor ich in mich zusammenbreche und falle.

Ich sehe hinauf auf die Strecke, die ich hinter mir gelassen habe. Der Rest sollte nicht mehr allzu weit sein.

Durchatmend klettere ich weiter hinunter und meine Gedanken schweifen zu meinem Notizbuch und zu dem, was ich wohl jetzt schreiben würde:

Ein schlechtes Gewissen zu haben, ist furchtbar. Mein Ziel dieser Reise ist es, das schlechte Gewissen zu besiegen. Ich werde keines mehr haben, das auf mich einredet, wenn ich mich für meine Schwester eingesetzt habe. Zuvor bereute ich, dass ich keine Zeit mit Victoria verbracht habe und nun kann ich es nicht mehr, doch ich kann meine jetzige Zeit für Victoria einsetzen. Ich werde eine Reise angehen, bei der ich mich vielen Herausforderungen stellen muss und viele Hürden meistern werde. Ich werde eine Reise machen, mit dem Ziel, meiner Schwester Gerechtigkeit zu schenken.

Doch was ist mit Grace? Nun lasse ich sie allein. Ich weiß, wenn jemand herausfindet, dass sie etwas mit meinem Verschwinden zu tun und mir geholfen hat, ihr Kopf dafür rollen wird. Dabei wird meine Meinung unwichtig sein. Ich werde nichts dagegen unternehmen können. Für diesen Fall hat sie das Gold bekommen. Sie hat es bekommen, um neu anfangen zu können, um fortzugehen und sich in Sicherheit zu bringen. Darüber sollte ich mir eigentlich keine Gedanken machen. Grace ist klug genug, um zu wissen, dass ich fort will. Sie weiß also auch, dass sie mir dabei geholfen hat und sie am nächsten Morgen, wenn sie in der Burg bleiben würde, mich wecken und erklären müsste, was genau passiert ist.

Plötzlich spüre ich etwas Festes an meinen Füßen. Endlich bin ich am Boden angelangt. Kurzerhand stelle ich mich aufrecht hin und renne fort, renne, bis ich so weit weg bin, dass mich die Wachen an den Toren nicht mehr erkennen können.

    Aus der Ferne sehe ich zur Burg zurück. Noch sieht alles friedlich aus. Es ist eine prächtige Festung auf einem Berg, doch schon morgen werden mich die Wachen suchen.

KAPITEL 5

In einer eisigen Nacht folge ich dem Weg, der zum Dorf führen soll. Bisher bin ich diese Straße noch nie entlang gegangen, sondern einzig in meiner Kutsche gefolgt, dessen Vorhänge pausenlos zugezogen waren. Ich halte meine Arme überkreuzt und eng an meinem bebenden Körper. Es ist so kalt. So kann ich keinesfalls die ganze Nacht im Freien verweilen. Ich werde mir eine Unterkunft für diese Nacht suchen müssen und morgen früh weiterreisen. Der Weg führt mich weiter, bis ich endlich, nach einem langen Fußmarsch und mit schmerzenden Füßen, in eine Ortschaft gelange. Nun kann ich mir eine Unterkunft suchen und mich für meine Reise stärken. Allerdings ist es bereits spät in der Nacht und keine der hängenden Laternen an den Häusern leuchten. Um diese Uhrzeit schlafen bereits die meisten Untertanen. Etwas, das ich eigentlich auch tun sollte. Trotz dessen sehe ich mich aufmerksam um und suche nach einem Haus, dessen Lichter noch nicht erloschen sind.

Erst nach einiger Zeit, die ich durch das Dorf geeilt bin, entdecke ich ein Licht. Ein Funken an Hoffnung kommt in mir auf und ich laufe zum Eingang.

Aufgeregt klopfe ich an die hölzerne Tür.

»Hallo! Ist jemand da?«, rufe ich nah an die Tür.

Ein alter, bärtiger Mann öffnet sie und sieht zu mir hinab. Er ist groß und sein Gesichtsausdruck ernst. Hinter ihm in einem anderen Zimmer sehe ich eine Frau, die an einem Tisch sitzt. Sie verbirgt ihr Gesicht und kehrt mir den Rücken zu.

»Wer seid Ihr und was brüllt Ihr hier noch zu solch später Stunde herum? Ihr weckt noch meine Kinder auf!«, schnaubt mich der alte Herr an und versperrt mir die Sicht ins Zimmer.

»Wie könnt Ihr es wagen, so mit mir zu sprechen? Wisst Ihr denn nicht, wer vor Euch steht?«, antworte ich wütend und richte mich auf.

Der Mann allerdings scheint wenig begeistert und knallt die Tür vor meiner Nase zu. Das hätte ich nicht sagen sollen. Natürlich weiß er nicht, wer vor ihm steht. Ich sollte mich nicht derart von meinen Gefühlen leiten lassen, nur weil ich es nicht gewohnt bin, dass jemand mir gegenüber streng wird. Hier draußen bin ich jemand Fremdes. Ich bin jemand anderes, ich bin keine Prinzessin und schon gar nicht Kronprinzessin Eleonore.

Gerade drehe ich mich um und möchte nach einem anderen Haus suchen, als mir einfällt, dass wahrscheinlich keiner mehr wach sein wird. Erneut drehe ich mich um und klopfe an die Tür. Diesmal allerdings sanfter. Als sich die Tür erneut öffnet, steigt Hoffnung in mir auf.

»Was wollt Ihr noch hier? Verschwindet!«, ruft der Mann. Im Hintergrund höre ich Kinder schreien. »Euretwegen sind nun meine Kinder wach!« Sofort macht er sich daran, die Tür zu schließen.

Ich versuche dagegenzuhalten, doch er ist stärker und gewinnt unseren kleinen Machtkampf. Nun stehe ich auf der Straße meines eigenen Königreichs. Ich bin allein, in der Kälte, ohne warme Kleidung, ohne Bett, in dem ich schlafen kann, ohne etwas zu essen und mit Schmerzen. Ich setze mich auf die Stufe vor dem Haus und sehe hinauf, in den durch die Sterne aufleuchtenden Himmel. Was kann ich tun und wohin soll ich gehen, wenn ich keinen Platz zum Übernachten finde? Mein Ziel scheint jetzt schon zum Scheitern verurteilt. Wie werde ich es bloß schaffen, wenn ich nicht einmal Schlaf bekomme?

Plötzlich ertönt hinter mir ein leises Knarren. Schnell stelle ich mich auf und wende mich der Person zu, um zu sehen, wer nun vor mir steht. Es ist die Frau, die zuvor noch an dem Tisch saß.

»Entschuldigt bitte meinen Mann. Wir haben gerade viel zu tun. Euer Besuch kam sehr unerwartet.« Sie macht eine kurze Pause, in der sie mich betrachtet. »Ich sehe, dass Ihr Euch beruhigt habt. Also bitte, weshalb seid Ihr hier?«

Ihre Stimme ist weich, freundlich und zurückhaltend. Sie scheint das genaue Gegenteil von ihrem Mann zu sein. Ich kann mir nicht vorstellen, dass sie jemals ihre Stimme erhebt.

»Ich suche nach einer Bleibe ... Nur für heute Nacht!«, schiebe ich schnell nach, um hoffentlich nicht allzu aufdringlich zu erscheinen. In dem Moment höre ich ein lautes Schnauben von dem Mann aus dem Hinterzimmer.

»Morgen früh werde ich sofort weiterziehen«, führe ich fort.

Innerlich zieht sich mein Herz zusammen. *Ich brauche eine Unterkunft. Bitte helft mir. In dieser Kälte würde ich keine Nacht verbleiben wollen.* Augenscheinlich bemerkt die Frau, dass es mir wichtig ist, und beginnt zu lächeln. Ihr Lächeln ist ehrlich und es beruhigt mich ein wenig. Außerdem zeigt es, dass sie mir helfen möchte.

»Ich rede kurz mit meinem Mann, dann gebe ich Euch Bescheid.« Ich nicke hektisch und sie schließt die Tür.

Inzwischen warte ich schon eine kleine Weile und werde mit jeder Sekunde ungeduldiger. Was sie wohl dort drinnen besprechen? Werde ich überhaupt noch eine Antwort bekommen? So langsam lässt mein Optimismus bei diesem Paar nach. Die Frau schien so freundlich und aufrichtig. Sie wird mich nicht hier draußen stehen lassen. Doch was mache ich, wenn ich nicht bei ihnen übernachten darf? Dann werde ich wohl keinen neuen Platz finden können, denn wenn vorhin noch Lichter gebrannt haben, wären sie inzwischen sicher auch längst erloschen.

Dann endlich öffnet sich die Tür. Diesmal ist es der Mann. Seine Augen sind auf mich gerichtet und wandern schnell auf und ab. Als würde er mit diesem Blick jede Faser meines Körpers genauestens analysieren.

»Ihr wollt also diese Nacht bleiben?«, fragt er streng und wartet eine Reaktion ab. Zögerlich und respektvoll antworte ich mit einem Nicken. »Dann helft meiner Frau morgen mit dem Frühstück, dem Putzen und den Kindern. Ich werde morgen arbeiten gehen und sobald ich daheim bin, verschwindet Ihr aus meinem Haus. Allerdings, wenn Ihr nicht hört oder respektlos werdet, geht Ihr sofort! Verstanden?« Seine Stimme ist klar und deutlich. Es gibt da für ihn nichts zu verhandeln.

»Ja, Sir«, platzt es aus mir heraus.

Kurz darauf macht er einen kleinen Schritt zur Seite und somit einen Teil der Tür frei, durch den ich hindurch schlüpfe. Nun stehe ich in einem fremden Haus, bei fremden Menschen, mit einem schlechten Gefühl. Ich habe noch nie in meinem Leben geputzt oder gekocht. Ebenfalls habe ich keine Vorstellung davon, wie man mit Kindern umgehen sollte. Allmählich beginnen meine Gedanken, sich zu überschlagen. Ich sollte mir noch keine Gedanken darüber machen. Die Situation wird erst morgen sein. Morgen, ohne den Herrn, nur mit seiner freundlichen Frau, die mir grade einen Schlafplatz verschafft hat. Um mich etwas abzulenken, beginne ich mich im Haus umzusehen. Es ist nicht sehr groß, doch besitzt wohl mehr als nur ein Stockwerk, denn zwischen den zwei einzigen Räumen, die ich hier erblicke, befindet sich eine Treppe, die nach oben führt. Als ich mich genauer umsehe, kann ich insgesamt drei Türen zählen, wovon eine definitiv nach draußen führt.

»Setzt Euch«, unterbricht die Frau meine Gedanken und weist dabei auf den Stuhl ihr gegenüber. Ich nehme das Angebot dankend an und setze mich. »Wie heißt Ihr?«, fragt sie mich mit ihrem freundlichen Lächeln, das ich schon vorhin vor der Tür gesehen habe.

Überrascht von der Frage, sehe ich sie an. Darüber hatte ich noch nicht nachgedacht.

Mit zittriger Stimme antworte ich ihr: »Blair.«

»Ein schöner Name. Mein Name ist Ann und das ist mein Mann –«

»Mr. Harris«, unterbricht er sie.

»Woher kommt Ihr, Blair?«, fragt Ann weiter.

»Ich komme ... aus diesem Königreich. Ich wollte es besuchen ... und ... meine Familie. Allerdings ...« Ich stottere und muss überlegen, was ich sage.

In dem Moment rückt Ann näher an mich, sieht mich einträchtig an und lässt ihr Lächeln verfliegen.

Sanft legt sie ihre Hand auf meine und sagt: »Ich verstehe. Viele verlieren zurzeit ihre Familien durch die Aufstände. Es wird leichter werden.«

Ich ziehe meine Mundwinkel ein wenig nach oben und sehe ihr in die Augen. Sofort erkenne ich volle Anteilnahme und Schmerz. Sie hat wohl ebenfalls einiges durchmachen müssen.

»Verzeihung, aber ich bin wirklich müde von meiner Reise und würde gern morgen ausgeruht sein für die Arbeit. Wo kann ich schlafen?«, weiche ich dem Gespräch aus, auf das ich nicht vorbereitet bin.

»Folgt mir!«, befiehlt mir Mr. Harris und geht die Treppe hinauf.

Im oberen Stockwerk gibt es eine kleine Diele mit weiteren drei Türen. Oben angekommen bemerke ich, dass der Flur gerade mal so groß ist, dass zwei Personen darin stehen können.

Ich fühle mich nicht wohl, auf so engen Raum mit jemand Fremden, der zudem nicht den freundlichsten Eindruck macht. Seine Frau Ann hingegen ist höflich und bemüht sich, trotz meines schlechten Benehmens, das ich zu Beginn an den Tag gelegt habe. Im nächsten Moment öffnet Mr. Harris die rechte der drei Türen.

»Hier werdet Ihr heute Nacht schlafen.«

Ich bedanke mich und mache einen Knicks, wie ich es gewohnt bin, doch anscheinend ist es nicht üblich unter Bauern, denn Mr. Harris sieht mich völlig perplex an. Schließlich gehe ich in das Zimmer, ohne weiter darauf einzugehen.

»Ich wünsche Euch und Eurer Frau eine gute Nacht«, sage ich leise, bevor Mr. Harris die Treppe hinuntergeht, doch ich nehme nur noch ein lautes Schnauben wahr und höre die Treppenstufen unter seinen kräftigen Schritten knarren.

Er hat die Tür offen gelassen. Normalerweise wird meine Tür von meinem Personal geschlossen, doch heute würde ich es selbst tun. Schleunigst schließe ich die Tür und wende mich dem Zimmer zu. Es ist eine kleine Kammer mit Dachschräge. Offensichtlich ist dies keine zweite Etage, sondern einzig ein Dachboden, der auf mehrere Zimmer aufgeteilt wurde. Bereits wenige Tritte von der Tür entfernt, kann ich nicht mehr aufrecht stehen. Darunter steht ein Bett, gerade so weit entfernt, dass ich mich noch aufrecht darauf setzen kann und starre es an. In diesem Bett soll ich heute meine Nacht verbringen? Doch ich darf mich nicht beklagen, schließlich habe ich keine Wahl und lege mich folglich hin.

Im Vergleich zu meinem eigenen in der Burg ist dieses Bett nicht gerade gemütlich. Dennoch beschwere ich mich nicht, da ich glücklich darüber bin, überhaupt einen Schlafplatz gefunden zu haben.

Noch lange liege ich wach und bekomme mit, dass Mr. Harris und Ann sich in das Zimmer nebenan schlafen legen. Nach einiger Zeit schlafe auch ich ein.

KAPITEL 6

Plötzlich ertönt ein lauter Knall und ich schrecke auf. Aufrecht sitze ich im Bett und lausche zitternd und mit hochgezogener Decke, dem weiteren Knallen in unregelmäßigen Abständen. Wie gefangen in meinem eigenen Körper verharre ich in der Position. Kommen sie etwa von unten? Noch einen Moment warte ich ab, bis mir einfällt, dass ich Ann beim Frühstück helfen sollte. Verschlafen stehe ich auf und verspüre sofort einen stechenden Schmerz im Rücken, den ich wahrscheinlich dem Bett zu verdanken habe, doch ich lasse mich davon nicht aufhalten und eile die Treppe hinunter, um Ann zur Hand zu gehen.

»Ich wünsche Ihnen einen guten Morgen. Entschuldigung, dass ich so spä...«, sage ich laut in den Raum hinein, als ich bemerke, was mich vorhin geweckt hat.

Ich dachte, Ann hätte zu viel zu tun und ihr seien die Teller heruntergefallen, vielleicht wäre sie gestolpert und hätte einen Stuhl oder andere Gegenstände mit sich gerissen, doch Ann sitzt schweigend am Tisch, hält sich die Hand vor ihr Gesicht, ohne auch nur einen Mucks von sich zu geben. Im Raum liegen verteilt Teller, zersprungene Lampen und Kerzen, die eigentlich den Raum erhellen sollten, doch nun zerbrochen auf dem Boden ihr zerfließendes Wachs verteilen.

»Ist alles in Ordnung?« Meine Stimme klingt, anders als eigentlich von mir gewollt, zittrig und schwach.

Ich spüre meinen Puls in meinem Hals als ich Mr. Harris mit gekrümmtem Rücken und stark atmend sich am Schrank abstützen sehe. Nach meiner Frage sehe ich ihn noch einmal tief einatmen und sich aufrichten, bis er sich schließlich langsam zu mir umdreht.

»Ja, es ist alles in Ordnung. Ich muss jetzt los zur Arbeit und ihr zwei räumt das auf!«, befiehlt er und verlässt das Haus.

Mein Blick folgt ihm fokussiert. Jede seiner Bewegungen nehme ich auf, als wäre sie eine Bedrohung und dann schließt sich die Tür.

Erst jetzt bemerke ich, dass ich schwerer geatmet habe, da sich nun mein Atmen normalisiert. Kurz darauf wende ich mich Ann zu. Ihre Hände bedecken nicht länger ihr Gesicht und ich erkenne, wie ihr Tränen über die Wangen hinunter auf den Tisch tropfen, doch trotz ihrer Tränen bleibt sie still. Sie gibt nicht einen Ton von sich, als würde sie Angst haben, dass sie jemand hören könnte. Ich setze mich neben sie und frage erneut: »Ist wirklich alles in Ordnung bei Euch?«

»Ja, ich brauche nur einen Moment.« Ihre Stimme ist leise und zittert.

Dann steht sie auf und geht zu einem Schrank, ohne mich dabei eines Blickes zu würdigen. Langsam nimmt sie einen Becher und geht zu einem Eimer voll Wasser. Darin taucht sie ihren Becher ein und trinkt einen Schluck, bevor sie ihn wieder auf den Tisch stellt und zum Herd geht.

»Räumt Ihr die Scherben weg und wascht die Teller, ich mache in der Zeit das Frühstück. Einen Besen findet Ihr in diesem Raum.« Sie deutet auf eine Tür neben den Küchenschränken.

Ich öffne sie und nehme einen scheußlichen Geruch wahr. In diesem kleinen Raum wird all das Essen gelagert, was hingegen schon teilweise vergammelt ist. Außerdem werden hierin auch alle Reinigungsgegenstände, wie der

Besen, gelagert. Insgesamt ist der Raum dreckiger, als ich es mir jemals hätte vorstellen können, und noch schlimmer ist, dass es keine Möglichkeit gibt, frische Luft in diesen Raum zu lassen. Schnell hole ich den Besen hinaus und schließe die Tür hinter mir. Der Geruch ist allerdings so stark, dass ich trotz geschlossener Tür beinahe einen Brechreiz bekomme, und dieser sogar noch einige Zeit in meiner Nase erhalten bleibt.

Nachdem der Geruch ansatzweise verschwunden ist, beginne ich zu fegen, doch ich bemerke schnell, dass ich nicht weiß, wie es funktioniert. So unauffällig wie möglich versuche ich herauszufinden, wie man einen Besen richtig hält und wohin ich den Dreck auf dem Boden bringen soll, während Ann mir genüsslich dabei zusieht.

»Habt Ihr noch nie gefegt?«, fragt sie mich humorvoll und ich erstarre.

»Nein, ich hatte Personal, welches es für mich erledigt hat.«

Ann sieht mich verwirrt an. »Wenn Ihr genug Geld habt, um Euch Personal zu leisten, weshalb habt Ihr mitten in der Nacht, in der Kleidung einer Bediensteten, nach einer Unterkunft gesucht?«

Erneut weiß ich nicht, was ich darauf antworten soll, und bleibe leise.

»Oh! Es tut mir so leid! Das wollte ich nicht. Es muss traumatisch für Euch gewesen sein.« Ich sehe sie an, ohne zu wissen, was sie meint. »Ihr müsst nicht darüber reden, wenn Ihr nicht wollt.« Ann legt ihre Hand auf meine Schulter und verharrt kurz in dieser Position. Dann holt sie kräftig Luft und fängt an zu fegen. »Seht Ihr? Fegen ist gar nicht so schwer. Versucht es.«

Ihre Stimme klingt nicht auffordernd oder bedrückend, sondern eher wie ein Angebot. So greife ich nach dem Besen und beginne den Boden zu fegen und alle zerstreuten Gegenstände auf ihren Platz zurück zu räumen, während Ann das Frühstück vorbereitet.

»Ich gehe hoch, die Kinder wecken«, sagt Ann, als sie mit dem Frühstück machen fertig ist.

»Natürlich. Ich decke den Tisch«, antworte ich darauf und öffne sämtliche Küchenschränke, um das Nötige zu finden.

Erst jetzt bemerke ich, dass ich durch die Arbeit verschwitzt und dreckig aussehe, doch es stört mich nicht und ich mache in Ruhe weiter.

Gerade als ich fertig bin, höre ich die Treppenstufen knarren. Fünf Kinder kommen mir entgegen und sehen mich fassungslos an. Doch nachdem Ann die Situation erläutert hat, lächeln sie und setzen sich zu Tisch, mit Ausnahme von James, dem einzigen Junge in der Truppe. Er scheint wütend zu sein, dass sich jemand Fremdes in seinem Haus befindet. Er fällt mir den gesamten Vormittag durch sein starkes Selbstbewusstsein und Durchsetzungsvermögen auf. Eigentlich bin ich beeindruckt, dass er in einem solch jungen Alter, ich schätze ihn auf sieben Jahre, bereits diese Charakterfähigkeiten besitzt, doch leider bemerke ich auch auf welche Art er sie zeigt, denn um seinen Willen zu bekommen, bittet er nicht freundlich darum, sondern spricht Drohungen aus. Offensichtlich hat er keinerlei Respekt gegenüber anderen, auch nicht gegenüber seiner Familie und Mutter.

Bei ihm habe ich das gleiche Gefühl, wie ich es auch heute Morgen bei Ann gegenüber Mr. Harris gespürt habe. Ist es Furcht? Ann tut mir leid. Sie tut so vieles, um ihre Kinder glücklich zu machen, doch James zerstört es, indem er beim Spielen mit seinen Geschwistern die Regeln so gestaltet, wie es ihm gefällt, indem er alleinig Ansagen macht oder auch, indem er die Mädchen nicht mitmachen lässt, wenn es nicht so verläuft, wie er es möchte, oder ihnen gar droht. Ann scheint es ebenfalls aufzufallen, doch sie tut nichts dagegen. Sie verteidigt ihre Mädchen nicht, genau wie sie sich selbst heute Morgen bei ihrem Mann nicht gewehrt hat.

Als es um die Mittagszeit an der Haustür klopft, befürchte ich bereits, was nun passieren wird. Mr. Harris ist zurück. Ich sollte meine Sachen packen und gehen. Schnell greife ich nach meinem Beutel und lege ihn mir über. Ann geht währenddessen zur Tür und öffnet sie. Als ich dann sehe, wer tatsächlich vor der Tür steht, rutscht mir mein Herz in den Magen. Es sind die Wachen. Ich erkenne sie an ihrer glänzenden Rüstung und dem roten Wappen aus Kelvington an ihrer rechten Schulter. Sie kommen ins Haus, ohne etwas zu äußern. Erst nachdem die Tür versperrt ist, erklären sie, dass es eine »allgemeine Kontrolle« sei, ohne mich, die Kronprinzessin, nur mit einem einzigen Wort zu erwähnen. Wahrscheinlich wollen sie keine Panik auslösen, indem sie sagen, dass die Kronprinzessin gesucht wird, und dies erst einen Monat, nachdem die letzte hingerichtet wurde, zudem eine Woche vor der Hochzeit und Krönung. Ann hat keine andere Wahl, als den Wachen ihren Wunsch zu gewähren. Sofort beginnen die Wachen alle möglichen Dinge abzusuchen und selbstverständlich auch die anwesenden Personen. Als einer von ihnen mit dem Blick an mir hängen bleibt, und wir einander ansehen, werde ich sprachlos. Mein Puls geht in die Höhe und ich verspüre Furcht. Ich bekomme Angst vor dem, was als Nächstes geschehen wird.

Im Augenwinkel erkenne ich, dass Ann mich ebenfalls ansieht. Sie scheint die Situation nicht zu verstehen.

»Blair, geh doch bitte nach draußen zu den Tieren und beginne mit deiner Arbeit«, sagt sie und deutet auf die verschlossene Tür hinter mir, die einzige Tür, bei der ich hier unten nicht weiß, was sich dahinter verbirgt. »Ich komme gleich nach«, ergänzt sie schließlich.

Ich drehe mich langsam um, ohne dabei den Blick von den Wachen zu lösen, öffne dann die Tür und gehe hinaus. Erst jetzt kann ich wieder Luft holen. Ich weiß nicht, wie lange ich sie bereits angehalten habe, doch nun endlich kann ich durchatmen.

Wie angewurzelt stehe ich nun draußen und starre die Tür an, in der Erwartung, dass die Wachen jeden Augenblick hindurchkommen und mich mitnehmen würden. Dann öffnet sich die Tür. Es ist Ann und sie ist allein, ohne Wachen.

»Wer seid Ihr wirklich?«

Wieder denke ich darüber nach, was ich sagen soll.

Ich kann ihr nicht sagen, wer ich wirklich bin. Es würde meinen Plan ruinieren und vielleicht hört uns gerade jemand zu, der es nicht mitbekommen sollte. Vielleicht würde mich jemand verraten.

»Meine Familie ist bei keinem Feuer umgekommen.« Ich atme kurz durch, um mich zu sammeln. »Meine Eltern sind Adlige gewesen und haben mich dauernd unter Druck gesetzt, irgendwelchen Regeln zu folgen und Dinge zu lernen, die ich nicht wollte. Es waren Dinge, die ich nicht für mein Leben brauche. Zumindest nicht für das Leben, das ich mir für mich ausgesucht habe …«, füge ich flüsternd hinzu. »Ich litt unter dem Druck meiner Eltern und wollte dem entfliehen, deswegen bin ich fort und nun auf mich allein gestellt«, lüge ich sie schließlich an.

Ann sieht mich mit großen Augen an. »Kennt Ihr diesen Herrn? Ich meine den Mann, den Ihr angesehen habt.«

»Nein. Er sah mich an und ich ihn«, antworte ich und wechsle das Thema. »Müsste nicht gleich Mr. Harris wiederkommen? Dann sollte ich mich doch wohl langsam auf den Weg machen, nicht wahr?«

Ann stimmt mir stillschweigend und mit einem enttäuschten Gesichtsausdruck zu. Warum ist sie enttäuscht?

Gemeinsam treten wir zur Tür. Mit jedem Schritt, den ich ihr näher komme, steigt auch meine Angst in mir. Werden mich die Wachen erkennen? Haben sie mich bereits erkannt? Aufgewühlt öffne ich die Tür und betrete das Haus. Alle Wachen sehen uns an. Im nächsten Moment sehen sie alle nur noch zu mir. Gänsehaut streift meinen Körper. Es scheint, als würden die Wachen wissen, dass ich nicht zu dieser Familie gehöre und diejenige bin, die sie suchen, doch trotz dessen sagt keiner von ihnen etwas. Ich packe meinen Beutel und gehe zum Eingang. Bevor ich ihn erreiche, stellen sich mir jedoch die Wachen in den Weg.

»Ihr dürft das Haus nicht verlassen, bevor wir nicht alles kontrolliert haben«, sagt einer der Männer und mustert mich weiterhin. Ich schlucke hörbar. »Kontrolliert ihren Beutel«, befiehlt die gleiche Wache schließlich den anderen.

NEIN! Sie werden mein Notizbuch finden ... und auch den Brief. Sie werden wissen, dass ich es bin. Ich werde mit ihnen mitgehen müssen. Ich werde mehr Wachen als je zuvor zugewiesen bekommen. Ich werde mein Versprechen niemals einlösen können.

Im nächsten Augenblick springt die Tür auf und alle Wachen weichen zur Seite.

»Vater!«, ruft James und rennt zu Mr. Harris.

Er hingegen sieht durch den Raum und scheint nicht überrascht über die Situation zu sein.

»Ich habe gesehen, dass heute besonders viele Wachen auf den Straßen unterwegs sind, aber auch in den Häusern? Was ist denn passiert, dass der König solche Maßnahmen trifft?« Plötzlich macht er einen freundlichen Eindruck.

Ein Verhalten, das ich noch nicht bei ihm sehen durfte. Er verhält sich ganz anders als die restliche Zeit über, die ich ihn kennenlernen durfte. Es ist wie eine Maske, die er trägt, um nicht auffällig zu erscheinen.

»Ihr braucht Euch keine Sorgen zu machen. Es ist eine reine Formalität. Wir kontrollieren alles und sind kurz darauf wieder fort«, erklärt eine der Wachen.

»Es geht um den Schutz der Kronprinzessin. Nach dem letzten Angriff möchte der König nichts riskieren«, ergänzt der nächste.

»Ich verstehe«, erwidert Mr. Harris und setzt sich an seinen Tisch. Er scheint kooperativ und offen zu sein, bis er mich zu Gesicht bekommt. »Ihr könnt gehen. Wir hatten ausgemacht, dass Ihr fort seid, wenn ich daheim bin, also: verschwindet!«

Ich senke den Kopf und gehe schweigend zur Tür.

»Leider ist dies nicht möglich«, erwidert die erste Wache, da sie offensichtlich der Leiter der kleinen Gruppe ist. »Wie bereits von meinem Kollegen erklärt, sind wir hier, um alles zu kontrollieren. Dies beinhaltet ebenfalls die anwesenden Personen.«

Auf einmal verfinstert sich Mr. Harris Miene und er steht auf. »Sie soll auf der Stelle verschwinden. Das war unsere Abmachung. Sie können sie draußen kontrollieren!« Mit jedem Satz, den er sagt, wird seine Stimme bedrohlicher.

»Beruhigt Euch. Es gibt keinen Grund zur Aufregung.«

»Liebling, bit...« Ann fällt zu Boden und hält sich ihre Hand vor ihr Gesicht, doch Mr. Harris schlägt weiter auf sie ein.

Plötzlich gehen die Wachen auf Mr. Harris zu und halten ihn fest, um ihn von Ann zu entfernen. Ich kann nicht anders als zuzusehen und erstarrt zu sein.

»Blair, geh!«, ruft mir Ann zu.

Es klingt aufrichtig, besorgt und zugleich überzeugt. Sie möchte nicht, dass ich mitbekomme, was passiert. Ich zögere nicht und öffne die Tür.

Noch bevor ich einen Schritt ins Freie machen kann, ruft Ann mir etwas zu: »Nutze deine Erfahrungen, aber bleib nicht in ihnen. Nutze sie und verbessere die Zukunft!«

Als sie den Satz beendet hat, verlasse ich das Haus und gelange auf die Straße. Hastig sehe ich mich um, doch sehe keine Wachen weit und breit. Wahrscheinlich sind sie in den anderen Häusern, um sie ebenfalls zu kontrollieren. Somit ergreife ich die Chance und laufe davon. Ich möchte nicht von den Wachen zurückgehalten werden. Weder möchte ich von denen, die mich nicht einmal aus dem Haus gehen lassen wollten, noch von den anderen, die hier umherlaufen, aufgehalten werden.

KAPITEL 7

Ich weiß nicht, was ich zu dem sagen soll, was gerade geschehen ist. Es hat sicherlich nicht so lange gedauert, wie es sich anfühlt und ich habe mit Sicherheit nicht alles mitbekommen, was geschehen ist, doch trotzdem fühlt es sich an, als wäre es eine halbe Ewigkeit gewesen, die ich einfach nur dastand und zu Ann sah. Ich wurde Zeugin von Gewalt gegenüber einer Person, die der Mann eigentlich lieben sollte. Ist so etwas gewöhnlich, wenn man jemanden liebt? Ist es üblich, demjenigen Leid zuzufügen? Nein, so etwas sollte nicht passieren. So etwas sollte weder in meinem Königreich noch irgendwo anders geschehen.

Hätte ich vorher gewusst, wie es in manchen Familien zugeht, hätte ich schon vor langer Zeit eingegriffen, doch jetzt kann ich es nicht mehr. Ich werde frei sein, sobald ich den Schuldigen, den der meiner Schwester und mir Leid zugefügt hat, bestraft habe. Ich werde frei von meinem Leid und den Schuldgefühlen sein. Gerade habe ich mich noch gegen Gewalt ausgesprochen, doch hierbei ist es etwas anderes. Diese Gewalt übe ich nicht jemandem gegenüber aus, den ich liebe, sondern gegenüber jemandem, den ich hasse und der nicht unschuldig ist. Es wird eine Strafe für eine seiner schlechten Taten sein.

Auch wenn es brutal klingt: Ich würde lieber all diejenigen, die Gewalt gegenüber anderen Unschuldigen ausüben, verhaften und verstoßen lassen, als sie frei herumlaufen zu lassen und in manchen Ausnahmen ist die entsprechende Strafe eben nicht einzig und allein der Ausschluss aus einem Königreich. Nein, manchmal reicht das nicht als Strafe, wie bei König Wilhelm. Er ist der König eines anderen Königreichs. Ihn kann ich nicht einfach verstoßen. Es ist gut, dass Mr. Harris von den Wachen gesehen wurde. Er wird verhaftet und verurteilt werden, nicht getötet, doch er wird über seine Tat nachdenken müssen und das wird die gerechte Verurteilung für ihn sein.

Doch was wird aus Ann? Sie muss sich allein um fünf Kinder sorgen und eines der Kinder, ihr eigener Sohn, kann sagen, tun und lassen, was er möchte. Wie wird sie damit fertig werden? Wie wird sie die Kinder und sich ernähren können? Ich habe gesehen, dass sie nicht reich sind. Sie sind arm und besitzen gerade einmal einen kleinen Hinterhof. Keiner wird sich um sie kümmern. Sie wird allein sein, so wie ich im Moment allein irgendwohin umherlaufe. Ich weiß nicht, wohin mein Weg mich führen wird. Ich laufe einfach den Weg entlang, bis ich irgendwo ankommen werde ...

Um mich herum sind überall Menschen. Einige sprechen mit Wachen und scheinen leicht beunruhigt und andere scheinen entspannt. Beim weiteren umsehen, würde ich behaupten, dass ich mich im Herzen des Dorfes befinde. Es ist ein größerer Platz, der wie eine sehr kleine Ausgabe von einem Marktplatz aussieht. Doch lange kann ich diesen Anblick nicht genießen, denn je länger ich die vielen Wachen in meiner Nähe sehe, desto unruhiger werde ich. Jeder von ihnen könnte mich erkennen. Mit jedem Atemzug beschleunigen sich meine Schritte. Irgendwann achte ich nicht mehr auf mein Umfeld. Ich verfalle in Panik. Ich möchte aus dieser Situation entkommen. Schnell laufe ich über den Platz, womit ich die Aufmerksamkeit nur noch mehr auf mich ziehe.

Meine innere Unruhe wird größer und ich kann sie nicht mehr kontrollieren. Ganz egal, wohin ich sehe, überall sind Wachen. Ich weiß nicht, ob ich es mir einbilde oder es tatsächlich wahr ist, doch es scheint, als würde mich jeder von ihnen beobachten.

»Ihr da! Stehen bleiben!«, ruft mir eine Wache hinterher. Ich laufe schneller und meine Angst davor, erkannt zu werden, steigt weiter. »Verfolgt sie!«, ruft nun einer von ihnen.

Plötzlich stoße ich mit jemandem zusammen und falle zu Boden. Reflexartig sehe ich zur Person, die ich angerempelt habe, die ebenfalls am Boden liegt. Er ist hübsch und etwa in meinem Alter, würde ich schätzen. Vielleicht ist er doch eher etwas älter als ich ... Vielleicht um die dreiundzwanzig Jahre?

»Entschuldigt«, sage ich hastig und richte mich auf.

Als er sich neben mich stellt, betrachte ich ihn weiter und verliere mich in seinen Augen. *Sie sind so schön ...* und leuchten durch seine dunklen Strähnen blau auf. Ich könnte bei diesem Anblick auf der Stelle erneut umfallen.

»Entschuldigt. Kennt Ihr diese Dame?«, fragt ein Mann hinter mir.

Ich drehe mich um und bemerke, dass mehrere Wachen vor mir stehen. Die meisten sehen zum Mann, den ich gerade zu Boden geworfen habe, und manche sehen zu mir. Auf einmal spüre ich um meine Taille eine Hand, die mich zurückzieht. Ich sehe hinunter und folge dem Arm mit meinen

Augen. Der Mann zieht mich, mit einem anständigen Abstand, an sich.

»Ja, dies ist eine meiner Untergebenen. Gibt es ein Problem, General?«, erwidert er ruhig mit starker Stimme.

Sie ist derart kräftig, dass sie mich zum Beben bringt. Es ist ein unglaublich schönes Erlebnis. Ich könnte seiner Stimme den ganzen Tag über lauschen.

»Nein. Natürlich nicht. Es ist eine einfache Kontrolle vor der Hochzeit der Kronprinzessin.«

»Dann ist Eure Aufgabe erledigt. Ihr könnt gehen.«

»Natürlich, verzeiht die Unannehmlichkeit«, sagt der General, macht eine Verbeugung und geht mit seiner Truppe fort.

Merkwürdig, dass die Wachen so schnell verschwinden, obwohl wir nicht einmal kontrolliert wurden.

Ich trete einen Schritt zurück und bedanke mich: »Vielen Dank, für Eure Hilfe, Mr ...«, ich stocke und warte auf eine Ergänzung seinerseits.

»Edward«, sagt er schließlich mit der gleichen angenehmen Stimme, die er gerade bei den Wachen hatte.

Erst jetzt fällt mir auf, dass er Begleiter bei sich führt. Offenbar ist er ein wohlhabender Mann oder auch Ritter? Ich betrachte seine Kleidung. Er trägt ein edles rotes Oberteil, welches mit Knöpfen versehen ist, und um seine Hüften ist ein schwarzer Gürtel gebunden. Zudem trägt er eine schwarze Hose und teure schwarze Schuhe aus Leder. Dazu trägt er einen braunen Umhang mit Kapuze, an dem Tierfell befestigt ist. Auf seiner Brust erkenne ich ein gelbes Wappen eines anderen Königreichs. Es ist das Wappen vom Königreich Felsing, das gerade einmal eine Flussbreite von Kelvington entfernt ist.

»Was führt eine junge Dame, wie Ihr es seid, hierher? Solltet Ihr nicht auf dem Hofe sein?«, fragt er mich.

Sein Gesichtsausdruck sowie der Klang seiner Stimme sind weder aufdringlich noch verurteilend. Er scheint neutral und interessiert, doch auch nicht allzu sehr.

»Ich bin auf der Suche nach jemandem.«

»Darf ich wissen, wen Ihr sucht? Eventuell könnte ich Euch behilflich sein.« Sein Blick verändert sich nicht.

Er lächelt weiterhin leicht charmant, während er auf meine Antwort wartet.

»Vielleicht werdet Ihr es früher oder später erfahren, doch im Moment muss ich meinen eignen Wegen folgen. Auf Wiedersehen.« Erhobenen Hauptes mache ich einen Knicks und gehe bereits einige Schritte, bis ich doch stehen bleibe.

Was mache ich gerade? Er ist ein Herr, der sich keine Gedanken um meine Vergangenheit macht und der sie nicht zu verurteilen scheint, und das, obwohl ich ihn gerade, in Bediensteten-Kleidung, zu Boden geworfen habe. Ebenfalls könnte er mich mit Sicherheit das Kämpfen lehren. Geschwind drehe ich mich um und laufe zu ihm zurück, um ihn einzuholen.

Kurz hinter ihm bleibe ich erneut stehen und spreche in deutlich lauter Stimme zu ihm: »Könnt Ihr mich das Kämpfen lehren?« Ohne weitere Erklärung sehe ich Edward an, während er sich ruhig und geschmeidig zu mir umdreht.

»Was würde ich davon haben?«

Also verhandelt er gern, genau wie mein Vater ... Halt! Darüber sollte ich nicht nachdenken. Es ist Vergangenheit.

»Ich sehe, dass Ihr aus Felsing seid, einem Königreich in der Nähe des unserem. Ihr könntet wegen der Hochzeit hier sein, doch da Ihr Begleiter mit Euch führt, keinerlei Gepäck bei Euch tragt und dieses Königreich mit einer enormen Neugier begutachtet, lässt sich schließen, dass Ihr länger bleiben wollt. Vielleicht seid Ihr ein Landbesitzer? Ich könnte Euch bei Euren Aufgaben behilflich sein.«

Erwartungsvoll sehe ich ihn an. Seine Augen leuchten kurz auf, als sich die Sonnenstrahlen in ihnen brechen. Er ist wunderschön.

»Wie lange wollt Ihr bleiben?«, fragt er mich, ohne auf mein Angebot einzugehen.

Verwundert sehe ich ihn an. Anscheinend hat er eine Gabe dazu, mich aus dem Konzept zu bringen. Warum geht er nicht auf mein Angebot ein? Ist er kein Handelsmann? Ist er vielleicht doch nur neugierig?

»Ich werde so lange bleiben, wie es nötig ist.«

Selbstverständlich ist hiermit nicht gemeint, solange er mich zur Arbeit braucht, sondern solange ich brauche, um kämpfen zu lernen. Ruhig erwarte ich die nächste Frage seinerseits.

»Einverstanden.« Ich sehe ihn verwundert an. Das habe ich nicht erwartet. »Ihr dürft mich begleiten, und ich werde Euch das Kämpfen lehren, wenn Ihr mir dafür einen Eid schwört. Jeder, der das Kämpfen wie ein Ritter erlernt, muss einen Eid schwören, um die Unschuldigen zu schützen.«

Für einen Moment sehe ich ihn einfach nur an, ohne auf seine Forderung zu antworten. Kurz darauf dreht er sich bereits um. Schnell stelle ich mich vor ihn.

»Ich werde den Eid schwören!«, rufe ich ihm überzeugt hinterher und hoffe darauf, dass wir danach sofort anfangen würden zu lernen.

»Hebt Eure Hand und sprecht mir nach.«

Wir beide heben unsere Hand und ich warte auf seine Worte.

»Ich gelobe, die Schwachen zu verteidigen.«

»Ich gelobe, die Schwachen zu verteidigen.«

»Ich gelobe, das Königreich meiner Geburt zu lieben.«

»Ich gelobe, das Königreich meiner Geburt zu lieben.«

»Ich gelobe, nie vor meinem Feind zu fliehen.«

»Ich gelobe, nie vor meinem Feind zu fliehen.«

»Ich gelobe, niemals zu lügen und zu meinem gegebenen Wort zu stehen.«

»Ich gelobe, niemals zu lügen und zu meinem gegebenen Wort zu stehen.«

»Ich gelobe, allen gegenüber freigebig und großherzig zu sein.«

»Ich gelobe, allen gegenüber freigebig und großherzig zu sein.«

»Ich gelobe, immer für das Recht und gegen Ungerechtigkeit und Böses zu kämpfen.«

»Ich gelobe, immer für das Recht und gegen Ungerechtigkeit und Böses zu kämpfen.«

Irgendwie kommt mir der Eid bekannt vor ... Natürlich! Das ist tatsächlich der Rittereid. Ich habe ihn mehrmals wiederholen müssen, damit ich die richtigen Worte sage, wenn ich jemandem zum Ritter schlagen würde. Allerdings sind es üblicherweise zehn Gelöbnisse, also hat er nicht alle genannt. Warum hat er die restlichen ausgelassen?

Nachdem Edward seine Hand senkt und sagt: »Kommt mit. Ich muss noch einige Besorgungen machen«, geht er los, ohne auch nur ein Anzeichen zu machen, auf mich zu warten.

»Wie, Ihr müsst noch Besorgungen machen? Ich möchte sofort mit meinem Unterricht beginnen!«, fordere ich, doch Edward dreht sich nicht noch einmal zu mir.

Schnell laufe ich neben ihm her, sodass ich eine Hälfte seines perfekten Gesichts erkennen kann, bei dem sich seine vollen Lippen zu einem arroganten Schmunzeln formen.

»Ihr habt mich um Hilfe gebeten. Also werden wir dann beginnen, wenn ich sage, dass Ihr bereit dazu seid«, erwidert er stur und geht weiter.

Er beobachtet nicht einmal, ob ich ihm tatsächlich folge. Für einen Moment bleibe ich stehen, bis all seine Begleiter an mir vorbeigegangen sind. Zwar sind es nur drei, doch es reicht aus, um einen einschüchternden Eindruck zu hinterlassen. Ich habe die Bedingung erfüllt, die er von mir verlangt hat. Nun möchte ich, dass er meine erfüllt.

Als er etwas weiter entfernt von mir ist, denke ich allerdings sofort anders. *Denk an die Gelöbnisse.* Er wird mir helfen, schließlich hält ein Ritter sein Wort. Das ist sogar eines der Gelöbnisse, die ich schwören musste! Er wird sich auch selbst daran halten. Nur frage ich mich, wann er sein Versprechen einlösen wird. Schlussendlich schließe ich mich den Begleitern an.

»Wie lautet Euer Name?«, ruft Edward zu mir zurück, ohne sich dabei umzudrehen. Er scheint sich sicher zu sein, dass ich ihm folge.

»Blair!«, rufe ich zurück, woraufhin ich keine Antwort mehr bekomme.

KAPITEL 8

Wir laufen bereits eine geraume Zeit und haben einige Marktstände besucht und sind nun weiter den Straßen gefolgt, auf denen sich zwischen den Häusern wenige Läden befinden. Zu Beginn wusste ich nicht, was ich machen sollte, während Edward an den Ständen verhandelt oder die wenigen Läden besucht. Allerdings ist mir schnell bewusst geworden, dass die Begleiter stets entfernt von Edward stehen und nur einer von ihnen, Edward in die Läden geleitet. So bleibe auch ich mit ihnen draußen, um zu warten.

Unerwarteterweise muss ich all sein Gepäck tragen, das zu Beginn noch leicht gewesen war, doch mit der Zeit und Menge immer schwerer wurde. Inzwischen ist das Gepäck so schwer, dass nun meine Finger schmerzen. Auch meinen Füßen geht es durch das Laufen der weiten Strecken nicht besser.

Nachdem wir sämtliche Geschäfte hinter uns gelassen haben, kann ich beinahe nicht mehr mit Edward mithalten. Es scheint, als würde er immer schneller werden. Moment … Er wird schneller … Er überholt mehrere Bürger und ich eile mit seinem gesamten Gepäck hinterher. Ich brauche eine Pause. Als er schließlich durch die nächste Tür tritt, bei dem ich nicht von außen erkennen kann, was darin verkauft wird, stelle ich das Gepäck auf den Boden und hebe meine Hände, um sie zu betrachten. Sie brennen wie Feuer und sind blutrot gefärbt.

Schnell sehe ich mich nach einem Platz um, wo ich mich hinsetzen könnte, bis Edward seinen Einkauf im Geschäft erledigt hat. In unmittelbarer Nähe, in der Mitte des Platzes, erblicke ich einen Brunnen. Sofort trete ich zu diesem und halte meine Hände ins kühle Wasser. Bereits in dem Moment, in dem ich meine Hände ins Wasser stecke und die Kälte meine Handflächen berührt, wirkt sie wie Eis und dämpft den Schmerz. Nach einem kurzen Augenblick hebe ich mein Kleid an, um meine schmerzenden Füße ebenfalls ins kühle Wasser halten zu können. Kurz darauf verdecke ich sie allerdings wieder. Ich trage noch meine Schuhe aus der Burg. Wenn ich die Schuhe jetzt ausziehe, wird jeder sie sehen. Es ist zu auffällig solch teure und vor allem Schuhe zu tragen, die einer Adligen würdig sind, während ich Bediensteten-Kleidung trage. Als ich darauf meine Hände nochmals ins Wasser halten möchte, höre ich eine Stimme nach mir rufen.

»Blair, kommt her! Lord Edward wartet auf Euch.«

Ich drehe mich um und erkenne, dass es der Begleiter von Edward ist, der ihn stets in die Läden folgt. Er ist wahrscheinlich der Ranghöchste von den dreien. Ebenfalls fällt mir auf, dass nur er allein mit Edward spricht. Die anderen beiden sprechen niemals ein einziges Wort zu ihm, nicht einmal ein einfaches »Ja« oder »Verstanden« nachdem sie einen neuen Befehl erhalten haben. Sie folgen alleinig Edwards Schritten und befolgen jede seiner Anweisungen.

Eilig laufe ich zu ihm zurück und mache mich daran, das Gepäck aufzuheben und weiterzutragen.

»Das werdet Ihr nicht brauchen«, unterbricht mich der Begleiter. Sein Gesichtsausdruck bleibt währenddessen neutral.

Zur gleichen Zeit hält er die Tür des Geschäfts auf und deutet hinein. Ich lasse das Gepäck los und mache langsame Schritte auf ihn zu, in Richtung Tür. Da er nichts darauf erwidert, gehe ich hinein und der Begleiter schließt die Tür hinter mir, von außen. Reflexartig sehe ich mich um. Es ist laut und düster. Überall sind Männer und nirgends ist nur eine einzige Frau zu sehen. Wo bin ich bloß hineingeraten?

Dann taucht Edward vor mir auf. Er hält mir seine Hand entgegen, woraufhin es im Raum plötzlich still wird. Gerade haben sich alle noch unterhalten, doch nun ist es totenstill und jeder sieht zu uns. Ich weiß nicht, was ich in dieser Situation tun soll. Soll ich seine Hand nehmen, mich an seinen Arm hängen oder nur mit ihm mitkommen?

Zögernd hebe ich meine Hand und strecke sie ihm entgegen. Ehe ich mich versehe, greift Edward bereits nach meiner Hand und führt mich sanft durch den Raum und die darin befindliche Menschenmenge. Weiterhin sehen alle zu uns. Normalerweise würde ich mich unwohl fühlen, doch Edward schafft es, mich völlig zu fesseln. Ich habe noch niemals jemandem meine Hand gereicht, geschweige denn einem Mann. Es fühlt sich intim an, als hätte ich ihm mit dieser Geste auch meine Hand versprochen, und doch fühlt es sich bedingungslos und frei an.

Dann lässt er mich schlagartig los. Meine Hand ist wieder allein, so wie mein Herz, das nun nicht mehr mit ihm verbunden ist und nun nach dem gerade noch empfundenen Gefühl strebt. So kehre ich langsam in die Wirklichkeit zurück und erkenne, dass wir an einem Tresen stehen, an den Edward einen Hocker stellt.

»Setzt Euch«, sagt er freundlich und auffordernd zugleich.

Dann stellt er noch einen Hocker direkt neben meinen. Nervös setze ich mich und sehe mich um. Alle Männer beginnen sich wieder miteinander zu unterhalten, doch ihr Blick gilt noch immer uns.

»Zwei Bier!«, ruft Edward jemandem hinter der Theke zu, woraufhin er sich wieder mir zuwendet.

Ich bleibe derweil schweigend auf meinem Platz sitzen und halte meine Arme nah an meiner Seite und presse meine Beine angespannt gegeneinander.

»Was führt denn eine solch edle Dame in eine Taverne?«, fragt mich plötzlich jemand von der Seite und packt meinen Arm.

Ich versuche mich zu befreien, doch es nähern sich immer mehr Männer, die versuchen mich vom Hocker zu reißen.

»Lasst uns allein«, sagt plötzlich Edward ruhig, ohne sich weiter für die anderen zu interessieren, doch überraschenderweise lassen mich alle sofort los und entfernen sich von uns. Merkwürdig, dass alle sofort auf ihn hören, ohne dass er nur einen Finger krümmt. Ich denke zurück an unsere erste Begegnung. Auch die Wachen sind sofort gegangen, obwohl sie unter dem Befehl meines Vaters dort waren. Dabei stammt Edward nicht einmal aus diesem Königreich und hat keinerlei Befehlsrecht. Also weshalb hören sie alle auf sein Wort?

Schließlich kehre ich zurück in die Gegenwart und erinnere mich an das Gesagte des Mannes zurück. Befinde ich mich tatsächlich in einer Taverne? Hat Edward mich tatsächlich in eine Taverne gebracht? Ich beobachte noch die Männer, die sich von uns entfernen und setze mich bequemer auf den Hocker. Als ich neben mich sehe, steht bereits das Getränk, das Edward bestellt hatte, vor mir.

»Warum bringt Ihr mich in eine Taverne?«, frage ich ihn, während ich an meinem Getränk rieche.

Igitt ... Mein Gesicht zieht unweigerlich eine Grimasse. *Es ist ein scheußlicher Geruch ...* Es riecht definitiv nicht nach etwas, das ich üblicherweise trinken würde. Auf Edwards Gesicht erscheint ein leichtes Grinsen, das er augenscheinlich versucht zu unterdrücken. Es steht ihm sehr gut. Es vermittelt ein Gefühl von Offenheit, Freude und Intimität, doch bereits im nächsten Augenblick verschwindet es. Von einem auf den anderen Moment ist sein Blick wieder ernst auf mich gerichtet. Eigentlich sehr bedauerlich, dass es nicht lange anhält, denn sein Lächeln sieht wirklich gut aus.

»Ihr wollt kämpfen lernen wie ein Mann? Dann könnt Ihr auch in eine Taverne gehen wie ein Mann.«

Ich sehe ihn schockiert an. »Ihr könnt diese Dinge nicht miteinander vergleichen. Es sind zwei völlig verschiedene Dinge, die nichts miteinander zu tun haben.«

Edward geht allerdings nicht darauf ein und redet weiter: »Außerdem ist dies hier eine viel angenehmere Atmosphäre, um offen miteinander zu sprechen. Es ist besser als daheim, wo Ihr wahrscheinlich unter Druck stehen würdet und erschöpft vom Tragen des Gepäcks seid.«

Er möchte offen mit mir sprechen? Worüber und was sind seine Absichten dabei?

»Was wollt Ihr wissen?«, frage ich skeptisch.

Eigentlich würde ich eine Taverne nicht als einen guten Ort, um sich »kennenzulernen« bezeichnen, doch zumindest gibt es einen deutlichen Vorteil, in einer Taverne zu sein: Die Wachen würden mich, eine Kronprinzessin, niemals in einer Taverne suchen. Ich werde hier sicher vor ihnen sein.

»Die Frage lautet nicht ›was ich wissen möchte‹, sondern ›was darf ich über Euch erfahren‹.«

Er möchte also mehr über mich erfahren, aber was genau? Mir scheint es, als wäre ihm nicht wichtig, was ich ihm erzähle, sondern dass ich ihm überhaupt etwas erzähle. Möchte er eine Nähe zwischen uns erzeugen? Wenn er gern handelt, würde ihm eine emotionale Nähe wahrscheinlich helfen, das zu bekommen, was er möchte. Also sollte ich versuchen etwas von mir preiszugeben, ohne dabei wirklich etwas von mir preiszugeben, genau wie ich es bei Ann gemacht habe.

Er sieht mich mit einem ruhigen, innigen Blick an, doch er drängt mich nicht, etwas zu sagen.

»Ich schätze meine Freiheit sehr und wollte nun meine eigene Ziele verfolgen.«

»Was hat es mit der Person auf sich, die Ihr sucht?«

Vielleicht möchte er mich doch unauffällig ausfragen …

»Ich suche jemanden, der meiner Familie und mir viel Schmerz zugefügt hat.« Ich könnte weitersprechen, doch vielleicht reicht ihm diese Information.

»Fahrt fort«, fordert er und macht eine weiterführende Handbewegung. Dabei sieht er mir tiefgründig in die Augen, als würde er mich lesen wollen.

Er hat so wunderschön leuchtende Augen, die seine langen Wimpern ausgezeichnet betonen. Es steht ihm großartig und ich könnte neidisch auf ihn sein. Schließlich schüttle ich den Kopf, um aus meinen Gedanken zu erwachen. Vielleicht möchte er genau das erreichen. Vielleicht möchte er mich emotional verwirren, damit ich ihm alles sage.

»Ich möchte ihm eine Lektion erteilen! Ich möchte ihn den gleichen Schmerz ertragen lassen, den er mir zugefügt hat –«

»Denkt an Euren Eid«, unterbricht er mich. Nicht nur seine Augen sind verführerisch, nein, auch seine Stimme.

»Ich bekämpfe keine Unschuldigen. Die Person, die ich suche, hat es sicherlich verdient!«, sage ich überzeugt und nehme einen kräftigen Schluck von meinem Bier.

Ich möchte Edward zeigen, dass ich es verdient habe, dass ich bereit und würdig genug dafür bin, kämpfen zu lernen. Schließlich ist es das, was er sicherstellen muss, um es mich zu lehren, oder?

Während unseres Gesprächs fällt mir auf, dass Edward und ich einiges gemeinsam haben. Beispielsweise schätzt er seine private Zeit ebenso sehr wie ich und liebt es zu lesen, wenn er zwischen seinen Pflichten Zeit dazu findet. Er erzählt mir von seinen Reisen und den vielen Orten, an denen er bereits war, von seiner Familie und wie wunderbar die Welt hinter den Toren des Königreichs ist. In dem Gespräch erfahre ich so vieles über ihn, was mich eine Verbundenheit mit ihm spüren lässt. Am liebsten würde ich ihm für alle Zeit lauschen, während er mit seinem Enthusiasmus über seine Erlebnisse berichtet und dies auch noch mit der Stimme eines Engels. Mit der Zeit bemerke ich, wie ich immer mehr in eine Art Bann gezogen werde, dem ich nicht entfliehen möchte.

Es ist wie ein Band, das ich nicht zu zerreißen gedenke. Ich wünsche mir sehnlichst, dass dieser Moment niemals endet. Dieser ehrliche, offene, freundliche, gütige und einfach wunderbare Moment zwischen uns beiden soll niemals zu Ende gehen. Irgendwann realisiere ich, dass ich auf einem Hocker und mit einem Bier in der Hand in einer Taverne sitze.

Mein Blick richtet sich auf Edward und ich sehe ihn an, als wäre er Gott persönlich, als könnte mein Blick nicht von ihm weichen. Er hingegen erzählt noch weiter und es scheint so, als würde er bildlich in die Vergangenheit zurückreisen und seine Erzählung jetzt im Moment nochmal erleben.

Er erwähnt jedes kleinste Detail seiner Erinnerung und sieht dabei verträumt in die Leere. Erneut hebe ich meinen

Krug an, um zu trinken, doch er ist leer. Edward stockt und sieht zu mir, wendet folglich den Blick allerdings auf seinen Krug. Rasch bestellt er zwei weitere Biere und widmet sich wieder seiner Erzählung. Sofort fessle ich mich an seine Stimme und höre ihm gespannt zu.

Plötzlich unterbricht er erneut seine Erzählung, indem er mich fragt: »Was möchtet Ihr in Eurem Leben erreichen?«

Diese Frage bringt mich erneut aus dem Konzept. Ich habe noch nicht so weit gedacht. Was möchte ich in meinen Leben erreichen, außer natürlich meiner Schwester Gerechtigkeit und ewigen Frieden zu schenken …?

»Vermutlich werde ich meine Freiheit genießen, die ich haben werde, mir die Welt ansehen, die Ihr mir soeben vorgestellt habt und vielleicht würde ich reisen.«

Ich denke weiter darüber nach und runzle die Stirn dabei. Ist es das, was ich möchte? Möchte ich frei sein? Ist das überhaupt möglich? Ich muss mir doch Essen und Trinken leisten können.

Wenn ich reisen und frei sein würde, dann wäre ich unweigerlich auch an eine Arbeit gebunden, doch dann wäre ich nicht wirklich frei … Edward bemerkt anscheinend, dass ich nicht weiß, was genau ich von meiner Zukunft erwarte, denn sofort setzt er zu reden an. Doch er kommt nicht einmal dazu, seine Gedanken auszusprechen, da die Tür der Taverne aufspringt. Der Raum wird ruckartig still und ich sehe zur Tür.

Mein gesamter Körper verkrampft sich. Es sind die Burgwachen. Ich dachte, ich würde in einer Taverne sicher sein, dass sie mich hier nicht suchen würden, doch anscheinend habe ich mich darin getäuscht. Sie kommen in die Taverne und direkt auf mich zu. Verdammt! Was soll ich bloß tun? Ich muss schnellstmöglich hier weg!

»Ist Euch nicht wohl?«, fragt mich Edward von der Seite, doch ich kann meinen Blick nicht von den Wachen nehmen. Sie kommen auf mich zu und würden mich gleich enttarnen, wenn ich nicht verschwinden würde. »Bla...«

»Ich muss zur Latrine!«, bricht es aus mir heraus.

»Dort drüben«, antwortet Edward und neigt den Kopf nach hinten, um mir die Richtung zu weisen.

Ich nicke ihm zum Dank zu und stehe hektisch auf. Als ich an ihm vorbeigehen möchte, packt er mich allerdings am Arm. Seine Hand fühlt sich plötzlich nicht mehr angenehm und intim an, sondern rau, stark und eiskalt. Wahrscheinlich ist sie das vom kühlen Bier, das er bis gerade eben noch in der Hand hielt. Ich spüre, wie sich eine Gänsehaut über meinen gesamten Körper ausbreitet. Edward und ich sehen uns an. Ich warte auf eine Reaktion von ihm, doch er sagt nichts, stattdessen lässt er mich los und ich folge der Richtung, in die er mich schickte. Ich laufe in den Raum hinein und schließe die Tür hinter mir. Welch Glück, dass ich allein bin ...

Wie schaffe ich es jetzt hier herauszukommen? Eigentlich möchte ich mit Edward gehen, doch es scheint mir in dieser Situation unmöglich zu sein. Ich muss wohl allein gehen, doch ich kann auch nicht hier verweilen, bis die Wachen verschwunden sind, und ohne Edward gehen. Nein! Ich werde augenblicklich hier rausmüssen. Langsam trete ich aus dem kleinen Raum und schließe sachte die Tür hinter mir.

Nachdem ich die Eingangstür entdeckt habe, senke ich meinen Blick und gehe auf sie zu. Ich möchte Edward nicht sehen, nicht, während ich versuche, von ihm wegzukommen. Wenige Schritte später stoße ich mit jemandem zusammen.

»Oh, Verzeihung.« Ich sehe dem Mann ins Gesicht und es ist Edward. Mist.

Kurzerhand sehe ich zu dem Platz hinüber, auf dem er vorher noch gesessen hat. Die Plätze sind leer und die Wachen stehen direkt daneben.

»Ich muss hier raus!«, schreie ich ihn an, damit er mich durch den Lärm der Leute hören kann, und obwohl ich es eilig habe, bleibe ich weiterhin vor ihm stehen und warte auf eine Reaktion von ihm.

Eigentlich möchte ich nicht ohne ihn gehen.

»Wir schaffen das!«, sagt er entschlossen.

Sein Blick ist intensiv und fest auf mich gerichtet. Hat er gerade ›wir‹ gesagt? Aufgeregt und unsicher lächle ich ihn an und nicke. Einen kurzen Moment später fasst er mich bei der Hüfte und zieht mich mit sich, hinter den Tresen, öffnet kurzerhand eine Tür und schubst mich hindurch. Nun stehe ich in einer kleinen Gasse, die sich hinter der Taverne befindet. Sie ist dreckig und schlammig und überall liegt Müll auf dem Boden. Igitt. Trotzdem bedanke ich mich, ohne mich zu beschweren.

»Danke!« Ich klinge überfordert und erschöpft.

Mein Puls ist in die Höhe gegangen, doch nun werde ich mich beruhigen können. Als ich mich zu Edward umdrehe, sehe ich ihn nicht. Nur die verschlossene Tür, durch die er mich soeben schubste.

KAPITEL 9

»Blair! Wo wollt Ihr hin?«, ruft Edward mir hinterher, doch ich laufe weiter geradeaus, ohne zurückzusehen. Seine lauten Schritte werden schneller, bis er schließlich neben mir her läuft. »Ich habe Euch dort rausgeschafft, so wie ich es Euch gesagt habe.«

Es stimmt. Er hat mich, ohne Fragen zu stellen, aus der Situation gebracht und das zum zweiten Mal an einem Tag. Trotz dessen bin ich wütend, dass er mich einfach allein hat stehen lassen, im Dreck einer Gasse.

Ruckartig bleibe ich stehen und drehe mich zu ihm. Kurz geht er noch einen Schritt weiter, bleibt verwundert stehen und kommt zurück zu mir. Ich sehe ihn an und löse meine Lippen voneinander, um etwas zu sagen, doch ich bekomme keine Worte heraus. Vielleicht wollte er nur keine Aufmerksamkeit erregen. Er sieht mich eingehend an, so wie auch ich ihn. So intensiv, dass ich beginne, nervös zu werden. Meine Beine fangen an zu zittern und ich verliere mich in seinen Augen. Diese verdammt schönen Augen …

Er ist zu mir zurückgekommen und lief mir sogar hinterher. Anscheinend möchte nicht nur ich bei ihm bleiben, sondern er ebenso bei mir. Es fühlt sich richtig an, bei ihm zu sein. Vielleicht spürt er es auch …

»Kommt mit. Ich bringe Euch zu mir. Wir haben noch einiges zu tun.«

Für einen Moment bin ich wie erstarrt. Meine Beine sind schwach und ich stehe da wie angewurzelt. Verträumt sehe ich ihn an und versuche das Gefühl der Offenheit wieder zu spüren, dass ich in der Taverne verspürt habe. Dann bewegt sich seine Hand in meine Richtung. Es scheint so, als würde er mir etwas reichen, und somit ist mein Traum zu Ende.

Bitte lass es nicht das Gepäck sein. Als ich hinsehe, erkenne ich allerdings nur seine Hand. Zögernd hebe ich die meine zu seiner. Was, wenn es nicht das ist, was er möchte. Ich sehe ihm ins Gesicht. Es ist weich und voller Hoffnung. Schließlich reiche ich ihm tatsächlich meine Hand. Nun fängt er an, leicht zu grinsen. Kann es sein, dass er sich gerade etwas über mich lustig macht? Ich spüre wie meine Mundwinkel sich ebenfalls nach oben bewegen und mein Blick vertieft sich in seinen. Kurz darauf dreht er sich um und verhakt unsere Arme miteinander, sodass mein Arm unter seinem ist und meine Hand seinen Unterarm umfasst.

Er fühlt sich stark und muskulös an. Ich ersticke fast, als ich bemerke, dass wir aussehen wie ein Ehepaar, doch statt mich unwohl zu fühlen, genieße ich es. Ich denke nicht daran, nur einen Gedanken an die Personen zu verschwenden, die uns anstarren. So laufen wir zusammen, Arm in Arm.

Dieser Moment fühlt sich unglaublich intim an und wir teilen ihn mit dem gesamten Königreich. Ein Glück, dass ich bereits die Aufmerksamkeit in der Burg gewohnt bin, sonst würde ich gleich ohnmächtig werden vor Scham. Äußerlich mache ich, hoffentlich, einen starken und selbstbewussten Eindruck, doch innerlich zerschmilzt mein Herz. Leider ist dieser Augenblick nur von kurzer Dauer, denn dann hält Edward und nimmt seinen Arm zurück. Wir stehen mitten im Nirgendwo und ich male mir bereits aus, was er wohl nun tun wird. War dies alles nur eine List?

Offensichtlich nicht, denn kurze Zeit später kommen uns zwei Pferde entgegen, die einen Wagen mit sich ziehen. Folglich machen sie direkt vor uns Halt. Sie sieht aus wie meine in der Burg. Ist es etwa eine königliche Kutsche? Edward geht zur Tür und öffnet sie.

»Madame«, äußert er, während er mich innig und mit einem leichten Lächeln ansieht. Zugleich deutet er ins Innere.

Für einige Sekunden höre ich auf zu atmen, bis ich mich schließlich fange und schließlich einsteige. So edel wie Edward ist, reicht er mir die Hand, damit ich mich festhalten und die kleinen Stufen hinaufsteigen kann. Aus Reflex und Erfahrung in der Burg lege ich meine Hand auf seine und nehme seine Hilfe an. Folglich setze ich mich, sodass mein Blick auf den Platz nach vorn gerichtet ist.

Auch das Innere der Kutsche erinnert mich an meine königlichen, was mich augenblicklich in die Zeit in meiner Burg zurückversetzt. Ich war im Stress und musste an dutzende von Regeln, Pflichten und Aufgaben denken. Häufig wurde ich sogar noch auf dem Weg zu meinen Terminen über das Treffen unterrichtet. Es war immer ein Kampf mit mir selbst, ob ich nicht plötzlich aussteigen und fortrennen würde. Eine wichtige Regel war es, nicht die Gardinen beiseitezuschieben, denn es sei zu gefährlich, wenn die Untertanen wissen, dass sich die zukünftige Königin darin befindet.

Mein Vater rechnet mit jeglicher Art von Angriffen oder anderen Ereignissen, die jemandem das Leben kosten könnten. Doch auch ohne, dass ich aus dem Fenster sah und die Untertanen mich zu Gesicht bekamen, hörte ich ihre Rufe. Es waren verabscheuende Rufe nach uns, der königlichen Familie, und sie stellten sich uns in den Weg oder schubsten den Wagen, um ihn zu Boden zu werfen. Wäre ihnen dann auch noch bewusst gewesen, dass sich darin tatsächlich eine Person der königlichen Familie befindet, wäre die Situation wahrscheinlich eskaliert. Eigentlich war eine Kutschfahrt immer ein Akt des Mutes für mich, doch bei Edward ist es nicht so. Es ist sicher und behütet, es gibt keine Untertanen, die uns angreifen oder verstörende Dinge zurufen.

Es gibt mir ein gutes Gefühl und als sei alles ohne jegliche Bedingung. Erst jetzt bemerke ich, dass Edward sich ebenfalls gesetzt hat und wir uns bereits auf dem Weg befinden. Er sitzt mir gegenüber, sodass ich die gesamte Fahrt über in sein zauberhaftes Gesicht blicken kann. Vielleicht könnte ich bei ihm hinaussehen. Ich habe mein Königreich bisher nicht wirklich betrachten können. Nun könnte ich es. Vorsichtig hebe ich meine Hand an, greife nach dem Ende der Gardine und hebe sie ein kleines Stück an, nur so viel, dass ich gerade so hindurchsehen kann. Mein Königreich. Es ist wundervoll. Ich genieße die kleine Aussicht und sehe weiter hinaus. Allerdings bemerke ich viele Dinge, von denen ich vorher noch nichts gehört habe. Es gibt Straßenkämpfe, Personen, die am Rande der Straße jedem eine Dose entgegenhalten und deren Kleidung völlig zerrissen ist.

Wenn ich in der Burg bin, bekomme ich solche Dinge nicht mit. Wir müssen dort einzig und allein den Berichten der Bediensteten Glauben schenken. Zwar wurde über Angriffe und Feuer berichtet, allerdings nimmt dies hier ein ganz anderes Maß an. Ich werde wütend. Wie konnten die Bediensteten und Lehrer mich nur dermaßen anlügen? Die Aufgabe der Königsfamilie ist es, sich um das Volk zu kümmern und über es zu herrschen, es zu pflegen und zu verbessern, doch das geht nur, wenn wir die richtigen Informationen erhalten. Unfassbar! Es ist Betrug gegenüber ihren Herrschern. Es ist kein Wunder, dass viele Untertanen gegen die königliche Familie sind. Sie müssen das Gefühl haben, als würden sie allein gelassen und angelogen werden. Sie müssen sich vermutlich so fühlen, wie ich mich gerade fühle. Wieder lasse ich jemanden im Stich. Meine Schwester, Grace und auch mein Volk. Wie könnte ich eine gute Königin sein, wenn ich jetzt schon als Mensch versagt habe?

»Es ist schön, nicht wahr?«, höre ich Edwards Stimme.

Ich sehe zu ihm und bemerke, dass er ebenfalls durch einen kleinen Spalt an seiner Seite hindurchsieht.

»Schön? Nein, das ist es sicherlich nicht. Diese Menschen sitzen auf der Straße, tragen völlig zerpflückte Kleidung und sind allein. Sie werden allein gelassen und bekommen keine Hilfe!« Ich sehe ihn wütend an.

»Doch sie sind frei.« Er macht eine kurze Pause und sieht nochmal aus dem Fenster. »Sie sind draußen und frei. Sie können tun und lassen, was sie wollen, solange sie nicht gegen die Verfassung und das Recht verstoßen.«

Ich sehe erneut hinaus und sehe eine glückliche Familie, die einer anderen lachend zuwinkt.

»Es ist schön, nicht wahr?«, wiederholt er mit der gleichen Tonlage, die er zuvor an den Tag gelegt hat. Er sieht mich nicht an, sondern weiter hinaus und wartet auf meine Antwort.

»Es ist wunderbar«, antworte ich schließlich.

Er hat recht. Auch, wenn einige traurig und allein sind, sind sie frei. Sie könnten mehr aus sich machen, wenn sie sich bemühen. Ich habe es auch geschafft nicht bei ihnen zu landen, sondern reise in einer prachtvollen Kutsche mit einem edlen Mann zu ihm nach Hause. Ich fange an zu lächeln und Edward ebenso. Nun wende ich meinen Blick endgültig nach draußen und genieße die Sicht auf jederlei Person.

Nach einer Zeit nimmt Edward meine Hand, sodass ich die Gardine nicht mehr festhalten kann. Sie fällt vor mir zurück und versperrt mir die Sicht. Ich schweige und sehe zu Edward. Er sitzt aufrecht und betrachtet mich, ohne eine Andeutung zu machen, etwas sagen oder tun zu wollen. Er umfasst nur meine Hand und betrachtet mich. Als die Kutsche hält, steht Edward auf und steigt aus. Erneut streckt er mir die Hand zur Hilfe entgegen. Mein Blick gilt weiterhin ihm. Worüber denkt er wohl nach, während er mich ansieht?

Ich steige aus und sehe auf das, was vor mir liegt. Er hat mich zu einem riesigen Anwesen gebracht. Das Haus besitzt ganze drei Stockwerke, wobei das zweite bereits einige Dachschrägen hat, allerdings ist er noch hoch genug, sodass man drinnen dennoch aufrecht gehen kann. Zudem besteht das Haus aus zwei Flügeln, welche nach Osten und nach Westen zeigen. Auch diese sind jeweils in zwei Abteile aufgeteilt.

Die Eingangstür ist im mittleren Teil und nach Süden gerichtet. Auf diesem Teil des Anwesens steht ein Turm, der zwei Stockwerke höher ist als der Rest des Gebäudes. Die Sonne steht genau darüber und blendet mich leicht, doch trotz dessen sieht es fabelhaft aus. Durch die Fenster brechen die Sonnenstrahlen, die das Bauwerk zu etwas noch prachtvolleren machen.

Auf den Dächern befinden sich sämtliche kleine Schornsteine, die das Innere wahrscheinlich auch im Winter angenehm warm halten. Vor dem Eingang ist eine breite Brücke, die über einen schmalen Fluss reicht. All dies erscheint durch die vielen Pflanzen, Bäume und Büsche vor dem Fluss noch schöner, als es ohnehin schon ist. Der Vorgarten erinnert mich an den Innenhof meiner Burg. Es ist faszinierend, dass selbst ein solches Anwesen, viel kleiner als meine Burg, trotz dessen einen solchen Eindruck hinterlassen kann. Hier würde ich, bis ich das Kämpfen erlernt habe, bleiben. Hinter mir fährt die Kutsche fort und eine weitere hält. Die Personen, die aussteigen, erkenne ich sofort. Es sind die Begleiter von Edward, die das Gepäck mit sich tragen.

KAPITEL 10

25. Nov. 1470

Ich bin gerade erst einen Tag fort und es ist schon unheimlich viel passiert. Zuallererst die Flucht aus der Burg, die erfolgreich war, da ich weder gesehen noch von Wachen verfolgt wurde. Dann die Suche nach einer Unterkunft für eine Nacht, bei einer Familie, die mit Gewalt leben muss. Als ich dort Ann am Boden liegen sah, war ich vor Furcht erstarrt, doch sie hat selbstlos gehandelt und sich nicht gegen ihren Mann gewehrt, sondern hat mir geholfen, aus der Situation herauszukommen und zu fliehen. Ich kann mich noch genauestens an ihre letzten Worte erinnern, die mir wohl noch lange im Gedächtnis bleiben werden: »Nutze deine Erfahrungen, aber bleib nicht in ihnen. Nutze sie und verbessere die Zukunft!« Leider weiß ich allerdings noch nicht, was sie mir damit sagen wollte. Ich hoffe, ihr geht es gut …

Danach habe ich, auf einem durchaus schönen Marktplatz, einen Mann getroffen. Er hat mir geholfen, die Wachen, die mir gefolgt waren, von mir abzulenken, ohne mir auch nur eine Frage dazuzustellen, was es mit ihrem Interesse an mir auf sich hat. Sofort ist mir sein charmantes und edles Verhalten aufgefallen, das er an den Tag legt. Er benimmt sich, und dies scheinbar aus tiefster Überzeugung, wie ein Ritter. Die ritterlichen Prinzipien scheinen ihm sehr wichtig zu sein, da er mir noch mehr half, indem er mich aufgenommen hat und mich auch das Kämpfen

lehren möchte. Dafür musste ich ihm nur eben den Eid, der ihn wahrscheinlich ihm selbst macht, ebenfalls schwören. Außerdem werde ich ihm im Gegenzug häusliche Arbeiten abnehmen. Dabei hat er mir den Rittereid, mit einigen ausgelassenen Gelöbnissen, vorgesagt:
Ich gelobe, die Schwachen zu verteidigen.
Hat er mich deswegen vor den Wachen beschützt?
Ich gelobe, das Königreich meiner Geburt zu lieben.
Hat er deswegen versucht mich trotz Armut, Dreck und Obdachlosigkeit davon zu überzeugen, dass mein Königreich schön ist?
Ich gelobe, nie vor meinem Feind zu fliehen.
Ist er deswegen in der Taverne geblieben, statt mit mir aus der Hintertür zu gehen?
Ich gelobe, niemals zu lügen und zu meinem gegebenen Wort zu stehen.
Er wird sich an sein Wort halten und mich das Kämpfen lehren.
Ich gelobe, allen gegenüber freigebig und großherzig zu sein.
Hat er deswegen über mein Empfinden nachgedacht und mich besser kennenlernen wollen?
Ich gelobe, immer für das Recht und gegen Ungerechtigkeit und Böses zu kämpfen.
Hat er mich deswegen nochmal an den Eid erinnert, als ich ihm erzählt habe, dass ich dem Schuldigen das gleiche Leid zufügen möchte, das er mir zugefügt hat?
Schließlich sind wir in eine Taverne gegangen. Dort haben wir uns näher kennengelernt und er hat mir solch wundervolle Dinge über die Welt hinter den Mauern der Burg berichtet, wie auch über das Gefühl von Freiheit. Es war ein offenes und schönes Gespräch, doch dies hielt nur solange an, bis die Wachen meines Vaters wieder einmal

aufkreuzten. Sofort half Edward, mich unbemerkt von ihnen zu entfernen.

Edward ist ein guter Mann. Er hat schon an diesem Nachmittag mehr für mich getan, als ich je von irgendjemandem erwartet hätte, und morgen, an einem neuen Tag, werde ich ihm etwas zurückgeben. Ich werde für ihn arbeiten. Doch trotz des Eids, der Abmachung und der Pflichten, an die ich mich gebunden habe, habe ich das Gefühl, dass mehr zwischen uns ist. Bereits in der Taverne habe ich etwas Neues und Unbekanntes gespürt. Es fühlte sich großartig an.

Ich habe häufig versucht, dieses Gefühl erneut zu spüren und bei jeder guten Tat, die er tut, erwacht dieses Gefühl erneut. Inzwischen freue ich mich schon auf den morgigen Tag, sein charmantes Lächeln und auch seine freundliche und hilfsbereite Art. Er ist so offen zu mir und ich kann mich ihm öffnen, ohne Furcht vor seiner Verurteilung zu haben. Ich fühle mich einfach frei und behütet. Nur leider kann ich ihm nicht sagen, woher ich komme oder was wirklich geschehen ist. Ich kann ihm nicht sagen, was ich vorhabe und das fühlt sich nicht fair an. Es fühlt sich nicht fair ihm gegenüber an, dass er mir so viel über sich und von seinen Reisen erzählt, allerdings ich ihm nicht alles preisgebe, doch vielleicht wird er es eines Tages erfahren. Doch zuallererst muss ich mein Versprechen einhalten. Ich werde nicht ruhen, bis ich meiner Schwester Gerechtigkeit geschenkt habe. Sie soll in Frieden schlafen. Ich werde zu meinem Eid und Wort stehen. Ich werde das Kämpfen lernen, meine Zeit darin investieren, um schließlich erfolgreich zu sein. Denn was würde es mir bringen, nun schnell zu handeln und vor König Wilhelm zu stehen, ohne jemals gekämpft zu haben? Also werde ich hier bleiben, bis ich sicher bin, dass ich siegen werde. Ich muss es. Komme, was wolle!

KAPITEL 11

»Guten Morgen, Miss Blair«, sagt eine Frau, die vor mir steht.

Ich kenne sie nicht. Sie ist eine von Edwards Bediensteten und anscheinend dafür zuständig, mich zu wecken. Ich habe ein Zimmer im Westflügel des Anwesens bekommen, in dem ich schlafen kann. Die Vorhänge sind noch zugezogen und es ist dunkel im Raum. Das einzige Licht ist eine Kerze, die die Frau bei sich führt. Die Dunkelheit lässt mich träge erscheinen und ich würde sofort wieder einschlafen, wenn nicht bald etwas Tageslicht zu mir gelangt.

»Könntet Ihr bitte die Vorhänge öffnen«, bitte ich die Frau mit verschlafener Stimme.

Es fühlt sich an, als hätte ich nur wenig geschlafen, obwohl ich diese Nacht in einem bequemen Bett verweilt habe. Es fühlt sich an, als wäre ich mitten in der Nacht geweckt worden. Die Frau jedoch scheint hellwach zu sein und geht zum Fenster. Ich stehe auf und stelle mich vor das Fenster in Erwartung des Lichts, weshalb ich mich voller Genuss strecke, doch es wird nicht heller. Verwundert öffne ich meine Augen und sehe zum Fenster hinaus. Es ist noch so früh, dass nicht einmal die Sonne aufgegangen ist. Warum werde ich so früh am Morgen geweckt?

»Edward hat Euch bereits Kleidung für den Tag herausgesucht«, sagt die Frau, die nun neben mir steht.

Sie hält ein Oberteil und eine Hose in den Händen. Sie scheint genauso verwundert wie ich darüber zu sein. Solch eine Kleidung für eine Frau?

»Es ist praktischer zum Arbeiten«, aus dem Nichts ertönt Edwards Stimme.

Er betritt gerade das Zimmer. Wie kann er es wagen, ohne anzuklopfen hereinzukommen? Ich hätte entblößt sein können. Erschrocken sehe ich ihn an. Mein Herzschlag wird stärker, sodass ich ihn in meiner Brust spüre.

»Wenn Ihr wollt, kann ich Euch ein Kleid geben, aber diese Kleidung wäre deutlich komfortabler«, spricht er weiter und deutet auf das Oberteil und die Hose, die die Frau in ihren Händen hält.

Ich greife nach der Kleidung und gehe hinter die Umkleidewand.

»Maria wird Euch zur Kampfhalle geleiten«, fügt Edward schließlich hinzu, und ich höre eine Tür ins Schloss fallen.

Ich atme laut durch und ziehe mich mithilfe von Maria um. Auf dem Weg, durch das Anwesen, zum Unterricht sagt sie kein Wort, ebenso geben die anderen Bediensteten keinen Laut von sich. Alle sprechen nur, wenn sie angesprochen werden. Die Atmosphäre zwischen den Bediensteten ist angespannt und hektisch, wie es in der Burg war, obwohl die Bediensteten bei Edward nicht wegen viel Stress einer Hochzeit und Krönung eilig herumlaufen müssen. Es scheint, als seien sie verschreckt, doch ich lasse mich nicht davon beeinflussen. Ich bin schließlich hier, um das Kämpfen zu lernen und nicht, um die Situation zu analysieren.

»Ich heiße Euch herzlich willkommen zu Eurer ersten Kampfstunde!«, ruft mir Edward von der anderen Seite des Raums zu. Es ist ein riesiger Saal, gefüllt mit Sportgeräten und Waffen, die an den Wänden hängen. »Womit möchtet Ihr beginnen: Kraft oder Technik?«, fragt er mich mit Nachdruck.

»Technik!« Ohne Technik würde mir die Kraft nicht viel bringen, doch wenn ich die richtige Technik besitze, würde ich nicht viel Kraft benötigen.

Er greift nach zwei Stöcken und reicht mir einen davon. Dann nimmt er einen festen Stand ein und macht sich zum Kampf bereit. Ich mache es ihm nach. Plötzlich schlägt er nach mir. Ich muss mich wehren, um nicht getroffen zu werden. Zudem versuche ich, ihn zu treffen. Schließlich gelingt es mir auch.

»Ich habe Euch unterschätzt, meine Liebe. Wo habt ihr das Kämpfen gelernt?«

»Ich habe häufig den Rittern beim Üben zugesehen.«

»Beeindruckend ...« Er greift mich und ich kann nicht schnell genug realisieren, was gerade geschieht. Im nächsten Moment liege ich ohne Halt auf dem Boden.

»... Wäre es, wenn Ihr auch auf Eure Füße achten würdet.«

Wütend sehe ich ihn an.

»Findet Halt auf dem Boden. Ohne Halt wird es keinen Kampf geben«, fordert er mich auf.

Ich nicke, und er hilft mir, mich aufzurichten. So geht es den gesamten Morgen weiter. Ich zeige ihm, was ich kann, und er zeigt mir, dass ich doch nicht so viel kann, wie ich meine. Aus diesen Fehlern lerne ich. Nach einer Weile knurrt plötzlich mein Magen. Wir haben noch nichts gegessen und die Sonne geht inzwischen auf. Sie scheint direkt in den Raum und erhellt ihn. Es ist wunderschön.

»Ich denke, das war genug für heute. Es gibt noch einige Dinge zu erledigen. Auch Ihr werdet einiges machen müssen«, sagt er und beendet somit den Unterricht.

Er reicht mir ein Brot und befiehlt einem seiner Begleiter, der vor der Tür steht, mich zum Acker zu bringen.

Das Feld ist nicht weit entfernt vom Anwesen. Ich kann es sogar von hieraus sehen. Als wir ankommen, wird mir erklärt, was ich tun soll: »Ihr werdet mit den Bauern die Ernte einholen. Daraus wird unser Essen für die nächsten Tage zubereitet, also beeilt Euch und achtet genauestens darauf, dass alles gereift und nicht von den Tieren angefressen ist.«

Ich nicke ohne Widerworte und wende mich dem Land zu. Das Einzige, was ich hier erblicken kann, ist Grün, das aus der Erde hinausragt. Neben mir steht ein leerer Korb, in den ich wahrscheinlich die Ernte hineinlegen soll. Weiter hinten erkenne ich ein Feld voll mit Salatköpfen, die bereits von anderen Bediensteten gesammelt und kontrolliert werden. Die Sonne scheint und strahlt auf mich und meine Umgebung, welche vom Morgentau befeuchtet ist. Es glitzert leicht in der Morgensonne.

Normalerweise würde ich mich hinsetzen und die Sonne genießen, dabei würde ich entweder ein Buch lesen oder in meinem Notizbuch schreiben, doch heute werde ich es nicht können, da ich arbeiten muss. Mit Mühe ziehe ich an dem Grün vor mir auf dem Boden. Mit all meiner Kraft versuche ich es aus der Erde zu befreien, doch diese rührt sich nicht. Kurz höre ich auf, grabe mit meiner Hand ein wenig um die Pflanze herum und ziehe erneut mit all meiner Kraft. Als ich plötzlich das Gemüse aus dem Boden reiße, falle ich mit meinem Hintern auf den Boden. Kartoffeln.

In meiner Hand das Grün, das herausragt und darunter das Gemüse, umringt von ihren Wurzeln und völlig unbeschädigt. Augenblicklich lege ich die Ernte in den Korb und beginne die nächste Ernte von der Erde zu befreien.

Bereits von den Kampfübungen bin ich durchgeschwitzt und friere nun draußen in der Kälte. Ich bin schlapp und habe nicht gefrühstückt, wie ich es gewohnt bin, und trotzdem stehe ich hier auf dem Feld und beginne meine harte Arbeit, die mich weiter zur Erschöpfung bringt. Dauernd sehe ich zum Anwesen zurück und hoffe, dass jemand kommt und mich holt, doch dies geschieht nicht.

Den gesamten Vormittag arbeite ich hart auf dem Feld, bis mir eine Kutsche am Anwesen auffällt. Sie ähnelt sehr denen, die meine Familie besitzt. Auf der Kutsche weht eine kleine Fahne, doch ich kann nicht erkennen, ob sie königlich ist und welches Wappen sie zeigt. Ich beobachte weiter das Geschehen und sehe eine Person, die edel gekleidet ist, aussteigen. Edward kommt aus dem Anwesen und sieht zu diesem Mann hinüber. Kennt er ihn? Ist das etwa seine Kutsche? Wahrscheinlich ist das einer seiner Boten aus Felsing oder auch ein Handelspartner. Ich kann nur Vermutungen anstellen.

»Blair! Konzentriert Euch!«, befiehlt mir eine Stimme hinter mir.

Ich erschrecke und wende mich nun den Salatköpfen zu, die auch einigen Tieren zu schmecken scheinen. Meine Neugier allerdings wird nicht beruhigt und ich versuche, unauffällig zum Anwesen zu sehen, doch unglücklicherweise kann ich nichts erkennen. Schließlich gebe ich vorerst auf und ernte in Ruhe weiter.

Nach kurzer Zeit fährt die Kutsche wieder fort. Ich beobachte sie, bis sie hinter dem Horizont verschwunden ist. Merkwürdig. Was war das für eine Kutsche und zu wem gehört sie? Es muss zwar keine von uns gewesen sein, doch trotzdem mache ich mir Sorgen.

»Lord Edward erwartet Euch beim Essen«, berichtet mir ein Bediensteter.

Sobald ich im Anwesen bin, reicht mir ein anderer Bediensteter ein Kleid, das ich anziehen soll.

Ich betrete den Speisesaal und Edward sieht mich mit großen Augen an. Er steht auf, macht eine Verbeugung und zieht mir einen Stuhl nach vorn. Ich setze mich hin und er schiebt den Stuhl für mich heran. Welch ein Gentleman. Ich habe mich nicht getäuscht in ihm. Er ist charmant und ehrlich. Während des Essens sprechen wir nicht miteinander. Ich fühle mich wie zu Hause in der Burg. Das Einzige, was zählt, sind Benehmen und Anstand, denn mein Verhalten wird Spuren hinterlassen.

Nach dem Essen sitzen wir noch eine Weile am Tisch. Wahrscheinlich gibt es noch Dessert. Währenddessen sehe ich, dass sämtliche Diener mit Päckchen in den Speisesaal kommen. Es sind gebundene Schachteln mit Schlaufen. Sie sehen wirklich schön aus. Was wohl in ihnen versteckt sein mag? Wahrscheinlich sind sie für Edwards zukünftige Gattin. Ich weiß nicht, wie alt Edward tatsächlich ist, doch er sieht nur etwas älter aus als ich. Dann muss er wohl auch bald heiraten. Seine Gattin muss sich wirklich glücklich schätzen.

»Für wen sind die Geschenke?«, frage ich plötzlich in den Saal hinein.

Das wollte ich nicht und doch tat ich es. Ich bekomme keine Antwort von ihm.

»Ich hoffe, Ihr konntet das Mahl genießen«, erwidert er höflich.

»Natürlich, es war vorzüglich.«

Er strahlt mich mit einem bildhübschen Lächeln an. Solch ein Lächeln habe ich zuvor noch nie gesehen. Es scheint ehrlich und aus tiefstem Herzen zu kommen. Es erreicht sogar seine Augen, die dazu glänzen, als wäre dieser sein liebster Augenblick. Ich könnte mich darin verlieren.

»Nun, wie Ihr bemerkt habt, habe ich etwas für Euch.«

»Für mich?«, erwidere ich verwundert. »Welch eine Ehre. Doch weshalb wollt Ihr mir etwas schenken? Ihr gebt mir so viel und das nur an einem Tage: ein Heim, Kleidung zum Kämpfen und für den Alltag, Unterricht, ein Mahl dieser Ausmaße und ich ... ich gebe Euch nur die Arbeit auf dem Feld zurück.«

»Macht Euch keine Sorgen um Geld oder Eure Dienstleistung. Ihr schuldet mir nichts. Das Einzige, was ich mir wünsche, ist, dass Ihr Euch wohlfühlt und ich Euch kennenlernen darf.«

Mit einer Handbewegung verdeutlicht Edward einem seiner Bediensteten, dass er mir das erste Geschenk reichen soll.

Ich entferne das Papier, ohne es zu beschädigen, und öffne das Kästchen, das sich darin befindet.

»Oh nein, das kann ich nicht annehmen!«, sage ich gerührt und sehe weiter in die Schachtel hinein.

»Natürlich könnt Ihr. Ihr solltet sogar. Es ist unhöflich, ein Geschenk nicht anzunehmen«, antwortet Edward entspannt.

In seiner Stimme ist wahrzunehmen, dass sein Lächeln wohl nicht verschwunden ist. Allerdings, als ich den Kopf anhebe, ihn ansehe und widersprechen möchte, kommt er mir zuvor: »Ich weiß, dass Ihr Anstand besitzt. Ich bemerke die Kleinigkeiten. Ihr beginnt erst mit dem Mahl, wenn ich beginne. Ihr beendet das Essen, wenn ich es beende. Ihr geht stets aufrecht und auch in einer Kutsche zögert Ihr, bevor Ihr die Gardine zur Seite zieht. Auch nachdem ich nichts darauf kommentiert hatte, öffnetet Ihr diese nur einen Spalt. Ihr macht einen Knicks, um Euch zu bedanken oder zu verabschieden. Es gibt noch weitere Dinge, die mir aufgefallen sind. Beispielsweise Eure Ausdrucksweise und, dass Ihr in diesen Schuhen lauft, als würdet Ihr es jeden Tag tun.«

Ich bin erstaunt, auf welche Art er mich analysiert und gleichzeitig macht es mir Angst, dass er mich gleich enttarnen könnte. Hat dies alles etwas mit der Kutsche zu tun? War es tatsächlich eine meiner Kutschen gewesen und wenn ja, was hat der Mann Edward berichtet? Was hat Edward mit all dem zu tun?

»Vielen Dank für das Geschenk«, sage ich schließlich mit einem aufgezwungenen Lächeln, woraufhin schon das nächste Geschenk vor mich gestellt wird. Er schenkte mir den teuersten Schmuck, die schönsten Kleidern und Schuhen sowie einen Ring, der im letzten Paket ist. »Was hat dies zu bedeuten?«

Ich sehe mir den Ring genauer an. Es ist ein Ring aus Silber, mit einem kleinen Stein. Auf der Innenseite des Ringes ist ein kleiner Schriftzug eingraviert. »Kein Weg zu weit.«

»Es bedeutet, dass Ihr nicht aufgeben solltet, egal, wie weit ein Ziel entfernt zu sein oder schwer zu erreichen scheint. Außerdem finde ich, dass an einer solch edlen Hand, wie Ihr sie habt, ein Ring den letzten fehlenden Schliff ausmachen würde.«

Mit diesen Worten greift er sanft nach meiner Hand und steckt mir den Ring an den Finger.

Ich strecke meine Hand aus und betrachte sie. Ja, tatsächlich. Der Ring ist wunderschön. Es ist nicht zu viel und nicht zu wenig.

»Ich danke Euch«, erwidere ich schließlich mit Stolz.

Den restlichen Tag muss ich nicht arbeiten, somit setze ich mich in den Vorderhof an das Wasser und schreibe in meinem Notizbuch.

26. Nov. 1470

Mein erster Tag bei Edward. Es war ein sehr anstrengender Tag und doch, würde ich sagen, ein erfolgreicher. Denn heute haben Edward und ich gemeinsam trainiert. Allerdings nur mit Stöcken und keinen Schwertern. Wahrscheinlich wäre es undenkbar, zur ersten Stunde sofort ein Schwert zu verwenden. Allerdings konnte ich Edward zeigen, was ich bereits kann, durch die Erfahrungen, die ich gesammelt hatte, während ich den Rittern beim Üben zusah. Dabei musste ich mich an die damalige Zeit erinnern. Ich habe mich an die Zeit erinnert, als Victoria und ich den Rittern heimlich beim Üben zugesehen hatten.

Wir hatten ihre Bewegungen nachgeahmt und uns gefühlt als wären wir wahre Ritter. In dem Moment waren wir nicht die Prinzessinnen, die beschützt werden mussten, sondern die Ritter, die beschützen. Dauernd hatten wir uns zum Unterricht geschlichen und jedes Mal hatten wir mehr Spaß dabei. Wir haben immer mehr Bewegungen gelernt und sogar den Ritterschlag nachgespielt.

Sobald Victoria allerdings zusätzlich lernen musste, wie sich eine Königin verhält und mehr Aufgaben übernehmen musste, hatten wir immer weniger Zeit miteinander verbracht. In der Zeit, in der ich auf sie warten musste, saß ich auf der Bank vor der Schreibstube meines Vaters und sah aus dem Fenster. Ich versuchte, der Realität zu entfliehen. Ich wollte den Schmerz nicht fühlen, den ich hatte, wenn ich Victoria vermisste.

Irgendwann hatte Victoria so viele Aufgaben, dass sie fast gar keine Zeit mehr für mich hatte. Sie kam jeden Tag später aus dem Arbeitszimmer, um mit mir Zeit zu verbringen und schließlich gar nicht mehr. Ab diesem Zeitpunkt konnte ich selbst unsere gemeinsame Zeit nicht mehr genießen, da ich bereits wusste, dass sie schon bald wieder fort sein würde und ich wieder allein wäre.

Damals habe ich nicht verstanden, warum sie genau fort war. Ich war zu jung, um es zu verstehen. Ich habe mich einfach allein gefühlt. Somit begann ich mich auch von ihr zu distanzieren. Ich bin selbst in der Zeit, wenn sie welche hatte, nicht mehr zu ihr gegangen, sondern bin für mich allein gewesen. Somit geschah es, dass ich meine eigene Schwester nicht mehr wirklich kannte.

Jetzt im Nachhinein würde ich gerne mit ihr Zeit verbringen und ihr zeigen, dass ich Kämpfen lerne, dass ich etwas lerne, das wir beide zum Spaß gemacht hatten. Ich bereue es, dass ich nicht mehr Zeit mit ihr verbracht habe, doch nun kann ich es nicht mehr ändern.

Später haben Edward und ich gemeinsam diniert und das Mahl war wunderbar. Als wir schließlich das Essen beendeten, hat mich Edward mit Geschenken überrascht. Zuallererst wollte ich sie nicht annehmen, allerdings durfte ich sie nicht abschlagen. Ich weiß nicht, warum er mir etwas schenkt, aber es fühlt sich gut an. Er lässt mich,

mich wertvoll fühlen, und zwar nicht, weil ich königlichen Geschlechts bin, sondern meinetwegen. Schließlich weiß er nicht, wer ich bin. Außerdem sagte er, dass ich ihm nichts schulde. Er schenkte mir Schmuck, Kleidern, Schuhen und einen Ring. Der Ring hat einen Schriftzug auf der Innenseite: »Kein Weg zu weit.«

Edward sagte, dass der Schriftzug dafür steht, dass ich, wie weit der Weg zu meinen Träumen und Zielen erscheinen mag, immer weiter machen und sie verfolgen soll. Wahrscheinlich hat es auch etwas mit dem Eid zu tun, dass ich zu meinem Wort stehen soll. Vielleicht interpretiere ich ihn falsch, doch ich verstehe auch, dass ich, wenn ich mir etwas vornehme, es auch einhalten soll. Schließlich ist ein Ziel oder Traum, den ich erreichen möchte, genau so viel wert wie ein Versprechen.

Ich habe Victoria versprochen, ihr Gerechtigkeit zu schenken und Edward weiß, dass ich Vergeltung walten lassen möchte gegenüber jemandem, der meiner Familie viel Leid zugetragen hat. Ist der Schriftzug darauf bezogen?

Kapitel 12

01. Dez. 1470

Inzwischen verstehe ich, warum ich so viel arbeiten muss. Zwar habe ich selbst vorgeschlagen, für ihn zu arbeiten, allerdings habe ich leichtere Arbeit erwartet. Außerdem hat sich die Arbeits- und Übungszeit in der letzten Woche vervielfacht. Inzwischen üben Edward und ich nicht nur jeden Morgen, sondern auch an jedem Nachmittag nach dem Mittagsmahl und einer kurzen Pause. In dieser, meine ich zu wissen, dass er Briefe beantwortet und zum Abend ist er meist unterwegs. Doch insgeheim frage ich mich noch, was er tut, doch es ist schließlich nicht meine Angelegenheit.

Ich nehme einfach an, dass er mit Verwandten oder Handelspartnern aus Felsing schreibt und sich abends mit anderen Partnern aus Kelvington trifft. Ich hingegen sitze dann, wie gerade in der Pause, im Vorderhof und schreibe. Anfangs war der Unterricht sehr hart. Ich habe viel geschwitzt und auch die Arbeit war anstrengend. Nach dem Mahl hatte ich stets Schmerzen in den Armen, doch inzwischen schaffe ich viel mehr am Tag und bin nicht mehr dermaßen außer Atem. Ich lerne schnell und das bemerkt auch Edward, weswegen er den Unterricht anstrengender und schwieriger gestaltet und gleichzeitig noch verlängert. Es ist großartig. Zwar ist es auch ermüdend, da wir regelmäßig bis zur totalen Erschöpfung üben, aber nur so werde ich etwas dazu lernen können.

Ich verstehe mich inzwischen sogar noch besser als zuvor mit Edward. Er ist großzügig und ehrlich. Er schafft es sogar, seine Ehrlichkeit so auszudrücken, dass sie niemals verletzend klingt. Bei seinen Worten, seiner Stimme und seinen Augen kann man einfach nicht böse auf ihn sein.
Eigentlich würde ich gern hier bei ihm bleiben. Ich fühle mich sehr wohl, doch leider muss ich bald weiter, denn mein Ziel wartet nicht auf mich.

Ich sehe von meinem Notizbuch auf in den Himmel. Wunderschön. Ich genieße die Zeit und schließe meine Augen. Die Sonnenstrahlen, die mein Gesicht wärmen, fühlen sich angenehm an. Ich lausche dem Platschen des Wassers, das neben mir fließt, und verharre in diesem Moment. Ich erwache aus meiner Trance, als ich eine Kutsche sich nähern höre. So öffne ich meine Augen. Die Kutsche sieht exakt so aus wie die letzte vor einer Woche aus der Ferne. Nun kann ich auch die kleine Fahne auf dem Dach der Kutsche sehen. Es ist das Banner von Kelvington. Ich erschrecke und spanne meinen Körper an. Ich sehe dutzende Ritter auf das Anwesen zureiten, die die Kutsche begleiten. *Bitte, lass es nicht meine Eltern sein.* Um fortzugehen, ist es zu spät, also versuche ich, mich so unauffällig wie möglich zu verhalten. Ich sitze auf meinem Stuhl und verharre in dieser Position, während ich spüre, dass mein Puls stärker und ungleichmäßiger wird. Anspannung durchfließt meinen Körper, bis ich meinen Namen höre.
»Kronprinzessin Eleonore?«
Ich sehe auf. Es sind nicht meine Eltern. Es ist nicht der König, nicht die Königin, nicht Grace oder sonst jemand,

den ich bei Namen kenne. Es ist der Diener, der mich bereits einst in der Burg bei meinem Schreiben unterbrach, um mich zum Essen zu bitten, bei dem ich erfuhr, dass Victoria abreisen wird. Es ist der, der mich einst aus meinen Gedanken zog, um mich zum Abschied von Victoria zu schicken und nun ist es erneut dieser, der mich enttarnt. Edward steht vor ihm und scheint sich mit ihm zu unterhalten.

Ich habe gar nicht bemerkt, dass er hinausgekommen ist. Erst, in eben diesem Moment, als er zu mir sieht und ebenfalls wie erstarrt zu sein scheint. Ich habe nicht erwartet, dass es so passieren würde, dass ich auf diese Art zurück in die Burg geschickt werde. Ich fühle mich gedemütigt. Was muss Edward von mir denken? Ich habe mich für eine andere Person ausgegeben und mich bei ihm eingenistet, an seinem Tisch gespeist und seine Geschenke angenommen. Er dachte, er würde eine Person, mich, kennenlernen, doch nun weiß er, dass er mich gar nicht kannte. Ich spiele mit dem Ring an meinem Finger.

»Kein Weg zu weit.« ... Ich soll nicht aufgeben. Ich soll zu meinem Wort stehen. Ich darf nicht zurück in die Burg. Das lasse ich nicht zu. Das würde Victoria nicht wollen. Das würde Grace nicht wollen. Das würde Ann nicht wollen und das würde Edward nicht wollen. Ich stehe auf und renne. Ich renne zum Garten und noch weiter. Ich flüchte wieder.

Das dritte Mal. Das letzte Mal ist schon so lange her, fast eine Woche. Heute wäre der Tag meiner Hochzeit gewesen, doch stattdessen bin ich auf der Flucht. Auf der Flucht von meinen eigenen Wachen und Rittern. Sie wissen, wo ich bin, wer ich bin und verfolgen mich auf Pferden. Ich kann sie hören, wie sie auf den Boden stampfen und mir folgen. Es ist unmöglich, ihnen zu entkommen, wenn es um Schnelligkeit geht. Ich muss eine andere Taktik ergreifen. Irgendetwas muss es doch geben, bei dem ich einen Vorteil habe … Am besten wäre eine Umgebung mit schmalen Wegen oder niedrigen Höhen, damit die Reiter Probleme hätten, sich auf den Pferden zu halten oder hindurchzukommen. Dann würden sie mich aus den Augen verlieren oder müssten zu Fuß weiter. Das käme dann mir zum Vorteil. Wenn die Ritter mit den schweren Rüstungen versuchen müssten, mich zu Fuß zu erreichen, wären sie deutlich langsamer als ich.

Ich laufe über die Felder. Erst über die, bei denen angepflanzt wurde, dann über die, die nun brach liegen. Meist werden Felder nur in drei von vier Jahren bepflanzt, damit sie sich erholen können. Anscheinend ist dies, über das ich in jenem Moment laufe, dass das soeben brach liegt. Es ist ausgetrocknet und scheint gerade gelockert worden zu sein. Ich trage ein Kleid, das Edward mir geschenkt hat und laufe weiter, während Ritter neben und dicht hinter mir sind. Sie wagen es nicht, mich anzufassen oder mir zu nahezukommen. Wahrscheinlich, weil sie die Pferde nicht beunruhigen und mich nicht verletzen wollen. Doch ich höre, dass die Ritter versuchen, mit mir zu reden. Sie wollen mich dazu bringen, stehenzubleiben und mit ihnen zu gehen. Es sind Schreie, die trotz der kurzen Entfernung nur leise an mich herankommen.

»Eure Hoheit, ich bitte Euch darum, mit uns mitzukommen! Der König und die Königin und Euer Verlobter machen sich Sorgen um Euch und Euer Königreich. Was soll bloß aus eurem Königreich werden, ohne eine Königin und ohne rechtmäßigen Thronerben?«

Ich renne noch schneller, so schnell wie ich kann, bis ich am Ende des Feldes ankomme und den Beginn eines Waldes erkenne. Ruckartig wechsle ich die Richtung, um zum Wald zu gelangen. Das ist meine Chance zu entkommen! Dort werde ich mich verstecken können und die Bäume zu meinem Vorteil nutzen. Die Wachen wechseln ihre Richtung ebenso.

»Ich bitte Euch, Eure Hoheit! Kommt zur Vernunft! Kommt mit uns! Wir werden Euch zurück zu Eurer Familie bringen!«

Weiterhin bewege ich mich mit fester Überzeugung in Richtung Wald. Die Ritter reiten ein Stück vor mich und stellen sich mir in den Weg. Nein! Ich muss dadurch. Wenn ich jetzt stehen bleibe, ist alles aus und sie werden mich umzingeln. Während ich weiter noch laufe, atme ich tief ein … und aus …, um mich zu beruhigen und mir Mut zu machen. Bei dem, was ich vorhabe, könnte einiges schiefgehen. Ich könnte zertrampelt werden … Nein, ich darf darüber nicht nachdenken. Wenn ich jetzt Angst bekomme, dann werde ich niemals dem Mörder meiner Schwester unter die Augen treten können. Also, nochmal tief einatmen … und ruhig ausatmen …

Im nächsten Moment mache ich die Augen zu und werfe mich auf den Boden, ohne meine Geschwindigkeit zu reduzieren. Der Boden ist trocken und steinhart. Durch die hohe Geschwindigkeit, die ich beibehalte, rutsche ich einige Meter. Ich bemerke, wie ich mir unzählige Wunden an den Armen und Beinen zuziehe. Es schmerzt so sehr, dass ich einen kurzen Moment vergesse, was ich als Nächstes tun muss. Ich öffne meine Augen und sehe in den Himmel. Er ist blau und frei von Wolken. Die Welt erscheint friedlich.

Ich erinnere mich zurück an die Zeit auf der Terrasse, mit meinen Büchern. Ich sehe ständig hinauf in den Himmel und genieße die Ruhe, die ich hatte, bevor ich wusste, dass meine Schwester mich verlässt, bevor ich wusste, dass ich meine Schwester verliere. Es war die Zeit, bevor ich wusste, dass ein schrecklicher Mord geschehen war. Ich denke über die Trauer nach, die ich empfand, als ich erfuhr, dass sie nicht mehr zurückkehrt, über die Wut, die entfacht wurde, als ich erfuhr, wer der Mörder meiner Schwester ist. *König Wilhelm von Pantolow*. Ich werde erst den Frieden finden, den die Wolken mir versuchen zu vermitteln, wenn ich König Wilhelm ausfindig gemacht und getötet habe.

Schnell stehe ich auf und renne weiter, ohne zurückzusehen. Die Reiter sind vermutlich direkt hinter mir und werden mich schnell überholen können. Im nächsten Moment betrete ich den Wald. Plötzlich bin ich umgeben von Bäumen und Pflanzen, die in jede Richtung ihre Äste und Zweige strecken. Hier werden die Ritter mit ihren Pferden zu kämpfen haben und mich schnell aus den Augen verlieren.

Ich hebe mein Kleid an, damit ich nirgendwo hängen bleibe. Zwar ist dieses Kleid ebenfalls ein Nachteil, allerdings werde ich mich schnell hinter einem Stamm verstecken können. Trotz dessen stolpere ich häufig und knicke um und bereits im nächsten Moment falle ich zu Boden. Ruckartig drehe ich mich um, um zu sehen, wie weit die Ritter entfernt sind. Ich kann sie nicht sehen, aber ich kann die Pferde auf den Boden stampfen hören. Sie sind ganz in der Nähe und kommen mit jeder Sekunde noch näher!

Als ich mich aufrichten möchte, bemerke ich, dass ich mit meinem Fuß hängen bleibe. Mit starken Bewegungen versuche ich mich von den Wurzeln zu befreien, in denen ich mich verfangen habe. *Nein! Nein! Nein!* Es ist entsetzlich. Mein Puls wird schneller und stärker, sodass ich ihn mittlerweile schon an meinem Hals spüren kann. Sekunden, in denen ich versuche, mich zu befreien, fühlen sich an wie Stunden. Stunden, in denen die Panik in mir immer schlimmer wird, während dicht hinter mir Ritter folgen, denen ich, wenn sie mich einholen, nicht mehr entkommen kann.

Kurz bevor die Ritter bei mir ankommen, schaffe ich es, mich zu befreien. Schnell rolle ich mich zur Seite und falle für einen Moment. Als ich auf dem Boden aufkomme, stöhne ich vor Schmerzen auf und halte mir vor Schreck den Mund zu. Jetzt ganz leise sein, sonst hören sie mich und nehmen mich gleich wieder mit. Dann wären meine Reise und mein Versprechen schon jetzt vorbei und nichts mehr Wert. »Kein Weg zu weit.« …

Ich höre, wie die Schritte der Pferde näherkommen. Vor Angst kneife ich meine Augen zu und halte meine Hand, noch fester als zuvor, an meinen Mund.

»Gib keinen Mucks von dir!«, befehle ich mir selbst und warte ab, bis die Schritte der Pferde leiser werden.

Erleichtert atme ich aus und versuche mich aufzurichten, um zu sehen, dass auch wirklich niemand mehr da ist. Erneut keuche ich laut auf vor Schmerz. *Au.* Leidend sehe ich zu meinem Bein hinunter. Es blutet und ist voller Schrammen. Gewiss ist es nicht gebrochen, doch es schmerzt trotzdem sehr. Als ich die Wunde genauer betrachte, sehe ich, dass sich an meinem Bein eine offene Wunde befindet, in die Dreck gelangt ist. Ich muss sie schnell säubern, bevor sie sich entzündet.

Mithilfe der festen Wurzeln und den Ästen um mich herum schaffe ich es, mich aufzurichten. Erst jetzt bemerke ich, dass um mich herum nur Wurzeln und Erde sind. Es gibt keinen Weg hinaus. Ich befinde mich in einem Loch, welches etwa so hoch ist, wie ich groß bin, wenn ich meine Arme ausstrecke. Ich schaffe es niemals, ohne Hilfe hier herauszukommen, doch jetzt nach Hilfe zu rufen, wäre keine gute Idee, schließlich weiß ich nicht, wie weit die Ritter wirklich von mir entfernt sind und ob sie mich durch die Bäume noch hören könnten. Somit setze ich mich auf den Boden und versuche, mich zu beruhigen. Meine Wunden kann ich nicht versorgen, doch ich versuche, sie mit meiner Spucke etwas zu reinigen. Vielleicht ist das nicht die beste Idee, doch andere Mittel habe ich im Moment nicht. Als ich soweit fertig bin, mich um mein Bein zu kümmern, überlege ich, wie ich weiter vorgehen sollte. Ich werde nicht herausklettern können, nicht, solange ich noch am Bein verletzt bin, zudem habe ich noch weitere Wunden, die eigentlich versorgt werden müssten. Das Beste, was ich machen kann, ist vermutlich, mich auszuruhen und zu warten, dass ich mich etwas beruhige und jemand vielleicht vorbeikommt, der mir hilft. Doch meine Hoffnungen lassen mit jeder Minute, die ich länger in diesem Loch verweile, nach. Vermutlich sitze ich fest, bis ich mich irgendwie selbst befreien kann oder elendig verhungere ...

KAPITEL 13

Ich muss wohl eingeschlafen sein, denn als ich meine Augen öffne, finde ich mich im Dreck wieder. Geweckt von knackenden Ästen und trockenen Blättern, die noch vom Herbst auf dem Boden liegen. Es klingt, als würden es Schritte sein, die nicht weit weg zu sein scheinen. Der Schall der Schritte prallt an den Seiten des Loches ab und wird auf Dauer lauter.

Moment ... Schritte! Hektisch und voller Hoffnung richte ich mich auf und rufe nach Hilfe: »Hilfe! Ist dort draußen jemand?«

Keine Antwort ...

»Sir!«, rufe ich weiter, bis ich bemerke, dass Schritte näherkommen.

Die Schritte werden lauter. Der Schall dringt in meine Ohren und ängstigt mich ein wenig. Was ist, wenn das ein Räuber ist oder ein Mörder oder auch ... Vielleicht ist es keine gute Idee gewesen, jemand Fremden zu rufen. Ich falle zurück in meine Unsicherheit und Furcht. Moment! Das darf nicht passieren! Selbst, wenn es eine Person ist, die mir etwas zuleide tun möchte, habe ich gelernt, zu kämpfen und mich zu verteidigen. Natürlich sind es bisher nur wenige Übungen gewesen, doch ich habe schnell gelernt. Außerdem kommt irgendwann der Moment, in dem ich das Gelernte anwenden muss. In dem Fall ist es mir lieber, es bei einem Rüpel anzuwenden, der allein ist, als bei einem König.

Nun hören die Schritte auf. Es ist leise. Mein Puls steht beinahe still und ich halte die Luft an. Langsam hebe ich meinen Kopf, um zu sehen, wer vor mir steht. Am Rande des Lochs sind Schuhe, die nicht von hohem Stand zeugen. Als ich weiter hochsehe, erkenne ich keine Hose, sondern einen braunen Rock oder ein Kleid, welches bis zu den Fußgelenken reicht und mit Erde und Schlamm beschmiert ist. Ebenfalls kann ich kleine Risse und Löcher darin entdecken.

Mein Blick gleitet weiter hinauf, bis ich ein Gesicht vor Augen habe. Ein kleines Mädchen sieht verwundert auf mich hinab. Es scheint nicht zu wissen, was es tun soll. Ebenso wenig weiß ich es und sehe weiter zu ihr hinauf. Ihr Gesicht ist zauberhaft schön. Sie hat dunkle Augen, in die man bis in ihre Seele sehen kann, lange ungekämmte Haare, die trotz der Erdklumpen, die darin hängen, geschmeidig über ihre Schultern fallen.

»Wer bist du?«, fragt sie mich plötzlich und reißt mich aus meinen Gedanken.

»Ich heiße Blair. Ich bin hier heruntergefallen und habe mich am Fuß verletzt. Würdest du mir heraushelfen?«

Das Mädchen schaut mich weiter verwundert an, dreht sich um und geht, ohne ein weiteres Wort zu sagen.

»Entschuldigung! Kleines Mädchen!«, rufe ich noch hinterher, doch sie antwortet nicht.

Verzweiflung kommt in mir hoch. Die Schritte werden leiser und dann ... Stille. Ich breche zusammen und Tränen laufen mir in die Augen. Meine Verzweiflung wird größer und dann spüre ich die erste Träne an meiner Wange herunterfließen. Fasziniert von ihr, beobachte ich sie. Ich spüre, wie sie heruntergleitet und sich schließlich an meiner Wange löst. Ich sehe einen kleinen Punkt, der zu Boden fällt und sich dann in der Erde auflöst. Mit dem Verschwinden der Träne löst sich auch meine Trance auf. Schnell wische ich mir die Feuchtigkeit von den Wangen und atme tief durch.

Ich darf nicht weinen. So wurde ich nicht erzogen. Ich sollte Königin werden und ein gesamtes Königreich regieren, weitere Königreiche für uns gewinnen und in Kriegen als Siegerin hervorgehen. Eine solche Königin weint nicht. Sie trägt ihre Trauer nicht nach außen. Sie frisst es in sich hinein, um dem Königreich ein Vorbild zu sein und es zu schützen. Schließlich muss eine Königin für ihr Königreich Opfer bringen. Doch ich bin keine Königin mehr …

Erneut richte ich mich auf und sehe in den Himmel. Es ist bewölkt, doch man kann den Himmel durch einige Lücken erkennen. Der Himmel ist nicht düster. Es gibt immer Lücken, immer Wege, um dem Düsteren zu entkommen. Ich darf nicht aufgeben. Ich werde es auch ohne Hilfe hier herausschaffen. Schließlich habe ich es schon bis hierher geschafft.

Erneut höre ich das Knacksen der Äste. Kommt das Mädchen zurück? Kurze Zeit später sehe ich sie über mir, am Rand des Loches, stehen.

»Geh einen Schritt beiseite.«

Kurz nachdem ich Platz gemacht habe, fällt ein großes Stück Holz neben mir auf den Boden, welches etwa halb so breit ist wie ich und noch ein Stück länger als das Loch tief ist. Es steht wie ein Balken am Rande des Loches gelehnt, neben mir. Als ich es betrachte, fallen mir im Holz Kuhlen auf, die sich in regelmäßigen Abständen darin befinden. Ohne darüber nachzudenken, trete ich in die erste Kuhle und klettere den Balken hinauf. Oben angekommen, hilft mir das Mädchen beim Aufstehen. Im nächsten Moment sehen wir uns einfach an und keiner sagt ein Wort. Wir sehen uns nur an und inspizieren einander. Sie ist deutlich kleiner als ich.

Wahrscheinlich ist sie erst sieben oder acht Jahre alt. Wie hat sie es geschafft, den Balken hier herzubringen? Sie scheint sehr aufgewühlt von dem Vorfall oder von mir zu sein, aber auch erfreut.

»Vielen Dank!«, richte ich an das Mädchen.

Als ich mich zurück zum Loch herumdrehe, sehe ich einen Wagen, auf dem sie wahrscheinlich den Balken hertransportiert hat, und eine Art Hebel, die ihr wahrscheinlich geholfen hat, den Balken ins Loch zu werfen. Schlaues Kind.

»Gern geschehen.« Erneut schweigen wir und sehen uns erwartungsvoll an. »Komm mit«, sagt das Mädchen plötzlich und hüpft freudig herum.

Ich folge ihr auf Schritt und Tritt. Sie ist zwar noch sehr jung und ebenfalls keine Person, von der ich erwartet hätte, dass sie mir helfen würde, doch sie ist meine einzige Chance, mich im Wald zurechtzufinden. Es fällt mir schwer, mit ihr mitzuhalten, da sie nicht darauf achtet, wie weit ich entfernt bin, und ich durch meine Verletzung nur langsam vorankomme.

Im Gegensatz zu mir, da ich mich umsehe, um nicht die Orientierung zu verlieren und aufmerksam nach dem Mädchen Ausschau halte, läuft sie entschlossen und selbstsicher durch den Wald, dessen Büsche und Äste für mich überall gleich aussehen. Sie scheint sich bestens auszukennen.

»Bist du häufig hier im Wald?«, frage ich sie.

»Ich liebe den Wald. Er ist wie ein zu Hause für mich. Aber leider muss ich bald wieder weg von hier.«

Diese Antwort wirft eher mehr Fragen auf, als sie beantwortet.

»Was meinst du mit ›du musst bald wieder weg von hier‹?«

»Wir reisen gern.«

»Ja, Reisen ist sehr schön, aber warum musst du bald weg von hier?« Ich warte kurz, doch dann fällt mir etwas ein. »Wo sind eigentlich deine Eltern?«

»Allein sein ist schön. Das ist der Vorteil daran, wenn man Essen besorgen muss.« Wieder einmal gibt sie keine eindeutige Antwort auf meine Frage.

»Im Übrigen, wie lautet dein Name?«, rufe ich ihr zu, doch sie antwortet nicht mehr. Sie ist inzwischen zu weit weg, als dass ich sie hören oder sehen könnte. Nun beeile ich mich, um sie einzuholen.

KAPITEL 14

»Emma!«, höre ich jemanden rufen. Es ist eine tiefe männliche Stimme, die wahrscheinlich einem Erwachsenen gehört. Erschrocken bleibe ich stehen. »Schön, dass du zurück bist, aber du hast ja nichts zu essen dabei.«

»Aber jemanden mitgebracht!«

Ich komme hinter ein paar Büschen hervor und endlich kann ich das Mädchen sehen. Neben ihr hockt ein Mann, der Emma im Arm hält.

»Oje. Was ist denn mit dir passiert?«, erkundigt sich der Mann und mustert meinen Körper. »Hier, setz dich erst mal«, ergänzt er, während er zu einem Baumstumpf zeigt. »Moment, ich helfe dir.«

Er kommt auf mich zu und reicht mir seinen Arm, auf den ich mich abstütze, und mit seiner Hilfe zum Baumstumpf humple, um mich zu setzen.

Als ich sitze, bückt der Mann sich vor mich und untersucht meinen Fuß. Kurz darauf winkt er ein paar Männer hinzu.

»Bringt mir einer von euch die Salbe, bitte!«, ruft er zu ihnen.

Nur wenige Sekunden später kommt einer der Männer zu uns und hält ein kleines Holzgefäß in der Hand.

»Was ist das?«

»Eine Salbe. Die wird dafür sorgen, dass du nicht mehr so starke Schmerzen hast. Sie wirkt schnell, aber trotzdem solltest du dich, wenn möglich, hinsetzen, aber bewege den Fuß ab und zu mal.«

Als ich ihm zunicke und zufrieden anlächle, greift er mit seiner Hand in das Gefäß und schmiert die Salbe auf meinen Fuß.

»Kalt!« Ich zucke kurz zusammen.

»Entschuldige. Ich hätte dich vorwarnen sollen«, sagt er und verteilt die Salbe weiterhin auf meinen Fuß. »Ich bin übrigens Jacop.«

»Blair«, stelle ich mich vor. »Ich möchte Ihnen nicht zur Last fallen, aber wäre es möglich, diese Nacht bei Ihnen zu bleiben?«

»Natürlich. Ich hätte dich sowieso darum gebeten, damit du deinen Fuß schonen kannst und wir ihn ausreichend versorgen können.«

»Vielen herzlichen Dank, Jacop!«

»Kein Problem«, erwidert er.

Nachdem ich mich kurz erholt habe, laufe ich durch das kleine Dorf im Wald und begutachte es. Es ist ganz anders als die üblichen Dörfer. Es hat keine Häuser, sondern eigenartige Bauten aus Stoff, die spitz nach oben zulaufen. Oben an der Spitze befindet sich ein kleines Loch, durch welches ein Balken emporsteigt und nur bei wenigen auch Rauch. Es sind kleine Hütten, die die Bewohner des Dorfes Zelt nennen. Jedes ist gleich gebaut und sieht gleich aus, bis auf die Malereien, die außen auf den Stoff gezeichnet sind. Es ist eine Art Schrift oder vielleicht sind es auch Sagen und Legenden, die ich nicht kenne. Jedenfalls weiß ich von keiner Zeichnung, was sie bedeutet. Außerdem stehen überall Wägen herum, die größer als meine Kutschen in der Burg sind. Die meisten sind von einem großen Laken bedeckt, doch in manchen kann ich Holz erkennen oder auch die Stoffe, aus dem die Zelte bestehen, allerdings befinden sich in manchen Wägen auch Obst oder Fleisch. Wahrscheinlich werden sie auch Waffen haben, um Tiere zu töten, doch diese kann ich nirgendwo erblicken. Vielleicht können sie auch kämpfen. Schließlich leben sie im Wald. Zudem sehe ich Pferde, die an einzelne Bäumen gebunden oder von kleinen Zäunen umrundet sind. Keines von ihnen besitzt einen Sattel, sondern sie stehen dort einfach elegant, graziös, stark und prachtvoll. Mir fällt ebenso auf, dass nicht viele Personen in diesem Dorf leben, sodass sich offensichtlich jeder zu kennen scheint. Sie nennen sich alle beim Vornamen und duzen einander. Auch mir wird das »Du« angeboten, obwohl wir uns gar nicht kennen. Sie sind sehr höflich und hilfsbereit. Alle scheinen sich dessen bewusst zu sein, dass ich hier bin und wer ich bin. Natürlich als Blair ... Keiner weiß, wer ich wirklich bin, allerdings wissen alle, mit welchem Namen ich mich vorgestellt habe, obwohl ich mit keinem anderen außer Emma und ihrem Vater Jacop gesprochen habe.

»Blair, komm her! Es ist Essenszeit«, ruft Jacop mir zu.

Wir setzen uns an einen großen Baumstammkreis, der um eine Feuerstelle herum gebildet ist, und alle anderen Bewohner des Dorfes gesellen sich zu uns. Es ist ungewohnt für mich, nicht nur mit der engsten Familie zu speisen. Doch in der vergangenen Woche habe ich wohl bereits viele ungewohnte Situationen erlebt und sollte inzwischen nichts anderes mehr erwarten. Schlussendlich scheint es hier nicht wie in einem Dorf, das aus vielen Familien besteht, zuzugehen, sondern eher wie bei einer großen Familie, auch wenn sie vielleicht nicht einmal miteinander verwandt sind. Die Atmosphäre ist angenehm und locker und alle lachen und unterhalten sich miteinander. Ich bin es gewohnt, beim Essen zu schweigen. Außerdem stehen hier diejenigen, die bereits vor den andern fertig sind, einfach auf und holen sich eine weitere Portion, ohne darauf zu warten, dass jemand beginnt, jemand aufhört oder es jemand ihnen erlaubt. Es ist angenehm. Jeder kann tun, was er möchte, und so viel essen, wie er möchte. Andererseits halte ich die Regelungen bei uns in der Burg für respektvoller. Schließlich kann es so nicht passieren, dass man, während man kaut, anfängt zu sprechen.

Zum Essen gibt es Pilze und Fleisch, welches beides frisch riecht und wahrscheinlich heute erst herangeschafft wurde. Emma war schließlich auch draußen gewesen, um Essen zu sammeln.

»Emma hat mir erzählt, dass Ihr bald wegziehen müsst.«

»Na ja. Wir sind ein Nomadendorf. Es ist für uns üblich. Und du kannst ruhig ›du‹ zu mir sagen«, äußert Jacop zwinkernd.

»Danke ... Was bedeutet denn, ein Nomadendorf?«

»Das bedeutet, dass wir nicht an einer Stelle bleiben und dort leben wie all die anderen Menschen, sondern dass wir alle paar Tage bleiben und dann weiterziehen. Es gibt keinen festen Ort, den wir als unser Heim betrachten, denn die ganze Welt ist unser Heim oder anders ausgedrückt, ist es dieses Königreich. Die Tore werden gut bewacht und man darf sie nur passieren, wenn man eine feste Arbeitsstelle hat. Als Nomade ist das allerdings schwer. Unsere Arbeit ist es, jeden Tag unser Essen zu besorgen, die Wäsche zu waschen, zu reisen und unsere Zelte auf und ab zu bauen, uns um unsere Pferde zu kümmern und um uns selbst.«

»Ich habe noch nie zuvor von solchen Wanderern gehört.«

»Wir bleiben gern unter unseren Leuten. Wir kennen uns alle untereinander und können uns vertrauen.«

Ich höre ihm aufmerksam zu und wende mich dabei meinem Essen zu, das wegen seiner spannenden Erzählung schon fast kalt geworden ist.

»Woher kommst du denn?«, erkundigt er sich.

»Ich ...«

»Jacop, ich würde gern mit dir reden«, flüstert jemand Jacop ins Ohr, allerdings so laut, dass ich es noch verstehen kann.

»Ja«, erwidert er sofort und wendet sich an mich. »Warte kurz, Blair. Ich komme gleich zurück.«

Ich sehe ihm nach, während er mit dem anderen Mann zusammen ein Stück zurückgeht, wo sie niemand mehr hören kann. Während sie sich unterhalten, sehen sie beide mich mehrmals beunruhigt an. Sprechen sie etwa über mich? Nur wenig später kommt Jacob allein zu mir zurück und setzt sich neben mich. Emma ist bei den anderen Kindern und spielt mit ihnen.

»Ich hatte dich gefragt, wo du herkommst«, führt Jacop wieder ins Thema ein.

Ich setze das Reden an und erzähle Jacop das Gleiche, das ich zuvor Ann erzählt habe: »Ich komme aus diesem Königreich. Ich wollte Freiheit von meinen Eltern und bin von zu Hause fort, um die Welt zu erkunden und die Ruhe zu genießen.«

Inzwischen fühlt sich meine Lüge wie die wahre Geschichte an und ich sage sie auf, als wäre sie es auch. Ich blicke in den Himmel hinauf, doch leider kann ich keine

Sterne erkennen. Es ist zu bewölkt dafür. In dem Moment kommt ein rauchiger Duft in die Nase. Ich blicke mit einem traurigen Gesichtsausdruck hinab, auf das Lagerfeuer, das gerade vor mir angezündet wird. Es spendet genug Wärme, dass ich trotz der kühlen Novembernacht nicht frieren muss. Zusätzlich zum praktischen Nutzen ist es allerdings auch wunderschön. Es kann zwar gefährlich werden, aber die Flammen tanzen elegant miteinander, sodass ich meinen Blick nicht mehr abwenden kann und schließlich doch lächle.

»Verstehe«, höre ich Jacob mit lautem Atem sagen. »Was halten deine Eltern davon?«

Verwundert sehe ich ihn an. »Sie waren mit Sicherheit nicht begeistert, als sie erfahren haben, dass ich gegangen bin. Doch ich weiß es nicht. Schließlich bin ich nicht mehr dort gewesen«, entgegne ich.

Worauf möchte er hinaus?

»Vielleicht solltest du zurück zu deiner Familie. Sie machen sich bestimmt Sorgen um dich.« Er klingt einfühlsam. »Ich würde dich auch begleiten. Wir sind gerade erst angekommen und bleiben noch etwas. Wenn du in der Nähe lebst, kann ich dich hinbringen oder wir reisen gemeinsam in die Richtung.«

Ich weiß nicht warum, doch auf einmal fühle ich mich unwohl. Warum macht er sich plötzlich so viele Gedanken zu meiner Familie? Schließlich sagte er, dass er es ebenfalls lieber hätte, dass ich noch bleiben würde, um meine Verletzung zu versorgen. Warum ist ihm plötzlich so wichtig, dass ich zu meiner Familie zurückkehre?

»Nein, ich bin froh, fort zu sein. Die Natur ist wunderbar und ebenso die Freiheit.«

Jacop sieht mich an und fängt an zu lächeln. »In Ordnung ...«

»Vater! Olivia hat mich gefragt, ob ich bei ihr bleiben darf. Darf ich?«, unterbricht Emma unser Gespräch.

»Natürlich«, bestätigt Jacop mit einem noch größeren Lächeln. Dann wendet er sich wieder mir zu.

»Ich würde gern zu Bett gehen. Wäre dies möglich?«, führe ich allerdings das Gespräch zum Ende.

»Ja, ich zeige es dir gleich«, antwortet Jacop darauf.

Er nimmt mein Geschirr und steht auf, um zu einem Waschbottich zu gehen. Er legt mein und sein Geschirr daneben und kommt auf sofortigem Wege zu mir zurück.

»Komm, ich zeige es dir.«

Er dreht sich um und geht durch das Dorf zu einem Zelt. Es ist nur im unteren Bereich bemalt und diese Kunstwerke scheinen sehr krakelig.

»Das ist Emmas Zelt. Du kannst für heute hier schlafen, da sie bei ihrer Freundin ist.«

»Vielen Dank, Jacop. Ich würde Euch gern etwas zurückgeben. Kann ich etwas für Euch tun?«

»Du brauchst nichts zu tun. Dass du hier bist, ehrt mich genug. Ich wünsche dir eine gute Nacht.«

»Euch auch, danke.« Ich mache einen kurzen Knicks vor ihm, bevor ich erneut bemerke, dass es außerhalb meines Standes nicht üblich ist.

Ich richte mich wieder auf und sehe Jacop nochmal an und nicke, in der Hoffnung so die Situation zu retten. Nun drehe ich mich um und bücke mich deutlich, um durch die kleine Öffnung zu steigen, die in das Zelt führt. Hinter mir schließt Jacop die Tür, die nur ein einfacher Stoff ist, der herunterhängt. Das Zelt ist klein und ich kann kaum darin stehen. Nicht verwunderlich, da es Emma gehört, einem kleinen Mädchen, und auch sonst die Bewohner dieses Nomadendorfes ihre Zeit eher außerhalb ihrer Zelte verbringen. Im Inneren des Zeltes ist es warm, obwohl sich draußen der

Winter anbahnt. Es brennt kein Feuer, doch es befindet sich hier eine kleine Feuerstelle aus Stein und Kohle, die noch glüht. Wahrscheinlich hatte sich Emma zuvor ein kleines Feuer gemacht. Die Wände sind im Inneren noch mehr mit roter Farbe bemalt als außen. Der Boden ist aus einem dünnen Stoff, durch den man die Struktur des Bodens noch spüren kann. In der Mitte des Zeltes steht ein dicker Holzstamm mit Einkerbungen in regelmäßigen Abständen.

Er sieht exakt so aus wie der, mit dessen Hilfe Emma mich aus dem Loch geholt hat. Links daneben steht ein Bett aus Stroh mit einer Baumwolldecke. Rechts liegen unordentlich Kleidungsstücke auf dem Boden. In diesem Zimmer, wenn man es so nennen darf, befindet sich kein Möbelstück, mit Ausnahme des Bettes. Ich setze mich auf das Strohbett, um mich an das Material zu gewöhnen. Durch den Stoff meiner Kleidung spüre ich kleine Stiche, doch zum Glück sind sie nicht allzu stark. Trotzdem muss es für die Bewohner sehr ungemütlich sein, hier mit ihrer dünnen Kleidung zu schlafen, wenn ich schon durch den dicken Stoff meines Prachtkleids Stiche verspüre. Doch wenn ich genauer darüber nachdenke, wird es wahrscheinlich die Bewohner nicht stören, da sie es schließlich nicht anders kennen. Nun lege ich mich hin und sehe durch das kleine Loch oben in der Mitte des Zeltes, durch das der Balken emporsteigt. Der Himmel ist noch voller Wolken, doch dieses Mal kann ich meinen Blick nicht abwenden.

Irgendwann verspüre ich das Verlangen, in meinen Notizen zu schreiben. Dieser halbe Tag hat mich einiges an Kraft gekostet. Moment ... Wo ist mein Notizbuch? Ich muss es verloren haben. Hatte ich es überhaupt dabei? Ich strenge mich an, mich zu erinnern, wann ich es das letzte Mal bei mir hatte. Ich war bei Edward mit meinem Buch. Im Vorderhof und habe geschrieben und dann kam die Kutsche mit den Bediensteten und Rittern. Ich bin weggerannt ... ohne Notizbuch ... Oh nein! Was ist, wenn Edward es liest? Er würde wissen, wer ich bin, was ich vorhabe und wohin ich möchte. Nein, er würde es nicht lesen. Er ist edel genug und besitzt gutes Benehmen.

Aber was ist, wenn er das Notizbuch den Bediensteten übergibt und sie es lesen? Sie werden sich alle auf den Weg nach Pantolow begeben und mich dort abfangen oder schon vorher finden. Sie werden meinen Plan zunichtemachen. Nein! Edward hat Anstand. Er würde mein Notizbuch nicht irgendwem übergeben. Doch sie sind nicht irgendwer. Sie sind die Schlosswachen und Angestellten der Königsfamilie von Kelvington, dem Königreich, in dem er sich gerade befindet. Was, wenn er es ihnen aushändigen muss? Vielleicht haben sie ja nicht bemerkt, dass ich es dabei hatte. Ja, das ist möglich. Sie sind mit Sicherheit so beschäftigt mit mir gewesen, dass sie das Buch nicht gesehen haben und wenn sie es gesehen haben, dann haben sie nun genug damit zu tun, mich wieder zu suchen und würden diese Information ausblenden.

Aber Edward weiß, dass ich jemandem gegenüber Gerechtigkeit walten lassen möchte, dass ich zu jemandem reisen möchte, der mir und meiner Familie Leid zugefügt hat, und er weiß nun, wer ich eigentlich bin. Er ist intelligent genug, um auch ohne meine Notizen herauszufinden, wohin ich möchte. Er könnte es verraten. Er wird ausgefragt werden, was er darüber weiß. Er würde gefoltert, mitgenommen und in Gefangenschaft geschickt, wenn er keine Auffälligkeit meldet. Im schlimmsten Fall könnte er auch wegen Hochverrat hingerichtet werden ... Ich bringe so viele Personen in Gefahr. Grace, Ann, ihren Mann – eingehender darüber nachgedacht, hat er sich selbstständig in Gefahr gebracht – und ihre Kinder, und nun auch Edward ...

Ich kann meine Reise noch nicht beenden. Ich darf nicht zurückkehren, um eventuell zukünftige Gefahren zu vermeiden. Außerdem muss ich meinen Eid einhalten. So bleibt mir keine andere Wahl, als weiterzugehen. Für Victoria … Victoria, die im Himmel ist. In dem Himmel, den ich jetzt im Moment betrachte. Sie sieht genauso auf mich hinab, wie ich zu ihr hinauf. Sie weiß, was ich vorhabe, wofür ich dies alles mache und für wen. Sie würde mir ein Zeichen schicken, wenn sie nicht mit dem, was ich vorhabe, einverstanden ist. Ich darf niemals aufgeben. Ich habe es versprochen! Es geht nur um Victoria und die Gerechtigkeit! Und schon morgen werde ich weiterziehen. In Richtung der Grenzen meines Königreichs, um es zu verlassen. Dann werde ich mich auf den Weg machen nach Pantolow.

KAPITEL 15

Das erste Mal in meinem Leben schlafe ich so lang, wie ich möchte. Keiner kommt herein und weckt mich und niemand ist so laut, dass ich davon aufwache. Trotzdem kann ich nicht lange schlafen. Ich habe mich in der gesamten Zeit, in der ich früh aufstehen musste, daran gewöhnt und so erwache ich auch heute in der Frühe. Ich stehe auf und gehe aus dem kleinen Zelt heraus, als die Sonne aufgeht.

Der Himmel glänzt in rötlichem Schein und es sind nur wenige Wolken zu sehen. Außerdem ist momentan niemand draußen im Dorf. Wahrscheinlich schlafen sie noch alle. Dann kann ich mich auf meine Abreise vorbereiten. Ich werde warten, bis Jacop und Emma wach sind und mich nach dem Mahl am Morgen verabschieden. Meine Reise soll so früh wie möglich beginnen. Ich trage noch mein langes und prachtvolles Kleid, das allerdings bereits einiges erleiden musste, wodurch es nun mehrere Risse hat. Es wird mich wohl auch auf meiner weiteren Reise behindern, doch es wäre zu traurig, es vollkommen zu zerstören. Vielleicht werde ich noch etwas Besseres finden, bis ich in Pantolow ankomme.

Ich setze mich in den Baumstammkreis an das Lagerfeuer, das bereits abgekühlt ist. Jetzt sieht es nur noch kalt und leer, schwarz und verkohlt aus. Doch ich weiß, dass es auch wunderschön sein kann, selbst wenn es in diesem Moment nicht so scheint. Mit der Zeit kommen immer mehr Bewohner aus ihren Zelten, laufen herum oder gehen in den

Wald. Wahrscheinlich, um Essen zu sammeln. Andere setzen sich zu mir in den Kreis.

»Guten Morgen, Blair.«

Ich drehe mich um und sehe Jacop vor mir stehen.

»Euch auch einen guten Morgen. Habt Ihr wohl geruht?«

»Ich habe gut geschlafen, falls du das meinst. Wie war denn deine Nacht bei uns?«

»Ebenfalls sehr gut«, antworte ich.

Es ist nicht wirklich gelogen, da er mich gefragt hat, wie ich geschlafen habe und ich schließlich ausschlafen konnte, doch es hat mich andauernd durch die Kleidung gezwickt und gejuckt, wodurch es auf Dauer ungemütlich wurde. Es war für diese eine Nacht ertragbar.

»Emma wollte in den Wald und Essen sammeln. Möchtest du mit ihr gehen?«

»Sehr gern. Jetzt sofort?«, erwidere ich.

»Emma müsste gleich kommen, dann könnt ihr los.«

Eine Weile sitzen wir schweigend nebeneinander auf dem Baumstamm, bis ich Emmas Lachen höre.

»Nochmal, nochmal!« Emma rennt mit einem anderen jungen Mädchen, das wahrscheinlich ihre Freundin von gestern Abend ist, von der anderen Seite des Sitzkreises zu uns über die Feuerstelle. Dabei tritt sie genau auf das Holz, das dadurch knackt und zerbricht.

»Pass auf, Emma! Mach die Feuerstelle nicht kaputt. Geh das nächste Mal außen herum.«

»Tut mir leid, Vater.« Auf einmal scheint sie nicht mehr so glücklich zu sein. »Was war denn so dringend, Emma«, hakt Jacop nach.

»Ich wollte fragen, ob Olivia und ich öfters die Nacht zusammen verbringen können. Das hat wirklich Spaß gemacht. Stimmt doch, oder?« Dabei fängt Emma wieder an zu Lachen und sieht zu ihrer Freundin.

»Ja!«, ruft diese lauthals heraus.

»Natürlich könnt ihr das öfters machen, wenn Mia nichts dagegen hat.« Dann fängt auch Jacop an zu grinsen. »Mia ist Olivias Mutter«, erklärt er mir schnell.

Die Mädchen springen währenddessen in die Höhe und freuen sich. Es ist ein schönes Gefühl, in solch einer Familie, einer glücklichen Familie, zu sein. Wenn sie nur mehr sehen könnten als immer nur das gleiche Königreich ...

»Möchtest du jetzt los, sammeln gehen? Blair würde auch mitkommen.«

»Ja!«, ruft Emma laut. »Komm!«

Sie nimmt mich bei der Hand und zieht mich hinter sich her in den Wald.

»Sieh her. Diese hier darfst du nicht einpacken. Die können giftig sein. Aber die dort sind lecker!« Emma zeigt mir alle verschiedenen Arten von Beeren, Pilzen und Rinden, die sie finden kann.

»Diese hier lege ich zur Seite, damit ich sie heimlich allein essen kann. Die esse ich am liebsten«, flüstert sie mir zu, als würde jemand uns hören können und sie dafür bestrafen, obwohl wir allein sind. »Hier, probier mal.« Sie streckt mir ihre Hand entgegen. »Das ist Birkenrinde. Sie schmeckt süß.«

Ich greife sie mir und probiere sie. »Mmh. Stimmt. Sie ist zwar etwas hart und knusprig, aber sie schmeckt. Die muss ich mir unbedingt merken.«

Wir laufen noch eine ganze Weile umher und sammeln, bis uns irgendwann auffällt, dass der Korb bald voll ist. Daher beschließen wir, umzukehren.

»Da seid ihr ja! Und euer Korb ist randvoll. Gut gemacht!«

Jacop nimmt Emma den Korb ab und geht zum Sitzkreis. Dort stellt er den Korb ab, wo eine Frau alles Gesammelte wäscht und es auf verschiedene Teller legt. Jeder aus dem Dorf nimmt sich einen Teller zur Hand und setzt sich, auch Jacop, Emma und ich. Wir essen zusammen und alle unterhalten sich miteinander. Auch das Lagerfeuer ist inzwischen an und tanzt fröhlich. Jemand hat wohl auch neues Holz besorgt. Es herrscht die gleiche friedliche Stimmung wie am Vorabend. Der einzige Unterschied ist, dass die Sonne inzwischen scheint und der Himmel nicht von Wolken bedeckt ist.

Eigentlich ist dieser Morgen noch schöner als der gestrige Abend. Immerhin musste ich heute auch nicht von den Wachen fliehen, aus einem Loch befreit und verarztet werden. Anscheinend hat auch die Salbe geholfen, die Jacop mir gestern verabreicht hat. Meinem Fuß geht es nämlich ausgezeichnet und ich habe keine Auffälligkeit über den gesamten Weg verspürt. Sobald ich mit dem Essen fertig bin, deutet Jacop an, mein Geschirr zu nehmen und zum Waschbottich zu bringen.

»Warte! Ich mache das diesmal«, unterbreche ich seine Handlung und nehme sein Geschirr an mich.

Ich bringe es zum Waschbottich und stelle es dort ab. So schwer war das gar nicht. Es ist eine Kleinigkeit, die Jacop meinen Dank zeigen soll. Ich möchte gerade zu Jacop zurückgehen und ihm von meiner Abreise erzählen, da höre ich auf einmal Pferde auf uns zukommen. Erst zucke ich zusammen, aus Angst, es könnten die Wachen sein, doch dann entspanne ich mich wieder. Die Nomaden haben hier überall Pferde. Wahrscheinlich war nur jemand ausgeritten. Doch als ich sie sehen kann, spannt sich mein gesamter

Körper an. Mein Herzschlag wird stärker und ich beginne zu zittern.

»Eure Hoheit. Wir sind hier, um Euch zurückzubringen. Eure Eltern erwarten Euch.« Es sind dutzende Ritter meiner Burg, von denen jeder ein Pferd besitzt.

Außerdem haben sie eine Kutsche dabei. Ich kann nicht fassen, was gerade geschieht. Haben sie mich verraten? Wenn ja, woher wissen sie, wer ich wirklich bin? War es meine Kleidung? Ich wusste, ich hätte mich umziehen sollen, doch das konnte ich nicht. Ich bin gerannt, gefallen und dann hergekommen. Ich hätte mich nicht umziehen können. Aber woher wissen sie, dass ich gesucht werde? Sie leben allein, nur unter sich in einem Dorf im Wald und reisen regelmäßig weiter. Viele Möglichkeiten gibt es, für sie nicht herauszufinden, dass ich gesucht werde oder wer ich wirklich bin.

»Eure Hoheit?« Emmas Stimme dringt wie eine Last in meinen Ohren. Sie klingt enttäuscht. Dies ist kein Wunder, da ich sie alle angelogen habe. »Du bist eine richtige Prinzessin?« Jetzt klingt sie eher aufgeregt.

Ich drehe mich zu ihr und hocke mich hin. Sie steht vor mir. Bevor ich sage, wer ich bin, muss ich noch einmal tief einatmen.

»Ja, meine Kleine. Ich bin Kronprinzessin Eleonore von Kelvington. Ich sollte eure Königin werden.« Ich versuche, höflich und neutral zu klingen, doch meine emotionale Seite scheint dies nicht zu unterstützen. Stattdessen klinge ich traurig.

»Du bist eine echte Prinzessin?« Sie hüpft freudig auf und ab. »Sie ist eine richtige Prinzessin!« Emma dreht sich um und sieht zu ihrer Familie.

Jeder sieht mich mit großen Augen an. Während ich mit dem Kleid, das ich von Edward bekam, neben Emma auf dem Boden hocke.

»Aber warum bist du fort?«, bringt Emma unerwartet ein. Wenn ich jetzt ehrlich antworte, ist alles aus. Dann wissen alle Wachen, wohin ich möchte und was mein Ziel ist und ich könnte es niemals erreichen. »War es nicht schön in der Burg? Ich habe es mir immer richtig schön vorgestellt. Mit Dienern und Wachen, die sich alle um mich kümmern, und ich kann den ganzen Tag machen, was ich möchte, ohne Ärger zu bekommen.«

»Ganz so einfach ist es nicht«, erkläre ich und fahre mit der Hand durch ihr Haar.

Es ist, wie gestern, ungekämmt und voller Dreck und trotz dessen wunderschön. Doch je länger ich mich mit Emma unterhalte, desto trauriger werde ich. Es ist Abschied. Ich wäre ohnehin jeden Moment gegangen, doch ich wollte nicht zurück zur Burg. Ich drehe mich zu den Wachen um. Nach wie vor auf dem Boden hockend, sehe ich sie alle an. Dutzende … Ich werde nicht gegen sie alle ankommen können. Auch nicht mit den Kampftechniken, die ich gelernt habe. Es sind zu viele. Sie sind alle mit Pferden und Schwertern und ich bin allein, mit einem langen Kleid und ohne Waffe. Gestern sind es nur drei gewesen, die mich verfolgt haben, doch heute ist es etwas anderes. Es sind so viele …

»Eure Hoheit. Es wird Zeit«, erwidert erneut eine der Wachen.

Ich gebe Emma eine Umarmung zum Abschied und stehe auf. Ohne zurückzusehen, trete ich zur Kutsche und steige ein. Ich bin allein. Meine Eltern sind nicht hergekommen, um mich zu sehen und mitzunehmen. Sobald ich mich setze, wird die Kutschentür hinter mir geschlossen und die Kutsche fährt los. Neben mir höre ich die Pferde auf dem Boden trampeln und Stimmen, die leiser werden, doch ich kann nicht verstehen, was sie sagen. *Blicke nicht zurück. Das macht den Abschied nur schwerer.*

Ich halte meine Augen geschlossen und lausche. Ich höre, wie die Räder der Kutsche üben den Boden rollen. Wir sind inzwischen auf der Straße im Dorf. Ich höre die Pferde der Wachen, deren Hufe auf den Steinweg treten. Ich höre die Stimmen der Untertanen, die sich nicht freuen, die königliche Kutsche zu sehen. Inzwischen kann ich diese Reaktionen sogar verstehen. Nun öffne ich wieder meine Augen. Es ist dunkel in der Kutsche.

Die Gardinen sind, wie immer, auf jeder Seite zugezogen. Langsam hebe ich meinen Arm an, um die Gardine beiseite zu schieben. Bei Edward hatte ich keine Probleme, allerdings war ich bei ihm auch nicht in der königlichen Kutsche. Trotzdem nehme ich die Gardine beiseite und sehe hinaus. Häuser ziehen an mir vorbei. *Eins ... Zwei ... Drei ...* Immer mehr. Wir fahren immer weiter, ohne anzuhalten. Sie bringen mich zurück in die Burg, ohne mich nur einmal zu fragen, was ich davon halte. Sie befolgen schlicht und einfach ihren Befehl. Den Befehl des Königs, mich zurückzubringen, um mich mit meinem Verlobten zu vermählen und zu krönen.

Ich werde Königin werden. Königin eines großen Reiches. Eines Reiches, das weiterwächst und stärker wird, bis es eines Tages das größte und mächtigste der Welt sein wird. Es sollte ein unantastbares Königreich sein, das ich mit meinem Ehemann regieren werde. Nicht Victoria ... Eigentlich sollten diese Krone und dieser Thron ihr gehören. Sie sollte an meiner Stelle regieren, doch sie wurde ermordet. Ermordet von einem König, der seinen Sohn über das größte Reich herrschen lassen wollte. Er hätte dasselbe seinem Sohn angetan, wie mein Vater mir gerade. Mir wird die Krone aufgezwungen und keine Wahl gelassen. Außerdem werden mir nicht ausreichende und falsche Informationen über mein Königreich überbracht.

Victoria hätte nicht gewollt, dass ich hier sitze, auf dem Rückweg zur Burg, dass ich gegen meinen Willen die Krone an mich nehme und weitermache, als hätte sie niemals existiert, als hätte ich den Brief nie erhalten, durch den ich erfuhr, wer ihr Mörder war, ohne Gerechtigkeit walten zu lassen und nicht mein Wort zu halten. Das darf nicht passieren. Ich muss hier raus!

Ich trete die Tür auf und springe aus der Kutsche. Eine Weile rolle ich auf dem Boden, um mich der Geschwindigkeit anzupassen. Dann liege ich da. So schnell wie möglich stehe ich auf und sehe, dass die Wachen bereits um mich herum stehen. Ebenfalls sehe ich, dass wir nicht einmal mehr im Dorf sind. Wir sind am Rande des Berges, auf dem meine Burg steht.

»Geht zurück in die Kutsche!«, ruft mir eine der Wachen entgegen.

»Nein!« Ich gehe auf eine der Wachen zu. Mein Blick ist fixiert auf das Schwert an seinem Gürtel. Ich möchte es nehmen und ihn von mir wegstoßen, doch es funktioniert nicht. Er hält mich fest und geht ein paar Schritte vorwärts in Richtung der Kutsche. »Lasst mich los! Ich bin eure zukünftige Königin. Ihr müsst meinen Befehlen gehorchen. Lasst mich los!«

Doch er hört nicht. Er geht weiter zur Kutsche und zerrt mich hinter ihm her.

»Ihr seid die Kronprinzessin und nicht die Königin. Doch die Königin hat befohlen, Euch in die Burg zurückzubringen. Ihr müsst mitkommen!«

»Nein!«

Ich versuche, mich weiter aus den Händen der Wache zu befreien. Dann erinnere ich mich. Edward hat mir beigebracht, wie ich mich aus den Griffen eines anderen befreien kann. Erneut nehme ich Schwung und werfe mich nach hinten, doch ohne Erfolg. Die Wache packt mich fester am Handgelenk und stellt sich vor mich.

»Eure Eltern verlangen nach Euch«, haucht er mich an. Ich spüre seinen wütenden Atem an meinem Gesicht. Er könnte sich jeden Moment wegdrehen und mich zur Kutsche zerren, doch dieses Mal bin ich schneller. Ich schlage mit meiner freien Hand gegen sein Ohr. Sofort lässt mich die Wache los, verliert sein Gleichgewicht und fällt zu Boden. Schnell greife ich nach seiner Waffe und zücke sie vor den anderen. Sie dürfen mich nicht verletzen. Mir wird nichts geschehen. Doch sie kommen mir näher. Sie wollen mich in die Kutsche drängen und zu meinen Eltern bringen. Die erste Wache stellt sich vor mich. Ich erhebe mein Schwert und schlage zu. Die Wache zückt sein Schwert und wehrt meinen Schlag ab. Sofort schlage ich zu. Dabei bemerke ich, dass die anderen Wachen näherkommen. Sie werden mir mein Schwert nicht nehmen. Ich habe gelernt, damit umzugehen.

Ich sehe hinter mich. Auch dort sind einige Wachen, die nur einige Schritte entfernt sind. Schnell trete ich die Wache, mit der ich gerade beschäftigt war, von mir fort, wodurch auch dieser Mann sein Schwert fallen lässt und es auf dem Boden landet, doch ich achte nicht weiter auf ihn. Sofort greife ich die nächste Wache an. Neben mir steht ein weiterer, der versucht, meinen Arm zu fassen. Aus Reflex drehe ich mich zu ihm und schlage mit dem Schwert zu. Es fließt Blut. Ich höre ein dumpfes Geräusch. Es klingt, als würde etwas auf den Steinboden fallen. Gleichzeitig höre ich mein Kleid zerreißen. Die Wache, die sich gerade noch gegen mich wehren musste, hatte nicht aufgehört zuzuschlagen und nun mein Kleid entzweigeschnitten. Doch ich drehe mich nicht um. Ich sehe nicht auf den Boden, auf dem etwas liegen sollte, sondern weiter auf die Wache, die ich gerade getroffen habe. Er hebt seinen Arm und sieht auf seine Wunde. Es spritzt Blut. Ich muss meine Augen schließen, damit mir nichts ins Gesicht fliegt. Dann ertönt ein lauter Schrei. Durch das viele Blut kann ich nicht erkennen, was tatsächlich passiert, doch ich kann es mir denken. Ich drehe mich um und öffne meine Augen. Die Wachen entfernen sich langsam von mir. Alle scheinen im Schockzustand zu sein. Schnell drehe ich mich um und sehe zurück zu dem Verletzten. Er liegt schreiend auf dem Boden und neben ihm sein Arm. Ich habe seinen Arm abgeschlagen. Ich blicke auf das Schwert in meiner Hand, das nun blutverschmiert ist. Ich habe es einem Ritter genommen. Es gehörte vielleicht sogar dem besten Freund des Ritters, dem ich nun einen Arm genommen habe, dem Ritter, der es nicht gewagt hat, sein Schwert vor mir zu ziehen und sich somit nicht wehren kann. Auch ich selbst bin geschockt von meiner Tat, doch nun wissen die Wachen, wozu ich bereit bin, um mich zu schützen und mein Ziel durchzusetzen. Wahrscheinlich haben sie nun Angst, weil sie wissen, dass sie sich nicht wehren dürfen. Sie dürfen mir nichts antun. Sie würden ewig kämpfen müssen oder verlieren.

Die Wachen weichen weiter von mir zurück. Einige von ihnen werfen ihre Schwerter zu Boden und entfernen sich, andere kommen auf mich zu und versuchen mir das Schwert zu entreißen. Dabei sehe ich mich um und suche nach einem Ausweg. Ich darf nicht hierbleiben. Zwischen den Wachen erkenne ich eine Lücke und laufe hindurch. Das Schwert behalte ich bei mir. Es wird hilfreich sein. Doch schnell bemerke ich, dass mir mein zerrissenes Kleid Schwierigkeiten bereitet. Ich kann nicht vernünftig laufen, ohne darüber zu stolpern. Schließlich bleibe ich stehen und schneide es zurecht. Es ist befleckt mit dem Blut der Wache. Ich schneide alles weg. Den Rock so kurz, dass ich darin ohne Probleme laufen kann und trotzdem keiner meine entblößten Beine sieht. Eigentlich sieht es sehr schön aus. Es ist kraftvoll und unweiblich und keiner kann sehen, dass es zuvor in Blut getränkt war. Aus dem übrig gebliebenen Stoff binde ich eine Schlaufe, die ich um mich hänge. Darin befestige ich mein Schwert. Kurz darauf renne ich weiter.

Unglaublich. Ich habe es geschafft. Ich habe mich gewehrt. Ich habe mich geschützt, vor dutzenden Wachen. Und dies habe ich allein geschafft. Doch ist es das wert? Ich habe jemandem seinen Arm genommen. Ich habe ihm das Werkzeug genommen, das er benötigt, um seine Arbeit zu verrichten und somit auch seine Familie zu ernähren. Ich habe bereits gesehen, wie es ist, Hunger zu haben. Es gibt so viele Untertanen auf den Straßen, die hungern und für Essen sogar andere Häuser abbrennen. Meine Untertanen sind bereit, alles zu tun, um ihre Familie und sich selbst zu ernähren. Die Wache beschützt mich auf den Befehl meines Vaters und riskiert dabei sein Leben, um sein Geld zu verdienen. Während seine Familie zu Hause auf ihn wartet und hofft, dass er heile nach Hause kommen wird. Und nun kommt er mit einem Arm weniger ... Und das meinetwegen ... Ich habe es ihm unmöglich gemacht, seine Arbeit zu verrichten, seine Familie zu ernähren und er wird nun Probleme haben, eine neue Arbeitsstelle zu finden. All dies nur durch meine Hand. War es das wert? War es das für Victoria wert? War es das wert, um an ihren Mörder zu kommen? Ja, das war es. Ansonsten wäre dieses Leid umsonst gewesen, wenn ich nun aufgeben würde.

Ich darf jetzt nicht aufgeben. Ich habe es gerade geschafft, zu fliehen. Ich habe es Victoria versprochen. Ich werde weitergehen.

Ich laufe durch das Dorf zurück und noch weiter in Richtung Süden bis zu den Toren des Königreichs. Noch ist mir warm von dem Kampf, doch schon bald wird mich die Kälte einholen.

KAPITEL 16

Ich stehe vor einem der wenigen Tore meines eigenen Königreichs und betrachte es. Es ist groß und prachtvoll und davor befindet sich eine endlos lange Warteschlange. Jeder, der ins Königreich hineingehen, als auch jeder, der aus dem Königreich hinausgehen möchte, wird von den Wachen aufgehalten und genauestens durchsucht. Auch Wagen und Kutschen werden begutachtet. Es gibt nichts, das den Wachen entgehen könnte. Auch aus diesem Grund haben wir nur wenige Tore errichtet. An jedem müssen Wachen stehen und kontrollieren, was geschieht. Die Mauern müssen so hoch wie möglich sein, damit das Königreich aus den wenigsten Winkeln angegriffen werden kann. Außerdem können wir, mit weniger Toren, mehr Wachen an jedes Tor stellen lassen, ohne plötzlichen Mangel in der Burg zu haben.

Ich könnte niemals mit meinem Schwert dort durchkommen. Ich muss einen anderen Weg finden. Leider kann ich mich wegen der Kontrollen auch nicht in Wägen und Lieferungen verstecken, auch mich als jemand anderen auszugeben wird schwer, da sie die Papiere von jedem verlangen. Doch ich kann mir selbst Papiere beschaffen. Ich habe die Schrift des Königshauses. Sie würden meine Schrift erkennen und als einen Brief der zukünftigen Königin absegnen. Es fehlt nur unser Stempel ... Den ich natürlich nicht bei mir trage. Also ist dieser Weg doch nicht möglich. Was soll ich bloß machen? Über die Mauern werde ich ebenfalls nicht gelangen, da sie viel zu hoch sind und oben auf der Plattform Bogenschützen stehen, die mich sofort verhaften würden, wenn ich dort hinauf klettere. Dann wäre ich bei den Wachen und ich würde in die Burg gebracht werden. Unter den Mauern hindurch, durch die Schleichwege, würde ich ebenfalls nicht kommen, da sie ausschließlich für die Rittertruppen errichtet wurden, die in den Einsatz geschickt werden, um weniger Aufruhr auszulösen und Kontrollen auszuweichen. Es scheint, als hätte ich keine Chance hinauszukommen.

Die gesamte Zeit über stehe ich vor den Toren meines eigenen Königreichs und denke über meine Möglichkeiten nach, das Land zu verlassen, die alle unerreichbar erscheinen. Ich betrachte all die Menschen, die ein und aus gehen. Sie zeigen ihre Papiere und ihr Gepäck und werden hindurch gelassen oder eben auch nicht. Ich brauche es nicht einmal zu versuchen. Sobald ich vor den Wachen stehen würde, würden sie nach meinen Papieren fragen und mich entweder zurückschicken oder sie könnten sich denken, wer ich bin. Ich muss mir etwas einfallen lassen. Die einzige für mich ersichtliche Alternative besteht darin, unbemerkt durch die Tore zu gelangen. Doch wie? Wie sollte ich es schaffen, hindurch gelassen zu werden? Vielleicht gibt es noch eine andere Option. Ich könnte versuchen, die Wachen von den Toren zu entfernen. Wie könnte mir das gelingen?

Vermutlich haben mich die Wachen bereits wahrgenommen und wundern sich, was ich hier gedenke zu tun. Wenn ich mir etwas einfallen lasse, muss es auch für die Wachen logisch erscheinen, die bereits Zweifel meinetwegen haben könnten. Zum Sonnenuntergang kommt mir eine Idee in den Sinn. Zuallererst braucht es die passende Stimmung ...

»Habt Ihr schon gehört? Die Kronprinzessin Eleonore wurde gefunden und wird ins Königshaus zurückgebracht!«, rufe ich hinaus.

Scheinbar bemerkt keiner, dass ich mich mit niemandem unterhalte und es nur in die Öffentlichkeit hinausrufe. Die Untertanen beginnen zu tuscheln.

»Ist es wahr?«

»Ich habe etwas Ähnliches gehört, doch sie soll wieder geflüchtet sein.«

»Das ist ja furchtbar!«

Mein Plan hat Lücken. Ich muss überzeugender sein!

»Sie wird bald heiraten! Wir sollten dorthin! Es wird ein einzigartiges Ereignis und ein großartiges Fest! Schnell, schnell! Bevor die Hallen gefüllt sind!«

Nun zögern manche Untertanen nicht mehr. Sie glauben den Gerüchten und begeben sich kurzerhand in Richtung der Burg und schon bald gibt es kein anderes Thema mehr auf den Straßen. Auch die Wachen sollten davon Gehör bekommen haben. Schließlich gehen weniger Untertanen aus dem Königreich hinaus, sodass der Platz nun viel freier erscheint und ich schnell zu den Wachen gelangen kann. Trotzdem ist es voll genug, dass die anderen mit weiteren Untertanen, die die Tore passieren wollen, beschäftigt sind und nicht unbedingt mich beachten.

Während die Menge mir entgegenströmt, um möglichst schnell zum Fest zu gelangen, gehe ich weiter auf die Tore Kelvingtons zu. Ich atme durch und stelle mich vor einer der Wachen. »Bitte erkennt mich nicht«, flehe ich in Gedanken.

»Die Majestäten wünschen Unterstützung bei der Hochzeit und der Krönung. Die Kronprinzessin soll beschützt werden. Gebt Euren Männern Befehl!«, befehle ich den

Wachen und sehe ihn selbstbewusst und erhobenen Hauptes an.

»Und Ihr seid?«, hakt er nach.

»Madame Blair. Ihre Majestät hat mich geschickt. Um Ihnen Euren Befehl mitzuteilen. Ihr solltet gehorchen.«

»Ich gehorche nicht irgendeiner Dame, die mir über den Weg läuft.« Er inspiziert meine Kleidung mit den Augen. »Und erst recht keiner Dame mit solcher Kleidung! Wegtreten.«

»Ich bin Madame Blair von Kelvington und Ihr werdet den Befehlen der Majestäten gehorchen oder gehängt!«, ermahne ich die Wachen mit lauter Stimme. Ich hoffe, ich mache einen überzeugenden Eindruck.

Alle sehen uns an. Auch die Wache mustert mich eingehend. Erneut bleibt sein Blick bei meiner Kleidung hängen. Nun scheint er auch mein Schwert wahrgenommen zu haben. Kurz darauf sieht er mir ins Gesicht.

»Eine Frau sollte nicht derart gekleidet sein und allein herumlaufen. Entfernt Euch!«, faucht er mich an.

Ich sehe an mir hinab. Meine Kleidung ist tatsächlich sehr ungewöhnlich. Keine Frau trägt ein solch demoliertes Kleid. Schnellen Schrittes gehe ich fort, hinter die Bäume und gestalte meine Kleidung um. Das demolierte Kleid soll eine Hose werden und kein Rock bleiben. Zum Glück laufe ich bereits mit einem Schwert für Männer herum und trage mein Haar gebunden, doch eine solche Kleidung, die ich trage, gehört an niemandes Körper.

Ich schneide das untere Teil meines Kleids entzwei, getrennt zwischen meinen Beinen, und binde es mit geflochtenem Gras zusammen. So wird aus meinem demolierten Kleid und einem kleinen Rock mit zerfleddertem Stoff ein Oberteil mit Hose. Einen Zweiteiler würde nun jeder tragen können, der ein Schwert bei sich trägt. Zwar erkennt man am Schnitt, dass kein Fachmann am Werk war, allerdings werden es nur wenige sehen, da die Naht zwischen meinen Beinen liegt.

Meine selbst gemachte Schärpe behalte ich um und befestige erneut mein Schwert darin. Dann kehre ich zu den Toren zurück. Doch nun zu einer anderen Wache, um nicht auf direktem Wege zurückgeschickt zu werden.

»Die Majestäten wünschen Unterstützung bei der Hochzeit und Krönung. Die Kronprinzessin soll beschützt werden. Gebt Euren Männern Befehl!«, wiederhole ich nun und warte seine Reaktion ab.

Auch er analysiert mein Auftreten, bis er mir schließlich erklärt: »Ich benötige den Befehl persönlich oder auf Papieren.«

Diese Wache scheint freundlicher als die letzte.

»Ihr benötigt kein Blatt Papier, um den Befehl der Majestäten zu erhalten. Ich bin hergeschickt worden, um Euch den Befehl weiterzuleiten und Ihr seid zuständig, diese zu befolgen!« Ich werde erneut lauter, um meinen Worten Ausdruck zu verleihen.

Doch ich versuche zugleich unauffällig zu bleiben, um die anderen Wachen nicht auf mich aufmerksam zu machen.

Die Wache sieht zu meinem Schwert hinab. »Woher habt Ihr dies?«

»Ich habe es von den Majestäten bekommen, als ich in ihren Dienst getreten bin, so wie Ihr es auch habt. Dies sollte Beweis genug sein, dass ich die Möglichkeiten besitze, Befehle entgegenzunehmen und weiterzugeben. Nun befolgt sie oder ich kehre mit schlechten Nachrichten zurück. Ihr werdet bereuen, den Befehl Eures Königs nicht entgegengenommen zu haben!«

Ich bemerke die Unruhe der Wache. Er scheint noch nicht allzu lang im Dienst zu sein. Vielleicht ist es auch erst in Ausbildung. Hilflos sieht er zu seinen Kollegen hinüber. Vermutlich möchte er sich Unterstützung verschaffen. Er möchte seine Arbeit nicht verlieren. Seine Angst kann ich mir zunutze machen.

»Befolgt den Befehl!« Meine Stimme wird wütend und die Wache wird hektischer.

»Was ist hier los?«, ertönt nun eine weitere Stimme. Es ist die Wache, die der Auszubildende zur Hilfe ersucht hat. »Du solltest doch alle Untertanen zu den anderen schicken, bis ich zurück bin!«, schimpft sie den jungen Wachen.

Sie sind abgelenkt. Jetzt, schnell! Es ist deine Chance! Schnell versuche ich an ihnen beiden vorbeizukommen, doch werde zurückgehalten. Aus Reflex schlage ich der Wache ins Gesicht. Für sie scheint es wohl überraschend, denn mein Arm ist im nächsten Moment frei. Die auszubildende Wache scheint leicht überfordert, versucht mich zu greifen, doch ich bin schneller. Im nächsten Moment bin ich bereits hinter den Toren.

Ich sehe in die Ferne hinaus. Zu meiner Linken erkenne ich in der Ferne Berge, die einer Mauer gleichen. Zu meiner Rechten sehe ich an Bäumen vorbei, zu einem breiten Fluss, der nicht weit entfernt ist. Ich weiß, dass dieser Fluss mich an den Bergen und Wäldern entlang zum Königreich Pantolow führen wird. Ohne weitere Bedenken breche ich auf. Für kurze Zeit höre ich noch die Stimmen der Wachen hinter mir. Schließlich werden sie aber, mit jedem Schritt den ich mache, leiser. Ich bin frei, kann die Luft der Außenwelt genießen und aufatmen. Bald werde ich in Pantolow sein, bald wird meine Reise beendet sein, bald werde ich mein Ziel erreicht haben und bald werde ich mein Wort an Victoria einlösen und meine Freiheit endgültig zurückgewinnen.

Ich gehe zum Fluss und betrachte ihn. Er fließt friedlich von der Sonne hinweg, als sie sich von mir verabschiedet und langsam hinter dem Horizont verschwindet. Im Abendlicht erscheint der Fluss rötlich ... *wie Blut* ... Blut wurde bereits vergossen, um hierher zu gelangen, doch es wird noch mehr in Pantolow vergossen werden. Ich gehe am Fluss entlang und entferne mich so von den letzten Sonnenstrahlen, die auf meinen Rücken scheinen. Schon morgen in der Früh werde ich sie wieder spüren können. Doch heute muss ich von ihnen Abschied nehmen. Eigentlich sollte ich mich nun schlafen legen, doch ich schaffe es nicht. Ich bin noch voller Energie von meinem Kampf gegen meine eigenen Männer und der Flucht aus meinem Königreich. Diese Energie gibt mir Wärme. Wärme, die mich stärkt und weitertreibt. So gehe ich, statt mich schlafen zu legen, voran und denke an das, was ich schreiben würde, wenn ich gerade mein Notizbuch bei mir tragen würde.

Heute war ein anstrengender Tag und trotz dessen kann ich mich nicht zur Ruhe legen. Das Adrenalin des Tages hält mich wach und gibt mir weiterhin Kraft. So laufe ich weiter, bis es nachlässt und ich mich schlafen legen kann. Zwar wird dieser kleine Weg gar nichts sein, im Vergleich zu dem, was noch vor mir liegt. Ganze vier Wochen werde ich laufen müssen, wenn ich die Entfernung richtig einschätzen kann, die mir auf den Landkarten immer wieder verdeutlicht wurde. Doch ich sollte die Energie, die ich jetzt habe, auch nutzen, um voranzukommen.

Ich weiß, dass meine Tage in letzter Zeit sehr aufregend waren. Ich weiß, dass ich jeden Tag sagen könnte, dass heute der anstrengendste war. Doch ich habe es nie so benannt. Erst heute würde ich es und ich hoffe, dass dies hier der aufreibendste Tag war und es auch so bleibt, bis zum Tag der Rache. Schließlich hat mich das Nomadendorf verraten und die königlichen Wachen zu mir geschickt. Schon am Vorabend haben sie viel hinter meinem Rücken beredet. Ich hatte die Vermutung, dass etwas nicht stimmte, doch wusste ich nicht, dass es meinetwegen war und, dass sie wussten, wer ich bin. Wenn ich nun zurückdenke, hätte es mir klar sein sollen, da sie mich die gesamte Zeit über beobachtet hatten. Doch ich hatte vermutet, es läge daran, dass ich eine Neue unter ihnen war und sie mich nicht kannten. Ich fühle mich hintergangen.

Sie waren alle so freundlich zu mir und haben sich nichts anmerken lassen. Sie benahmen sich so, als wäre nichts geschehen, als wüssten sie nichts. Sie behielten mich bei ihnen, um mich den Tieren zum Fraß vorzuwerfen. In diesem Fall meinen Eltern vorzuführen. Als dann die Kutsche meines Elternhauses mit dutzenden von Wachen am Dorf eintraf, haben sie mich mitgenommen und zur Burg zurückbringen wollen. Erst habe ich mich geschlagen gegeben, doch ich habe realisiert, dass ich das nicht darf.

Ich darf nicht einfach hinnehmen, dass ich versagt habe, nicht wegen nur einer Kleinigkeit, die nicht so abläuft, wie es geplant war. Vor allem nicht, weil ich in der Zwischenzeit so vieles gelernt habe. Ich habe von Edward gelernt zu Kämpfen und mich zu wehren. Dank ihm konnte ich mich befreien. Er würde stolz auf mich sein, wenn er wüsste, was ich geschafft habe. Ich habe gekämpft, mich allein zur Wehr gesetzt und bin aus dem Königreich gelangt. Nein ... Das stimmt nicht. Ich bin allein in den Kampf gegangen, doch das alles konnte ich nur mit Edward hervorbringen, denn ohne seine Lehren, hätte ich es nicht geschafft.

Es tut mir leid, dass ich ihn zurücklassen musste. Er hat nun wahrscheinlich ein vollkommen falsches Bild von mir und wird mir nicht verzeihen ...

Victoria und ich waren solch gute Partner. Wir haben uns großartig verstanden und hätten niemals auseinandergehen sollen. Dann wäre das alles vielleicht nicht geschehen. Ich hätte ihr beim Lernen helfen können. Dann hätten wir mehr Zeit füreinander gehabt und mehr Zeit miteinander verbracht. Ich hätte ihr bei ihren Aufgaben helfen können. Ich hätte mit ihr nach Malovien gehen können. Ich hätte sie beschützen können. Ich hätte es nicht, wie die Wachen des Kronprinzen Nikolai und er selbst, verweigert. Ich hätte sie beschützt! Er ist fortgegangen und hat seine zukünftige Frau, seine zukünftige Königin im Stich gelassen und das zukünftige Friedensabkommen und somit die größte Allianz verwehrt.

Allmählich werde ich müde, meine Energie lässt nach und die Luft wird kühler, so wie der Himmel düsterer wird. Ich setze mich an ein paar Felsen, die sich ganz in der Nähe befinden. Dort suche ich mir trockenes Gras, um mir einen gemütlichen Schlafplatz daraus zu machen. Bedauerlicherweise habe ich kein Essen dabei, weswegen ich Hunger habe und mich den gesamten Weg bis nach Pantolow von Pflanzen ernähren muss.

Doch auf meinem bisherigen Weg befanden sich keine essbaren Pflanzen. Hier befindet sich eine einzige riesige Wiese, welche nur Blumen bei sich trägt. Doch glücklicherweise kann ich trinken. Wenn ich Durst bekomme, gehe ich zum Fluss und filtere das Wasser durch die Erde und die Steine, um es schließlich trinken zu können. Ich danke Emma dafür, dass sie mir so vieles beigebracht hat. Durch sie werde ich Nahrung finden können, die mir nicht schaden wird.

Doch trotz dessen frage ich jeden Wanderer, dem ich auf meinem Weg begegne, das gleiche: »Habt Ihr vielleicht etwas zu essen für mich, guter Mann?«

Doch jedes Mal bekomme ich die gleiche Antwort darauf: »Habt Ihr denn etwas im Gegenzug dafür?«

Anscheinend waren es keine Wanderer, sondern Händler für Reisende, doch leider habe ich all mein Geld mit meinem Notizbuch bei Edward gelassen.

»Nein, ich bedaure. Ich habe alleinig mich und mein Schwert. Doch dieses würde ich niemals hergeben.«

Die Wanderer sehen mich mit großen Augen an und antworten sofort: »Dann werden wir Euch nicht weiterhelfen können.« Ohne zurückzusehen, gehen sie fort und lassen mich allein und ohne Nahrung.

Einige Tage später erwache ich am Fuße eines Berges. Schon bald habe ich die Hälfte des Weges überstanden. Ich bin ausgehungert und schwach und trotzdem laufe ich weiter. Bald komme ich an einen Wald. Dort werde ich mir etwas zu essen sammeln können. Ich muss nur noch wenige Stunden überstehen, um dorthin zu gelangen. Währenddessen trinke ich immer häufiger am Fluss, doch allmählich stärkt mich auch dies nicht mehr so wie vorher. Ich bleibe schwach und erschöpft, doch die Hoffnung und der klare Himmel, aus dem Victoria zu mir hinabsieht, gibt mir Kraft. Im Wald werde ich genügend Essen sammeln, um die nächsten Tage überstehen zu können.

Bis zum Wald schaffe ich es noch. Dort angekommen, breche ich bereits vor Erschöpfung zusammen. Ich liege am Boden und betrachte die Linden und Birken, dessen Rinde und Inneres ich essen kann. Mit meiner letzten Kraft greife ich nach ihnen. Ich greife sie, beginne zu essen und mich auszuruhen. An diesem Tag verbringe ich die gesamte Zeit an dieser Stelle am Rande des Waldes und bewege mich nicht. Die wenigen Bewegungen dienen einzig und allein zu meiner Ernährung. Um in der Nacht nicht im Wald liegen zu müssen, gehe ich einige Meter zurück und setze mich an die Mauern eines Königreichs, an denen ich mich befinde. Ich lehne mich an die Mauern an und schlafe voller Erschöpfung ein. Mein Schlaf ist tief und fest. So fest, dass mich nichts wecken könnte.

Am nächsten Tag laufe ich durch den Wald hindurch und sammle dabei alle möglichen Pflanzen, um die nächsten Tage noch Essen bei mir zu tragen. Leider habe ich keine Tasche oder einen Korb, in welchen ich die Nahrung transportieren kann, deshalb versuche ich, so viel wie ich kann, mit meinen Händen zu tragen.

Ich öffne meine Lieder und betrachte meinen Schlafplatz bestehend aus Stöcken und Blättern, die nun durch den Tau der Nacht feucht sind. Meine Kleidung ist nass vom Boden und ich liege nun wach von der Sonne, die mir mitten ins Gesicht scheint, und mich aus meinem ungemütlichen Schlaf befreit hat. Sofort beginne ich mein Essen zusammenzusuchen, packe mein Schwert und gehe weiter. Meine Haare sind inzwischen völlig durcheinander und ich spüre kleine Zweige in meinem Dutt. In der Spiegelung des Wassers erkenne ich, dass ich unerträglich aussehe. Doch darüber mache ich mir später Gedanken. Jetzt muss ich erst einmal weiter. Auf ins Königreich Pantolow und auf zu dem Mörder meiner Schwester. Während ich weiterlaufe, beobachte ich die Sonne, die mir entgegen scheint, beim Aufgehen. Mit jedem Meter, die sie steigt, strahlt sie mir mehr ins Gesicht. Es ist wunderbar und grausam zugleich. Ich kneife meine Augen zusammen, um nicht zu sehr geblendet zu werden. Der Morgen ist frisch, doch ertragbar und der Himmel ist leider leicht bewölkt. Als würde sich langsam etwas Schlimmes anbahnen.

Ich gehe weiter den Fluss entlang, der durch die ersten Sonnenstrahlen des Tages glitzert.

Es wird bereits Abend. Ich bin gerade an der Gabelung dreier Flüsse angelangt und mache eine Pause. Bald bin ich in Pantolow. Bald bin ich bei dem Täter, bei dem Schuldigen, bei dem Mörder. Ich ruhe mich einen Moment lang aus und genieße mein Mahl aus Beeren und Baumrinden. Es sind köstliche, auch wenn ich mich erst daran gewöhnen musste. Inzwischen schmecke ich auch nicht nur den süßen Geschmack heraus, sondern manche Rinden schmecken sogar ähnlich wie Nüsse oder auch Zimt. Während ich speise, geht die Sonne hinter mir unter.

Nach meiner Pause gehe ich weiter. Es ist dunkel und ich befinde mich nicht weit entfernt vom Wald. Es könnten Tiere kommen, die auf der Jagd sind, wie zum Beispiel Wölfe. Beunruhigt beobachte ich den Wald aus der Ferne, doch kann nichts erkennen. Die Dunkelheit lässt mich nur das erkennen, das nicht weiter als wenige Schritte von mir entfernt ist. Ich folge dem Fluss weiter nach Nordosten. Ich sollte mir einen Schlafplatz suchen. Einen Ort, an dem ich sicher bin. Weit entfernt von dem Wald.

Vor meinen inneren Auge betrachte ich die Landkarte, die ich jeden einzelnen Tag auf dem Schreibtisch meines Vaters gesehen habe. Ich bin nicht mehr weit entfernt. Morgen Abend werde ich ankommen. Morgen Abend werde ich vor den Mauern von Pantolow sein und nur darauf warten, eintreten zu können.

Am nächsten Tag bin ich ungeduldig. Ich versuche schnell voranzukommen und bemerke, dass mir dies auch gelingt. Ich mache keine Pausen und gehe weiter. Ich muss unbedingt noch heute an die Mauern gelangen. Ich möchte schon bald König Wilhelm vor Augen treten können und meine Schwester die Gerechtigkeit schenken, die sie verdient.

Schließlich erreiche ich mitten in der Nacht die Berge. Auf der anderen Seite des Flusses befinden sich die Mauern von Pantolow. Ich kann sie in der Dunkelheit nur schwer erkennen, doch ich sehe sie. Morgen werde ich sie von innen betrachten können.

Ein letztes Mal gehe ich mir mit den Händen durch die Haare und versuche so, den Dreck und die Knoten zu entfernen. Ich mache mir einen neuen Dutt, damit mich meine Haare weiterhin während des Kampfes nicht beeinträchtigen werden, zudem reinige ich meine Kleidung am Fluss. Ich sollte nicht bereits mit Blut an den Händen in Pantolow ankommen. Es würde jedem auffallen und so würde ich niemals zum König gelangen. Nachdem ich fertig bin, lege ich mich schlafen und warte auf den nächsten Morgen. Morgen ist es so weit.

Ich werde König Wilhelm vor Augen treten. Morgen werde ich all das Gelernte von Edward anwenden müssen. Nicht auf die Art, wie ich meinen Wachen begegnete. Damals durfte ich nicht verletzt werden, doch morgen könnte ich sterben. Ich könnte bei dem Versuch, meine Schwester zu rächen, die eigentlich zukünftige Königin zu rächen, selbst sterben. Es könnte sein, dass ich den Tod meiner Schwester mit meinem eigenen Leben bezahlen müsste. Nein! Das wird nicht geschehen! Ich lasse mich nicht übermannen! Auch Edward glaubte an mich, sonst hätte er mir nicht einen Ring mit solch einer Bedeutung geschenkt. »Kein Weg zu weit.«

Meine Gefühle spielen verrückt. Ich bin voll von Energie und Aufregung. Andererseits fühle ich mich auch verängstigt und geschwächt. Doch ich werde meine Schwäche nicht zeigen. Ich muss morgen voller Stärke sein. Ich darf mich nicht vollkommen von meinen Gefühlen leiten lassen. Ich werde durch die Tore des Königreichs stolzieren, als wäre es mein eigenes. Keinen Funken an Zweifel werde ich zeigen, keine Trauer, keine Angst, keine Schwäche.

Morgen ist der große Tag. Morgen ist der Tag der offenen Rechnungen.

KAPITEL 17

Ich erwache aus meinem unruhigen Schlaf. Dies ist nun das fünfte Mal diese Nacht, dass ich schweißgebadet aufwache, obwohl es hier draußen eiskalt ist. Ich zittere am ganzen Körper und gleichzeitig schwitze ich, als wäre pralle Sonne. Dabei sehe ich am Himmel nicht einmal die Sterne. Die Sterne sind vollkommen bedeckt von den Wolken. Vielleicht wird es später besser werden, wenn die Sonne aufgeht.

Ich setze mich auf und sehe mich um. Ich erkenne nichts. Meine Augen sind noch zu müde und könnten jeden Moment wieder zufallen und trotzdem muss ich sicher gehen, dass mein Essen noch da ist. Ich stehe auf und gehe ein paar Meter weiter zum Wasser. Dort steht ein Baum, ganz allein. Der Baum ist hohl und kahl durch den Winter und es lebt kein Lebewesen darin ... glaube ich zumindest. Deswegen habe ich mein Essen dort verstaut, damit niemand es mitnimmt oder gar mir klaut.

Auch mein Schwert befindet sich dort. Wenn jemand das Schwert hier versteckt findet, würde er wohl eher nicht direkt vermuten, dass es meines wäre, da ich zu weit entfernt davon liege. Doch wenn jemand es direkt neben mir findet, könnte man mich sofort als Feind ausmachen und verhaften und gleich damit erstechen ... Darum habe ich es versteckt. Puh, ... Alles noch da. Noch einmal tief ein- und ausatmen und dann zurück zu meinem Schlafplatz. Es ist zwar nicht wirklich ein gemütlicher Ort, doch er erfüllt seinen Zweck. Ich lege mich hin und sehe in den Himmel.

Der Himmel dreht sich, die Wolken ziehen weiter und inzwischen sind kleine Lücken zwischen ihnen zu erkennen, durch welche die Sterne hervorkommen. Es kann nur besser werden. Ich muss mich nicht unter Druck setzen. Ich brauche keine Furcht zu haben. Mir wird nichts geschehen. Ich werde es schaffen! Für meine Schwester und älteste Freundin! Für jemanden, der mir wichtig ist und zu Unrecht und aus Gier getötet wurde. Dies darf nicht ungestraft bleiben! Meine Emotionen lassen mich beben. Mir ist warm und kalt zugleich. Mein Körper zeigt, wie ich mich fühle. Durcheinander, uneinig, verwirrt und doch sicher mit dem, was geschehen wird. Ich brauche meinen Schlaf. Ich sollte mich schlafen legen, damit ich ausgeruht und zum Kämpfen bereit bin.

Ich spüre Sonnenstrahlen auf meinem Gesicht. Sie wärmen meine Wangen und ich bemerke, dass sie sich leicht erröten. Ich wage es nicht, meine Augen zu öffnen. Diesen Moment möchte ich in vollen Zügen genießen. Es wird nicht mehr häufig geschehen, dass ich auf solch eine Art erwachen werde, da ich schon bald mein Ziel erreicht habe. Dann werde ich mich entscheiden müssen, wie ich weiter leben möchte. Ich werde mich zwischen dem Leben hier draußen in Freiheit und Armut und dem Leben in der Burg in Reichtum und Trauer entscheiden müssen.

Dann verschwindet die Wärme auf meinen Wangen und die Umgebung wird dunkler. Ich öffne die Augen und sehe, dass die über mir stehende Sonne von den Wolken bedeckt wird. Schnell setze ich mich auf und strecke mich. Ich höre keine Stimmen, keine Tiere und nicht einmal Vögel zwitschern. Es ist Winter. Die Vögel werden in den Süden gezogen sein. Es wäre traumhaft, wenn jetzt ein Zwitschern zu hören wäre. Träume sind schön, doch bevor ich weiter träumen kann, muss erst einmal dieser Traum erreicht werden:

Die Gerechtigkeit gegenüber Victoria. Mit einem Ruck stehe ich auf und gehe zum Wasser. Dort wasche ich sowohl meine Haare und mein Gesicht, als auch das Essen, das ich gestern gesammelt habe.

Ich setze mich neben den Fluss und lausche ihm, dabei schließe ich meine Augen. Ich höre, wie das Wasser ruhig und doch wild und frei fließt. Dann ertaste ich das Essen, das ich neben mir liegen habe und nasche etwas davon, während ich den Tönen der Natur mein Ohr schenke. Hier draußen ist es wunderschön. Ich hätte es niemals gedacht, doch dies hier kommt der Terrasse in der Burg sehr nahe. Natürlich wird die Terrasse in der Burg ihren emotionalen Wert niemals verlieren. Aber hier draußen habe ich das Gefühl, frei zu sein und meine eigenen Entscheidungen treffen zu können. Ich werde nicht dauernd von den Regeln in der Burg und meiner Eltern erdrückt und nicht von den Wachen verfolgt. Hier bin ich allein und frei. Es ist das beste Gefühl, das ich jemals hatte. Diesen Moment werde ich niemals vergessen können. Im Stillen danke ich meinen Eltern, dass ich vorher unter Druck gestanden habe, sonst wäre dieser Moment nicht dieser Art so wunderbar für mich. Ich würde ihn als gewöhnlich und alltäglich empfinden und nicht als etwas Besonderes.

In meinem Wohlgefühl vertieft, öffne ich meine Augen. Dadurch verliere ich etwas meinen Anschluss an dieses Gefühl, doch bleibe im Inneren ruhig und gelassen. Dies wird sich gleich ändern, sobald ich vor den Toren von Pantolow stehe.

packe meine Sachen beisammen und sehe zum Wasser. Ich muss hier rüber. Doch wie schaffe ich das? Es gibt hier keine Brücke. Zwar ist das Wasser nicht allzu tief, doch die Strömung würde mich sofort mit sich reißen. Was soll ich nun tun? Auf der anderen Seite dieses Flusses befinden sich die Mauern von Pantolow. Jetzt, am Tage, sehen sie viel größer, machtvoller und monströser aus als in der Nacht zuvor. In einer Nacht, in der ich fast nichts sehen konnte. Ich werfe mich aus den Gedanken. Ich muss über diesen Fluss kommen! Ich sehe auf den Baum zurück, in dem ich meine Sachen verstaut hatte. Seine Äste sind kahl, sein Innenleben ausgehöhlt und es liegen keine Blätter auf dem Boden. Wahrscheinlich hatte dieser Baum nicht dieses Jahr, oder zumindest diesen Herbst, seine Blätter verloren.

Wahrscheinlich war es schon lange vorher geschehen, sodass alle Blätter, die der Baum besaß, bereits weg sind. Der Baum lebt nicht mehr, das ist klar. Ich würde ihm seine Qual nehmen, wenn ich ihn vom Boden trennen würde. Ich stelle mich vor den Baum und sehe ihn an. Hinter ihm ist der Fluss. Die Sicht auf den Fluss ist für mich durch den toten Baum versperrt. Ich erinnere mich an die Konstruktion zurück, die Emma gebaut hatte, um den Balken zu mir zu bringen und mich aus dem Loch im Boden zu befreien. Im nächsten Moment stoße ich mein Schwert in den Boden. Die Wurzeln des Baumes liegen bereits zu den größten Teilen über der Erde.

Ich nehme mein Schwert und drücke es hinunter, sodass es unter den Baum gelangen kann. Dort schiebe ich es weiter in den Boden. Es funktioniert nicht. Die Wurzeln sind noch zu fest. Ich reiße das Schwert mit Mühe aus dem Boden hinaus und schneide damit sämtliche Wurzeln ab, die ich sehen kann. Nun sind alle Wurzeln über der Erde und durchtrennt. Der Baum steht ohne Halt da. Erneut ramme ich mein Schwert in den Boden und schiebe es unter den Baum, um dann das Schwert hinunterzudrücken. Der Baum fängt an zu wackeln. »*Weiter!*«, ermutige ich mich selbst, um mich anzufeuern. Ich gebe mir einen Ruck und drücke das Schwert noch weiter hinunter. Bis der Baum völlig gelockert auf dem Boden steht. Ich befestige das Schwert in meiner selbstgemachten Schlaufe aus dem restlichen Stoff meines Kleides und lege meine Hände auf das Holz. Unmittelbar unter meinen Händen ist das riesige Loch, in dem ich meine Dinge in der vergangenen Nacht aufbewahren konnte. Hoffentlich wird der Baum nicht zusammenbrechen.

Er ist schwach und alt. Mit einem Ruck schiebe ich gegen den Baum, wodurch er sich vom Boden anhebt. Ich drücke weiter, bis ich ein Knacken wahrnehme. Ich verharre in der Position und warte einen Augenblick, in dem ich das Holz betrachte und leichte Risse erkenne. Gleich bricht das Holz, aber ich darf nicht aufgeben. Vorsichtig drücke ich weiter hinunter, bis der Baum den Punkt erreicht hat, indem er nach hinten fällt. Vor mir sehe ich den Stamm mit den Wurzeln, die ich durchtrennt habe. Eigentlich ist es traurig, da der Baum noch fest im Boden verwachsen war. Zumindest noch mit den Wurzeln, die tatsächlich noch unter der Erde waren. Doch ich musste ihn vom Boden trennen. Der Baum stand zwar noch, doch er war ohnehin schon tot.

Ich gehe um den Baum herum und betrachte ihn. Er liegt auf dem Boden und bewegt sich nicht. Wie sollte er auch, schließlich ist er ein Baum? Doch selbst die Äste, die bereits ihre Blätter verloren haben, wehen nicht mehr im Wind, obwohl ich ihn spüren kann. Den Wind, der mir eine Gänsehaut bereitet und mich frieren lässt. Es läuft mir eiskalt den Rücken hinunter.

Fühlt sich so der Tod an? Fühlt sich Victoria auch so? Und das nun für die Ewigkeit? Ich schüttle meine Gedanken ab und stelle mich vor den Baum. Dort packe ich einen stabil aussehenden Ast, an dem ich den Baum gut packen könnte. Ich ziehe daran, um ihn zum Ufer zu bringen. Am Ufer angekommen, bin ich bereits völlig außer Atem. Ich sehe auf den Fluss und die starke Strömung. Das Wasser zieht an mir vorbei, als müsste es noch schnell etwas erledigen. So wie ich. Ich stelle mich hinter den Baum. Ich werde schieben müssen. Doch wie? Der Stamm ist hohl und es gibt nur wenig Platz, an dem ich gegen ihn drücken kann. Daran ziehen kann ich ebenfalls nicht, ohne von der Strömung weggetrieben zu werden. Demnach setze ich mich auf den Boden und denke nach. Was könnte ich machen, um weiterzukommen, um über das Wasser hinüber zu gelangen? Ich wollte den Baum als eine Brücke verwenden, doch ich bekomme ihn nicht in das Wasser ... oder doch?

Ich stelle mich erneut hin und lege meine Hände an die Unterseite des Baumes. Genau an den Stellen, an denen die stärksten Wurzeln sind. Hier wird der Baum auch am stabilsten sein. Ich drücke weiter. Mit all meiner Kraft bewege ich das tote Stück Holz auf das Wasser zu. Zuallererst gleitet die Baumkrone in das Wasser. Ich höre das Wasser, wie es gegen das Holz schlägt und ausweicht. Es wird immer schwerer zu schieben. Meine Kraft lässt nach und der Druck des Wassers wird stärker, doch ich gebe nicht auf. Niemals würde ich so kurz vor dem Ziel aufgeben. Die hohen Mauern von Pantolow sind mir nun so nah, dass sie einen Schatten auf mich werfen. Mit all meiner Überzeugung schiebe ich weiter. Bis zu dem Punkt, an dem der Baum bis zu den Wurzeln im Wasser liegt. Ich trete mit den Füßen in das Wasser. Nach wie vor trage ich Schuhe des Adels, doch diese hier sind welche, die Edward mir gegeben hat. Er hat sich um mich gekümmert, ohne mich zu kennen und hat mir alles beigebracht und mich stärker gemacht. Es war eine unvergessliche Zeit. Ich hoffe, ich werde ihn wiedersehen. Ich steige mit dem ersten Fuß auf das Holz, das bereits beim Schieben zu brechen begann. Ich höre weitere Knack-Geräusche, doch es bricht nicht ein. Also stelle ich mich auch mit meinem zweiten Fuß auf das Holz. Es sieht gefährlich instabil aus und das Wasser platscht weiter dagegen. Ich befürchte, dass der Stamm jeden Moment in sich zusammenfällt.

Trotzdem gehe ich Schritt für Schritt den Stamm entlang, bis an die Krone des Baumes. Mit jedem Schritt knackt es lauter. Die Spitze des Stammes ragt gerade so aus dem Wasser hervor und wird von Ästen, die sich in den Boden gegraben haben, gehalten. Von hier an muss ich nur versuchen auf den Ästen weiter auf die andere Seite zu gelangen. Sie sind dünn und gebrechlich und somit wahrscheinlich noch instabiler als der Stamm.

Ich suche mir den breitesten und längsten Ast aus, der in die Richtung des gegenüberliegenden Ufers reicht und stelle mich darauf. Doch schon nach einigen Schritten befinden sich meine Füße unter Wasser und der Stamm wird rutschig. Gleichzeitig drückt mich die Strömung vom Ast herunter. Schließlich kann ich mich nicht mehr halten und falle in das Wasser. Aus Reflex fange ich an, mit meinen Armen und Beinen zu zappeln und suche Halt. Der Baum ist nun zu weit weg von mir, als dass ich mich an ihm festhalten kann.

Die Strömung reißt mich mit. Ich strample verzweifelt und suche nach Dingen, an denen ich mich festhalten kann, während die Mauer von Pantolow an mir vorbeizieht. Je länger ich von der Strömung mitgerissen werde, desto schneller rausche ich davon. Dann verfalle ich in Panik. Mein Puls wird höher und unkontrollierter. Mein Atem stockt. Mein Kopf wird unter das Wasser gedrückt und ich versuche ihn mit all meiner Kraft über Wasser zu halten, um Luft zu holen. Meine Umgebung wird dunkler. Ich versuche nach der Wasseroberfläche zu greifen, doch sie entfernt sich immer weiter von mir. *Ich brauche Luft. Luft. Luft …*

Ich sehe ein Licht. Es ist direkt über mir und scheint mir ins Gesicht. Ich kneife meine Augen zusammen und öffne sie ein wenig, doch alles ist weiß. Alles besteht nur aus Licht. Es strahlt mich an und meine Sicht verschwimmt. Dann erscheint eine Gestalt vor mir. Noch muss ich mich an die Lichtverhältnisse gewöhnen. Ich sehe nur die Umrisse eines Kopfes über mir, der offensichtlich zu mir hinuntersieht. Mit jeder Sekunde sehe ich klarer das Gesicht, das gerade eben noch verschwommen und undeutlich war. Nun erscheint es mir, wie jedes andere zuvor. Es ist ein Mann. Er trägt einen ungepflegten Drei-Tage-Bart, eine Glatze und sieht mich mit großen Augen an.

»Sie lebt? Sie lebt!« Seine Stimme klingt schroff und überrascht.

Ich setze mich auf und blicke mich um. »Wo bin ich?« Mein Kopf dröhnt. Als ich dann meine Hand an ihn halte, spüre ein Pochen. »Was ist geschehen?«, frage ich den Mann und sehe ihn dabei an.

Er hält eine Angel und ein Korb steht nicht weit hinter ihm, der voll mit Fischen ist. Er scheint verschreckt und sieht aus, als würde er einen Geist sehen.

»Ihr … Ihr … solltet tot sein …« Noch immer sieht er mich mit großen Augen an.

Ich stehe auf. Er verfolgt all meine Bewegungen genauestens. Was erwartet er von mir? Ich sehe an mir hinab. Meine Kleidung ist klitschnass und tropft auf den Boden.

»Was ist geschehen?«, frage ich erneut. »Ich erinnere mich daran ... Ich wollte einen Fluss überqueren ... Einen Fluss ... Auf der anderen Seite waren Mauern ...« Ich sehe mich um. »Diese Mauer!«, rufe ich und betrachte sie.

Sie sind gigantisch groß und aus Sandstein gebaut. Ich nähere mich den Steinen und der Mann weicht einen Schritt zurück, als ich ansetze zu gehen, und betrachtet mich weiter. Ich berühre die Wand. Sie ist von der Sonne leicht erwärmt. Wahrscheinlich habe ich vorhin das Sonnenlicht gesehen und deswegen nichts erkennen können. Ich wende mich erneut dem Mann zu.

»Was ist geschehen?«, frage ich nun zum dritten Mal und betone es selbstbewusst.

Eine Tonart, die ich in der Burg erlernt habe, um immer ernst genommen zu werden und damit jeder auf mich achtet, wenn ich beginne zu sprechen.

»Ihr ... Ihr wart im Fluss. I... Ich habe Euch gefunden und herausgeholt. Ihr wart nicht bei Bewusstsein ... tot.«

»Ich war nicht tot. Andernfalls würde ich jetzt nicht vor Euch stehen!«, betone ich hart und direkt. Er soll verstehen, was ich ihm sage. Ich bin nicht tot. Ich weiß, was der Tod bedeutet. Schließlich ist meine Schwester gestorben. »Ich muss weiter.«

Ich suche nach meinem Schwert, das sich nicht an der Schlaufe an meiner Kleidung befindet. Habe ich es im Fluss verloren? Hat er es genommen? Ich sehe ihn skeptisch an.

»Ich hatte Gepäck dabei. Habt Ihr welches gefunden?«, erkundige ich mich.

Ihm scheint die Situation noch unklar zu sein.

»Mein Gepäck. Habt Ihr es?«, betone ich strenger.

Er schüttelt hastig den Kopf und spricht kein Wort. Also gut, dann werde ich mir eine andere Waffe suchen müssen. Es würde nichts bringen, mein Schwert im Wasser zu suchen. Es wäre schon lange irgendwo in der Strömung untergegangen.

Ich betrachte das Wasser. Ich weiß, dass der Fluss in Richtung Nordost fließt. Ich war definitiv schon zu weit in Richtung Norden mitgerissen worden, um an die Tore von Pantolow zu gelangen. Somit werde ich entgegen der Flussrichtung an der Mauer laufen müssen.

Langsam laufe ich an der Mauer entlang. Stein für Stein. Immer weiter. Bis ich die Wachen von Pantolow erblicke. Sie scheinen sich nur wenig für die Geschehnisse vor ihren Mauern zu interessieren. Die Passanten gehen durch die Tore, ohne mit einer Wache sprechen zu müssen oder auch nur einen Blick mit ihnen auszutauschen. Es ist die Grenze zwischen der Freiheit und dem Königreich, wobei es hier so erscheint, als würde es keinen Unterschied geben zwischen den Seiten. Außerhalb der Mauern ist man frei, in keinem Königreich, im Niemandsland, wenn man es so nennen mag. Es gehört niemandem. Wahrscheinlich wird eines Tages jemand darauf Anspruch erheben, doch ich vermute, dass niemand sich traut, einem anderen Königreich zu nahezukommen. Niemand möchte einen Krieg aufgrund naher Gebiete, die mehrere Königreiche besitzen wollen, riskieren. Denn wenn einer den Anspruch erhebt, werden es auch die anderen tun. Eine weitere Menge an Menschen bahnt sich an. Dieser werde ich mich anschließen.

Kurz darauf stehe ich bereits im Königreich Pantolow. Es ist prächtig und groß. Ganz anders als das meine. Hier ist das Erste, dass man erblickt kein kleines Dorf, sondern eine prachtvolle Stadt. Bei uns in Kelvington hingegen fallen die weiten Felder und Wälder auf.

KAPITEL 18

Sofort bin ich inmitten der Stadt und drehe mich um, um einen Blick auf die weite Welt zu werfen, in der ich gerade noch gewesen bin. Doch hier, hinter den Mauern, ist es voll, laut und aufregend. Während ich nun den Weg entlanggehe, den die anderen auch nutzen, betrachte ich das Königreich von innen. Es besteht aus großen Häusern, die viel größer sind als in dem meinen Königreich. Hier bestehen die Häuser nicht aus Holz und Stroh, sondern aus Gestein. Sie sind größer und doch stabiler ... beeindruckend.

Die Untertanen hier scheinen zudem viel glücklicher zu sein. Die Kinder laufen herum und lachen, die Eltern unterhalten sich. Es gibt keine heimatlosen Untertanen auf der Straße, die nach Geld bitten und es scheint sich niemand gegenseitig anzugreifen. Mich sehen sie mit verwunderten Blicken an. Wahrscheinlich, da ich nicht wie üblich gekleidet bin. Statt eines Kleides trage ich einen Anzug, der aus dem Stoff eines Kleides gemacht ist. Als Frau einen Anzug zu tragen ist an sich bereits außergewöhnlich, doch einen Anzug, der nicht einmal aus dem gängigen Stoff besteht, ist noch viel auffälliger. Ich ignoriere die merkwürdigen Blicke und gehe weiter.

Wohin eigentlich? Ich muss zur Burg von Pantolow. Zwar weiß ich nicht, wohin ich muss, allerdings wird eine Burg nur selten an den Mauern eines Königreichs erbaut. Außerdem befinde ich mich am Westeingang. Somit muss ich ohnehin weiter nach Nordosten. Dort liegt die Mitte des Königreichs. Doch um sicherzugehen, frage ich lieber nach.

In dem Augenblick sehe ich eine Familie mit drei Kindern und die Eltern scheinen sehr freundlich zu sein, weswegen ich auf sie zugehe.

»Entschuldigt bitte! Sir!«

Er dreht sich nicht um. Ich beschleunige meinen Schritt, um sie einzuholen, doch sie entfernen sich weiterhin von mir. Andere Untertanen sehen mich verwundert an und mir nach.

»Entschuldigt bitte«, unterbreche ich ihn. Ich klinge erschöpft und atme heftig.

»Ja, mein Kind«, antwortet der Herr freundlich, doch auch schroff.

Genau wie der Mann am Fluss. Der Mann sieht mich mit einem freundlichen Lächeln an.

»Ich würde gern wissen ...«

Der Mann sieht von mir weg und sein Lächeln verschwindet. Abrupt höre ich auf zu sprechen und sehe mich um. Alle sehen uns an. Ich fühle mich wie in meinem eigenen Königreich. Alle Blicke sind auf mich gerichtet, weil ich mit einem Mann spreche, der offensichtlich nicht zu mir gehört. Es gehört sich als Frau nicht, mit fremden Männern zu sprechen. Anscheinend ist es für die Bewohner eindeutig, dass ich nicht in dieses Königreich gehöre. Nochmals wende ich mich dem Mann zu. Die anderen sollten mich nicht interessieren. Trotzdem durchlöchern sie mich, als würden sie wissen, was ich vorhabe. Doch woher sollten sie? Der Blick des Mannes bleibt hart und er scheint nicht mehr fröhlich zu sein. Augenscheinlich bemerkt auch er die Situation und fühlt sich dadurch erdrückt.

Schnell stelle ich meine Frage, damit der Herr nicht direkt wieder umdreht und davon geht: »Ich würde gern wissen, in welche Richtung ich muss, um zur Burg von König Wilhelm zu gelangen?«

In dem Moment sieht er mich wieder an. »Dort entlang.«
Währenddessen zeigt er mir nicht den Weg, sondern dreht sich einfach um und geht mit seiner Familie weiter. Merkwürdig. Dies war keine eindeutige Antwort. Ich habe die Bewohner wohl falsch eingeschätzt. Für einen Moment bleibe ich noch stehen und sehe zu, wie die Familie sich von mir entfernt.

Er hat mir keinen Weg gezeigt, doch vielleicht hat er mir die Richtung gezeigt, indem er in diese geht. Schließlich folge ich ihm, so wie die Blicke der anderen noch mir gelten, doch ich ignoriere sie weiterhin. Ich folge dem Weg an Märkten und Straßenverkäufen vorbei über einen kurzen Landweg, in eine weitere Stadt. Dieses ich noch größer als die vorherige. Auch hier verfolgen mich die Augen der Untertanen. Sie werden immer skeptischer, misstrauischer und aggressiver. Die Stimmung spannt sich weiter an, doch ich weiß nicht wieso. Außerdem weiß ich nicht, was geschehen wird und weshalb die Untertanen des Königreichs derart verstört, bei dem Anblick eines Fremden sind. Erneut versuche ich mir die anderen aus dem Kopf zu schlagen. Ich muss mich auf etwas anderes konzentrieren. Ich muss in die Burg gelangen. Ich stehe so kurz vor dem Ziel.

Es ist beinahe zum Greifen nahe. Dann bleibe ich ruckartig stehen. Ich brauche eine Waffe. Das habe ich völlig vergessen. Ich habe mich zu sehr darauf fokussiert, endlich anzukommen. Zuerst muss ich mir eine Waffe suchen, doch ich habe kein Geld, um eine zu kaufen. Wo bekomme ich nun eine her? Eilig sehe ich mich um. Es gibt kein Geschäft, welches Waffen verkauft. Eigentlich würde ich dies als sehr gut betrachten, dann das bedeutet, dass dies ein friedliches Königreich oder zumindest eine friedliche Stadt ist und sie sich nicht gegenseitig angreifen. Doch für mich ist es ungünstig. Ich brauche eine Waffe, um gegen König Wilhelm ankommen zu können. Ich brauche eine Waffe. Doch woher? Die Frage taucht dauernd in meinen Gedanken auf. Ich kann an nichts anderes mehr denken. Nur an die Rache, meinem Streben nach Gerechtigkeit und an die Ungerechtigkeit, die mir, Victoria, meiner Familie und meinem gesamten Königreich zugefügt wurde. Bereits seit einigen Wochen denke ich an nichts anderes mehr.

Seit ich den Brief aus Malovien erhalten habe, in dem steht, dass meine Schwester ermordet wurde und schließlich den Brief, der den Mörder und den Grund für dieses Vergehen und den Hinterhalt enthält. Auch dieser Brief ist noch in meinem Notizbuch und ich weiß nicht, was mit ihm geschehen ist. Haben meine Wachen das Notizbuch gefunden? Hat Edward ihnen das Notizbuch gegeben? Wissen meine Eltern, was ich vorhabe? Oder hat Edward das Notizbuch? Wenn tatsächlich Edward das Notizbuch hat, hat er es gelesen? Weiß er auch ohne hineinzusehen, was ich vorhabe? Wahrscheinlich ... Ist er auf dem Weg hierher? Wird er mir helfen, wie er es versprochen hat? Wird er mich davon abhalten wollen? Oder ist er in Gewahrsam meiner Wachen und Eltern? Wird er gefoltert oder hingerichtet? Werde ich ihn wiedersehen oder niemals mehr? So viele Fragen, die sich in diesem Moment nicht beantworten lassen. Eigentlich sollten sie mich auch nicht interessieren, da ich nun hier in Pantolow bin und nun mein Ziel erreichen und mein Versprechen einlösen werde.

»Was habt Ihr vor?«, ruft plötzlich ein Mann lauthals über den Marktplatz und reißt mich aus meinen Gedanken.

Ich sollte mich wahrscheinlich nicht umdrehen und mich nicht einmischen. Also beginne ich wieder zu laufen. Ich entferne mich lieber von einer Diskussion, die eventuell eskalieren könnte, als mittendrin zu stehen und dann vielleicht mit hineingezogen zu werden.

»Bleibt stehen!«, ruft dieselbe männliche Stimme erneut.

Sie kommt mir irgendwie bekannt vor. Schroff wie alle Stimmen, die ich bisher hier wahrgenommen habe. Wahrscheinlich sprechen die Leute hier so. Es ist ein anderer Ort und somit auch eine andere Kultur und Sprache. Trotzdem klingen für mich alle Stimmen gleich. Es muss niemand sein, dem ich schon begegnet bin. Wie vielen Personen bin ich bisher begegnet? Nur dem Mann am Fluss und dem Mann im Dorf.

Die Stimme gleicht den beiden nur wenig. Nein, es ist niemand, den ich kenne. Ich gehe weiter, ohne auf andere Blicke, Reaktionen und Nachrufe zu reagieren. Sie sind ohnehin nicht für mich bestimmt. Dann stellt sich ein Mann vor mich. Ich trete einen Schritt beiseite, um vorbeizugelangen, doch er lässt mich nicht. Er kommt weiter auf mich zu. Hinzu kommen weitere Untertanen, die bereits zuvor wütende Blicke ausgetauscht haben. Manche von ihnen tuscheln in den hinteren Reihen, aber ich kann sie nicht verstehen.

»Was habt Ihr vor?«, ertönt erneut die Stimme, die mir so bekannt vorkommt.

Dann drehe ich mich um. Tatsächlich ist es der Mann, den ich am Fluss getroffen habe. Er hat mich gerettet und war schockiert, mich lebendig zu sehen, doch nun sieht er mich verärgert an. In seiner Hand hält er mein Schwert in die Höhe.

»Sie hatte dieses Schwert dabei und kommt aus einem anderen Königreich.«

Auf einmal beginnen alle durcheinander zu brüllen.

»Sie wollte zum König! Das habe ich gehört!«

»Sie trägt keine normale Kleidung. Sie trägt Kampfkleidung!«

»Ihr Haar schimmert rot!«

»Sie kann lesen!«
»Sie spricht mit sich selbst!«
»Ihre Augen! Sie sind grün!«
»Sie wollte sicherlich den König ermorden!«
»Den König angreifen?«
Ich sehe wild umher. Was sind das für Anschuldigungen? Natürlich sind sie wahr, doch was wollen sie erreichen? Was haben sie vor? Und woher haben sie diese Informationen? Alle sprechen miteinander und durcheinander. Ich kann kein Wort mehr verstehen. Ich stehe einfach nur da, in der Mitte einer aufgebrachten Gruppe. Mein Schwert. Ich brauche mein Schwert! Ich drehe mich zum Fischer, der mich aus dem Fluss gerettet hat, und richte meinen Blick auf das Schwert und danach in sein Gesicht. Er sieht mich finster an.
»Ihr solltet eigentlich tot sein«, flüstert er beinahe schon.
Er spricht nicht zu den Stadtbewohnern, sondern zu mir. Aber das Dorf hört ihm gespannt dabei zu und wendet sich nun wieder mir zu.
»Hexe«, höre ich eine Stimme, angsterfüllt und leise.
Dann höre ich die nächste. »Hexe.«
»Hexe.«
»Hexe!«
Und plötzlich brüllen es alle. Sie klagen mich als Hexe an? Schockiert trete ich einen Schritt zurück, doch die Stadtbewohner versperren mir den Weg. Als Nächstes packen sie mich an den Armen, damit ich nicht fortrennen kann. Alle stellen sich um mich und helfen dabei, mich festzuhalten, während ich versuche mich zu befreien. Ich trete um mich, doch es bringt nichts. Sie zerren mich ohne Probleme von Ort und Stelle und ich weiß nicht wohin. Während ich mich versuche zu befreien, zerren mich die Bewohner fort, wodurch ich auch noch meine Orientierung verliere. Wohin bringen sie mich und was haben sie vor?

Nach einiger Zeit verlassen wir die Stadt und betreten einen düsteren Wald, in dem der Himmel von den Baumkronen bedeckt wird. Noch immer versuche ich mich zu befreien, doch es ist zwecklos. Die Stadtbewohner packen mich so fest, dass ich mich kaum bewegen kann. Es fühlt sich an, als würde alles in Zeitlupe geschehen, doch gleichzeitig geschieht alles derart schnell, dass ich nicht weiß, was geschieht und nicht darauf reagieren kann. Ich sehe hinauf in den Himmel, den ich nicht erkennen kann und kämpfe weiter um meine Freiheit.

Die Stadtbewohner interessiert nicht, was ich tue. Sie schleppen mich weiter durch den Wald, brüllen, schlagen mich und zerren an mir. Ich kann mich nicht befreien. Ich habe keine Kraft dazu. Ich habe zu wenig geschlafen und bin noch erschöpft vom Fluss, in dem ich fast ertrunken bin. Ich hätte nicht schon jetzt in dieses Königreich kommen sollen. Ich hätte warten sollen, bis ich mich ausreichend ausgeruht habe und mir eine neue Waffe suchen sollen. All dies hätte nicht geschehen sollen. All dies hätte nicht geschehen brauchen, wenn ich nicht so stur gewesen wäre und einfach in das fremde Königreich hineinspaziert wäre. Die Stadtbewohner setzen mich tief im Wald auf einen Baumstumpf und halten mich fest, damit ich nicht aufstehe und mich wehre. Auch meine Füße werden festgehalten. Dann sehe ich jemanden mit einem langen Seil auf mich zukommen. Ich befürchte bereits, was geschehen wird. Im nächsten Augenblick stellt er sich hinter mich und legt das Seil um mich. Nun liegt das Seil so eng an meiner Haut, dass es schmerzt und ich nicht einmal mehr versuchen kann, mich zu bewegen. Als ich auf meine Handgelenke hinabsehe, erkenne ich, dass sie sich erröten und es sich mit jeder Bewegung, die ich mache, verschlimmert. Es fühlt sich an, als würde trockenes Stroh an meiner Haut gerieben werden. Der Fischer sieht mich nun hasserfüllt an und hält mein Schwert in der Hand. Er selbst sagt und tut nichts. Er sieht mich einfach an, während seine Nachbarn mich fesseln und ich um mein Leben kämpfe. Sie glauben, ich bin eine Hexe. Ich werde das Gegenteil nicht beweisen können. Sie werden mich verurteilen und töten.

»Das heutige Treffen wurde einberufen, weil diese Frau ...« Er zeigt auf mich: »... mit einem Schwert und ohne sonstige Ausstattung in unser Königreich gekommen ist und unseren König zu sehen wünscht. Es liegen folgende Vorwürfe vor: Mordlust, Mordabsichten, Überleben einer tödlichen Situation, Verhetzung und Zauberei. Für all diese Anklagen haben einige Zeugen ausgesagt. Somit wird sie als schuldig befunden, eine Hexe zu sein und zum Tode verurteilt. Sie soll verbrannt werden.«

»Nein! Ihr hört nicht zu! Ihr gebt keine Gerechtigkeit, als auch keine Gleichheit! Dies ist kein fairer Prozess! Dies ist ...« Mir wird der Mund zugeschnürt.

Ich kann nicht mehr sprechen. Nun sitze ich da, kann mich nicht rühren, nicht verteidigen und auch nicht für mich sprechen. Nonverbal als auch verbal bin ich tot gestellt. Ich kann nichts tun.

Plötzlich werde ich über den Boden getragen. Inzwischen laufen mir Tränen die Wange hinunter. Ich wollte Gerechtigkeit für meine Schwester. Dieses Königreich hat meiner Schwester ihr Leben genommen, meinem Königreich ihre Königin genommen, ohne auch nur mit der Wimper zu zucken. Und nun soll ich ohne einen richtigen Prozess und ohne Verteidigung aufgrund von Anschuldigungen, die zum Teil gar nicht stimmen, zum Tode verurteilt und verbrannt werden. Nun erkenne ich vor mir ein Podest. Es ist eine kleine Fläche, die beinahe so groß ist wie ich selbst. An diesem Podest befindet sich ein Pfahl und hinter ihm liegt ein großer Berg aus trockenem Stroh. Bei diesem Anblick werde ich auf den Boden gestellt. Zur gleichen Zeit sehen mir sämtliche Stadtbewohner aus der Ferne zu und brüllen mich an.

»Hexe!«

»Verräterin!«

»Mörderin!«

Nun lockert sich das Seil an meinen Gelenken und sie sind frei. Auf der Stelle stehe ich auf und möchte fort, doch ich scheitere. Noch nicht einmal einen Schritt schaffe ich, als ich wieder von den Bewohnern gepackt werde und sie mich in Richtung der Plattform schleppen. Ich versuche mich zu wehren, doch es ist unmöglich. Es hat keinen Sinn. Es sind zu viele. Weitere Tränen laufen meine Wangen hinunter. Im nächsten Moment stehe ich bereits mit dem Rücken am Pfahl auf der Plattform. Kämpfend spüre ich mein Herz ununterbrochen pulsieren. Neue Kraft steigt in mir auf und ich versuche mich loszureißen, doch noch reicht es nicht aus.

Ich werde niemals fortkommen. Statt frei zu sein, spüre ich ein Seil an meinen Gelenken. Kurz darauf verlassen alle die Plattform, ohne mich ... Ich stehe in Fesseln auf der kleinen Plattform und kann mich nicht rühren. Verzweifelt, an Ort und Stelle, sehe ich zu dem Volk herab. Diese Situation sollte anders sein. Ich sollte hoch oben stehen wie jetzt, doch nicht um verbrannt zu werden, sondern um zu leben, um das Leben anderer anzuführen. Ich sollte Herrscherin sein.

Nun sehe ich Feuer. Eine Fackel brennt und wird zu mir geführt. Der Träger der Fackel kommt auf mich zu, läuft dann an mir vorbei. Ich kann ihn und die Flammen nicht mehr sehen, doch ich weiß, was mir bevorsteht: Flammen und Wunden an meinem Körper. Es wird schlimmer sein, als ich es mir je vorstellen könnte. Schließlich weiß ich, dass Verbrennen die schrecklichste Art zu sterben ist, und nun wird es mir widerfahren. Was wird bloß aus meinem Königreich? Was wird aus dem Königreich, das einst Victoria gehören sollte? Was wird mit dem Mörder meiner Schwester und auch Victoria? Wird sie jemals Frieden finden können?

Dann höre ich es knistern. Das Feuer ist entfacht und ich spüre die Wärme hinter mir aufsteigen. Ein letztes Mal versuche ich mich zusammenzureißen und sehe hinauf. Hier sind nur wenige Bäume und ich kann den von Wolken bedeckten Himmel erkennen. Bitte, Victoria, hilf mir. Hilf mir, damit ich dir helfen kann und damit ich die Krone, deine Krone, rächen kann.

KAPITEL 19

Ich halte meine Tränen zurück. In den letzten Momenten meines Lebens darf ich keine Schwäche zeigen. Eines Tages werden sie wissen, dass ich die Königin von Kelvington war. Es soll dann nicht über mich gesprochen werden, als wäre ich ängstlich und schwach. Ich werde in Würde sterben und meinem Königreich das Leid einer ermordeten, schwachen Königin ersparen. Es wird immer wärmer. Das Einzige, das das Feuer davon abhält, mich zu verbrennen, ist der kühle Winterwind, der die Flammen von mir weg pustet. Doch der Wind wird die Flammen nicht ewig aufhalten können. Sie werden mich gleich erreichen und mir die ersten Wunden zufügen. Ich darf nicht schreien.

Ich sehe in den wolkenbedeckten Himmel. *Victoria ...* Noch lebe ich. Noch kann ich meine letzten Momente für sie opfern. Ich stehe hier, weil ich für sie hergekommen bin. Ich sterbe, weil ich für sie gekämpft habe. Ich habe ihr versprochen, alles für ihre Gerechtigkeit zu tun und sogar mein Leben dafür zu geben. Doch ich habe ihr nicht den Versuch versprochen, sondern die Tat. Ich habe ihr nicht versprochen, alles Mögliche zu tun, um zu versuchen, ihr Gerechtigkeit zu geben, sondern um sie ihr zu geben. Ich darf nicht sterben. Doch wie soll ich nun aus dieser Situation entkommen? Ich bewege meine Handgelenke. Ich versuche aus dem Band, das mich hier hält zu entkommen. Die Flammen könnten mir dabei helfen. Wenn die Flammen an mich heranreichen, werden sie nicht nur mich, sondern auch das Seil verbrennen. Wenn es eine Möglichkeit gibt, zu entkommen, ohne verbrannt zu werden, muss ich es ausprobieren. Ich bewege weiter meine Gelenke, wodurch meine Haut aufgerissen wird. Es quält mich. Doch dies ist deutlich weniger Schmerz, als der, der mir noch bevorsteht, sollten die Flammen zu mir gelangen. Kämpfe! Du hast es deiner Schwester versprochen! Sie wird dir auch nicht helfen, wenn du nicht kämpfst. Sie wird dir helfen, wenn du für dein Versprechen alles gibst, nicht, wenn du darauf wartest, dass es erfüllt wird. Du musst etwas dafür tun, damit du etwas bekommst! Du musst etwas dafür tun, damit du deiner Schwester das Versprochene geben kannst. Damit sie Frieden finden kann. Es liegt nur an dir ... Eleonore ...

Meine Handgelenke fangen an zu brennen. Nicht wegen des Feuers, sondern wegen der Wunden, die ich mir zuziehe, während ich versuche mich zu befreien.

Das Volk sieht zu mir und brüllt mir zu, dass ich verbrennen, leiden und sterben solle, dass ich eine Hexe sei und das Leid fühlen solle, das ich anderen bereiten wollte. Dabei möchte ich nur einer Person schaden: dem König, dem Mörder meiner Schwester. Dies möchte ich nicht aus Blutdurst, was mir vorgeworfen und nachgerufen wird. Nein, sondern um ihm das Leid zuzufügen, das meine Familie und mein Volk erleiden musste und noch muss. Und nun soll ich den gleichen Schmerz fühlen, den ich ihm geben wollte? Ich fühle die Hitze an meinen Beinen. Eigentlich liebe ich es dem Feuer zuzusehen, wie es tanzt und Wärme spendet, doch gerade im Moment wünsche ich mir, es wäre erloschen. Ich kann nicht anders als abzuwarten. Mein Plan zu entkommen, bevor die Flammen mich erreichen, ist gescheitert und wird auch nicht in kürzerer Zeit erfolgreich sein. Also warte ich ab. Ich warte, bis die Flammen mich umhüllen und meine Fesseln lösen. Es wird furchtbar werden, schmerzhaft und eines der schlimmsten Ereignisse, die man erleben kann. Doch zumindest werde ich danach keine Angst mehr verspüren. Ich werde stark emporsteigen und kämpfen können, ohne Furcht davor verletzt zu werden, da kein Schmerz an diesen, den ich jetzt erleiden werde, herankommen wird. Mir wird keiner helfen. Sie werden zusehen wie ich elendig verbrenne und ich versuche mich zu befreien.

Allerdings sollte mein Plan gelingen und ich befreit werden, werden sie mich alle fürchten, vor mir zurückweichen und mich hindurch lassen. Es beginnt. Die ersten Flammen sind auf der Plattform. Ich beginne zu schwitzen. Meine Haut verbrennt und ich schreie auf. Ich nehme nichts mehr wahr. Nur den Schmerz, der durch meinen Körper strömt. Ich muss durchhalten. Ich schaffe das! Ich habe schon so vieles geschafft. Ich bin schon so weit gekommen. Ich darf jetzt nicht aufgeben. Ich werde als eine der mächtigsten Frauen der Geschichte hervorgehen. Alle werden mich entweder dafür feiern oder fürchten, doch egal wie es enden wird, ich werde die Macht besitzen.

Ich kneife meine Augen zusammen, um die Stadtbewohner vor mir zu erkennen, doch sie werden von den Flammen verdeckt. Ich nehme nur Schmerz, Leid und Geschrei war. Ich muss mich befreien. Ich reiße an meinen Armen, doch ich schaffe es nicht. Das Seil ist noch nicht durchtrennt. Ich kann mich nicht lösen. Nein! Das darf nicht geschehen. Ich zerre an meinem gesamten Körper. Ich muss mich befreien! Ich kann an nichts anderes mehr denken. Ich konzentriere mich so sehr darauf, dass ich selbst den Schmerz ausblende.

Der Rauch der Flammen steigt in meine Lungen, wodurch ich keine Luft mehr bekomme, und beginne zu husten. Ich versuche zu schreien, so laut ich kann. Dann huste ich wieder. Wenn ich nicht an einen Pfahl gefesselt wäre, würde ich zusammenbrechen. Stattdessen stehe ich an diesem Pfahl und kann mich nicht bewegen.

Meine Augen sind geschlossen. Sie brennen von dem dichten Rauch, der zu mir aufsteigt. Dann spüre ich etwas an meinen Händen. Es schmerzt. Die Flammen steigen höher und werden größer. Meine Wunden werden immer schlimmer und schmerzen mehr. Meine Hände hängen an mir schlapp hinab. Im nächsten Moment falle ich in mich zusammen. Doch bevor ich auf den Boden aufkomme, werde ich aufgefangen. Ich huste weiter und kneife meine tränenden Augen zusammen. Meine Wunden schmerzen, mir ist heiß und ich kann mich nicht bewegen. Keinen einzigen Muskel, nicht einmal den kleinsten, spanne ich an. Ich lasse mich einfach zusammensacken, doch ich falle nicht. Dann spüre ich den Boden unter mir. Ein Stock sticht mir in den Rücken, doch es ist mir egal. Ich werde mich kein Stück bewegen. Ich spüre jemandes Hände auf meinem Körper. Ich öffne meine Augen ein wenig und sehe nur eine verschwommene Gestalt vor mir hocken. Ich kann sie nicht erkennen, doch statt meine Augen geöffnet zu lassen, kneife ich sie sofort wieder zusammen. Es brennt so sehr. Wasser fließt an meinem Gesicht entlang.

»Öffnet Eure Augen. Wir müssen sie reinigen.«

Ich versuche sie zu öffnen. Es schmerzt so sehr, dass ich sie direkt wieder zusammenkneife. Sofort versuche ich sie wieder zu öffnen. Immer und immer wieder öffne ich sie nur ein wenig, und mit der Zeit wird es leichter, obwohl es noch schmerzt. Es fühlt sich an als stünden die Flammen des Feuers noch in meinen Augen.

Im nächsten Moment werde ich aufgerichtet und lehne mich an etwas. Es ist still um mich herum. Keine einzige Stimme ist zu hören. Erneut öffne ich meine Augen. Diesmal erkenne ich mehr. Es sind Wachen. Sie tragen eine Rüstung und hinter ihnen steht das Volk, das mich zuvor noch tot sehen wollte. Keiner sagt etwas. Jeder sieht mich einfach nur an. Die erste Person, die ich erblicke, ist der Fischer. Der Fischer, der mein Schwert bei sich hält. Dann schwenke ich meinen Blick den Wachen. Es sind nicht meine. Sie tragen das blaue Wappen von Pantolow. Warum haben sie mich gerettet?

Ich sehe an mir herab, und erkenne durch den verbrannten Stoff meiner Kleidung keine Wunden, obwohl ich sie spüre. Die Wachen haben mich aus den Flammen gerettet. Sie haben mich herausgetragen und mir geholfen, wieder sehen zu können, doch mein Körper brennt noch immer. Sie haben mich zwar gerettet, allerdings nicht meine Wunden versorgt. Dennoch fühlt es sich besser an. Es ist besser, als das, was ich spürte, als ich noch in den Flammen stand. Ich stehe auf. Es schmerzt zu stehen, doch ich lasse es mir nicht anmerken. Das Wichtigste ist allerdings, dass meine Augen nicht mehr tränen. Mit Sicherheit sind sie rot wie das Feuer, doch ich zeige nun keine Schwäche mehr. Dieses Erlebnis werde ich hinter mir lassen.

»Wir bringen Euch ins Schloss. Dort werdet Ihr behandelt«, erklärt eine schroffe Stimme hinter mir.

Ich sehe kurz zurück, um zu erkennen, wer gesprochen hat, doch mich sehen alle Wachen des Königreichs an. Ich weiß nicht, wer von ihnen mit mir spricht.

Erneut wende ich mich dem Volk zu. Als ich mich ihnen nähere, rührt sich keiner von ihnen. Sie haben keine Angst mehr vor mir. Zumindest nicht solche, die sie vorhin noch hatten. Trotz dessen scheinen sie verängstigt von mir zu sein. Sie wissen, dass ich eine Königin bin und ich ihnen Leid zufügen kann. Wahrscheinlich haben es die Wachen ihnen mitgeteilt, als ich all die Qualen der Flammen erleiden musste. Nun wende ich mich dem Fischer zu. Ich komme mit einem Selbstbewusstsein, das alle Untertanen sofort schaudern lässt, zu ihm. Nur der Fischer sieht mich weiterhin an, ohne seine Miene zu verziehen. Ich weiß, dass er sich innerlich fürchtet. Ich strecke meine Hand aus, ohne ein Wort zu sagen. Trotzdem weiß er was ich verlange: mein Schwert. Er reicht es mir, ohne den Blick von meinem Gesicht abzuwenden, welches wahrscheinlich entsetzlich aussieht. Ich nehme ihm das Schwert ab. In die Schlaufe meines Anzugs werde ich es nicht stecken können, denn die gesamte Kleidung ist vollkommen zerpflückt. Nun kehre ich um zu den Wachen, die mich retteten. Inzwischen steht bei ihnen eine Kutsche. Vielleicht stand sie auch bereits vorher dort, doch ich bemerke sie erst jetzt.

Aus dem Augenwinkel erkenne ich, dass alle Wachen das Geschehen beobachten und kampfbereit sind. Dann trete ich näher an die Kutsche. Kurz bevor ich einsteige, sehe ich zurück. Nun verbeugen sich all die Bewohner vor mir. Auch der Fischer, der mich in dieses Geschehen gerissen hat, kniet nun vor mir.

Das Volk ist genau wie ihr Herrscher: mordlustig und gierig. Ihr Herrscher wird für seine Tat büßen, dann wird das Volk ebenfalls daraus lernen müssen.

Ich wende mich der Kutsche zu. Dies war der letzte Blick, den ich diesem Volk widme. Dieses Volk ist es nicht würdig, mit einer Königin meiner Größe zu sprechen, sie anzusehen oder mit ihnen einen Handel einzugehen. Sie werden für die Taten bezahlen, indem ihr König die Schuld auf sich nimmt. Die Wachen steigen auf ihre Pferde, außer eine, die mir beim Einsteigen in die Kutsche hilft. Sie wissen nicht, weshalb ich hier bin. Sie halten mich für einen königlichen Gast. Sie beschützen mich. Ich weiß, dass sie mich beschützen werden, doch nur, bis sie herausfinden, weshalb ich tatsächlich hier bin.

KAPITEL 20

Ich befinde mich auf dem Weg zu König Wilhelm. Zu meiner Überraschung mithilfe seiner eigenen Wachen. Sie haben mich aus einer brenzligen Situation gerettet ... Ich wurde beinahe bei lebendigem Leibe verbrannt. Wären die Ritter nicht gewesen, würde ich wahrscheinlich nicht mehr leben. Eine Frage stellt sich allerdings: Weshalb taten sie es? Weshalb haben sie mich aus dieser Situation geholt, obwohl sie zuvor meine Schwester getötet haben? Nun bringen sie mich zu ihm, zu ihrem König. Zumindest vermute ich das ... Doch weshalb? Ich werde misstrauisch und doch weiß ich, dass mir nichts geschehen wird, sonst hätten sie mich zuvor sterben lassen. Woher wissen sie, wer ich bin und wo ich war? Sie können es nicht gewusst haben. Oder hat das Volk solch einen Kontakt zum Königshaus? Haben die Wachen es daher gewusst? Weshalb bin ich mir sicher, dass sie mich zum König bringen?

Weshalb bin ich mir sicher, dass mir nichts geschehen wird? Weshalb bin ich mir sicher, dass ich es schaffen werde?

Ich werde den König töten. Doch kann ich das wirklich, nachdem er mich gerettet hat? Ich schüttle meinen Kopf, um wieder klar denken zu können.

Natürlich werde ich es schaffen und selbstverständlich werde ich es tun. Ich habe so vielen Personen versprochen, Victoria zu rächen. Es waren zwar keine direkten Worte, doch ich habe versprochen meine Ziele durchzusetzen und nicht aufzugeben und dazu gehört aktuell die Rache meiner Schwester. Ich werde jetzt nicht aufgeben, nicht so kurz vor dem Ziel, nicht nach meinem Eid bei Edward, nicht nach diesem Ereignis hier in Pantolow, im Lande des Königs, der mir meine Schwester und älteste Freundin genommen hat, verbrannt zu werden und ebenso beinahe wie meine Schwester seinetwegen zu sterben. Ich werde niemals aufgeben! »Kein Weg zu weit.« ...

Ich sitze in einer prachtvollen Kutsche, so wie die meinen in Kelvington. Mir gegenüber sitzt eine einfache Wache. Er spricht kein Wort zu mir und gewährt mir keinen einzigen Blick. Er sieht leer in die Ferne hinter mir, durch das Kutschenfenster. Bei ihnen sind die Fenster nicht von Gardinen bedeckt. Zwar gibt es Gardinen, doch sie sind nicht zugezogen und scheinen einzig und allein als Dekorationen zu fungieren.

Anders als bei mir, wo sie als Sicht- und Identitätsschutz dienen. Schon kurz darauf sehe ich in der Ferne die Kontur einer Burg. Warte, nein ... Dies ist keine Burg ... Dies ist ein – »Ich heiße Euch im Namen der Majestäten, König Wilhelm und seiner Frau Königin Isabella, auf Schloss Pantolow willkommen. Ein Palast, welcher seit Jahrhunderten errichtet wird.«

Die Wache sieht aus dem Fenster und ich folge seinem Blick. Die Türme erscheinen langsam im Glanz und Schein der Sonne. Das Gebäude ist von leichtem Nebel umhüllt, welches das Schloss noch prunkvoller macht als es ohnehin schon ist.

»Die Majestäten wünschen Euch zu sprechen.«

Ich sehe die Wache an, doch er sieht weiterhin auf das Prachtbau. Auch ich wende mich diesem zu.

Es ist deutlich größer, schöner und mächtiger als meine Burg in Kelvington. Doch meine Gedanken werden von diesem Anblick nicht gezähmt. Der König möchte mich sprechen? Ein Mörder möchte mich sprechen? Sprechen ...?

Ich hätte niemals gedacht, dass solch eine herzlose Person dazu in der Lage wäre. Doch ich sollte mir keine Hoffnungen machen. Ein Mensch bleibt schließlich, wie er immer war. Und er war nun mal eine herzlose Person, ein Egoist und Mörder. Dies wird immer bleiben und es wird ihn immer verfolgen. Außerdem weiß ich nicht, worüber er zu sprechen wünscht, ob Victoria überhaupt ein Thema sein wird oder, ob ganz andere Dinge angesprochen werden. Vielleicht ist es doch ein Hinterhalt. Vielleicht will er nun mich in eine Falle locken und ebenfalls töten lassen. Dies wird ihm nicht gelingen, denn ich werde mit einem Schwert bewaffnet, voller Kraft und Ehrgeiz sowie einem geleisteten Schwur, den ich erfüllen werde, vorbereitet sein. Vielleicht wird es doch um Victoria gehen. Vielleicht ist der König eine ganz andere Person, als ich denke. Vielleicht habe ich ihn falsch eingeschätzt, schließlich basiert mein Bild von ihm auf einem Urteil, das ich gefällt habe, ohne ihn zu kennen.

Wie werde ich ihm begegnen? Voller Hass und Wut, oder mit Aufrichtigkeit und Offenheit? Wenn ich ehrlich bin: Ich weiß es nicht. Ich schaue auf das Schloss. Es zeigt deutlich den Fortschritt, die Weisheit und die Macht von Pantolow. Ich scheine im Moment entschlossen, doch könnte sich dieses Gefühl in wenigen Augenblicken ändern. Nun, ich werde vorbereitet sein auf einen Hinterhalt und einen Kampf, doch zuvor werde ich versuchen, ihm zuzuhören.

Als ich aus der Kutsche aussteige, um ins Schloss zu gehen und dem König gegenüberzutreten, geht bereits die Sonne unter. Anscheinend hat der Kampf um mein Leben deutlich mehr Zeit beansprucht als gedacht. Zudem habe ich heute gleich zweimal um mein Leben kämpfen müssen. Ich bin erschöpft und wahrscheinlich im Nachteil, wenn es zu einem Kampf kommen sollte.

Vor mir steht nun das gewaltige Schloss Pantolow. Es besteht aus massivem Stein und besitzt mehrere Türme. Um das Schloss herum steht eine Mauer mit mehreren Aussichtstürmen, in denen sich Bogenschützen befinden. Auch wenn dieses Schloss kräftiger und prachtvoller ist als meine Burg, sind Grundriss und Ausstattung hier die gleiche. Ich komme dem Eingang des Herrschaftshauses langsam und mit jedem Schritt näher. Es ist ein Gebäude, das ich in meinem gesamten Leben noch nicht gesehen habe. Es sieht aus wie in einem Märchen. Als wäre ich gerade nicht in der realen Welt, sondern an einem wunderschönen und friedlichen Ort, der niemals angegriffen wird und niemals Unsicherheit ausstrahlt. So, als würden an diesem Ort alle Kämpfe gewonnen oder gar keine anziehen. Es ist überwältigend.

Der Himmel streckt sich im strahlend gestreiften gelb, rot und lila über das Besitztum. Die Farben unterstreichen das wunderbare Gefühl, das das Gebäude in mir auslöst. Es ist ein innerer Frieden, der sich in meinem Körper weiter ausbreitet. Ich kann nichts anderes wahrnehmen, als diesen Anblick und das Gefühl, das er in mir auslöst. Dann öffnen sich die Tore des Schlosses. Ich trete ein und sehe hinauf. Ich befinde mich in einem riesigen Saal. An der Decke hängen Kronleuchter hinunter, auf denen Kerzen angezündet sind. Die Kronleuchter hängen so hoch oben, dass es scheint, als wäre es der Himmel, der sich gerade über mir befindet. Ein Himmel, der von Kerzen und Sternen erhellt wird. Ich drehe mich, während ich langsam dem Weg folge. Es ist wie ein Traum. Ich hätte niemals gedacht, dass ein einfacher Raum ein solches Gefühl, ein Gefühl von Ruhe und Frieden, in mir auslösen kann. Ich würde mich sehr gerne hier auf den Boden legen und hinauf sehen, ein Buch lesen oder in meinen Notizen schreiben, dazu würde ich Obst essen, während ich in den ewigen Nachthimmel hinauf sehe und den Moment für mich genießen kann.

»Ihre Majestät wird schon bald hier sein«, ruft schließlich einer der Bediensteten von einer höheren Etage zu mir hinunter.

Zu dieser Etage gelangt man mithilfe einer der zwei Treppen, welche sich links und rechts neben der Erhöhung befinden. Sie führen beide rund um die Empore herum hinauf. Dann kommen verschiedene Bedienstete zu mir, die meine Wunden inspizieren und versorgen. Manche werden mit einem Verband bedeckt und andere nur gereinigt.

Nun stehe ich da. Ich stehe in einem riesigen Raum, der dem Himmel gleicht und in einem Schloss, das mich in eine andere Welt bringen kann und warte auf einen Mörder. Dieser Gedanke lässt mich nicht mehr los. Wie kann ein solch brutaler König in einem so unglaublich schönen Gebäude leben? Durch diesen Gedanken verliere ich allmählich meinen inneren Frieden wieder. Anfangs habe ich noch geduldig gewartet und versucht das Gefühl wiederzuerlangen, doch je länger ich warten muss, desto vergrämter wird mein Innerstes. Ich werde ungeduldig, wütend und aggressiv, doch zeige es nicht nach außen, um kein Aufsehen zu erregen. Schließlich beobachten mich die Wachen pausenlos. Es fühlt sich an, als hätte ich bereits seit Stunden hier gestanden. Doch wenn ich durch die Fenster blicke, erkenne ich, dass die Sonne noch immer nicht untergegangen ist.

Nach einer weiteren Weile bekomme ich endlich eine Nachricht überbracht: »Ihre Majestät erwartet Euch nun in seinem Arbeitszimmer. Unsere Wachen werden Euch geleiten.«

Damit macht der Bedienstete eine Handbewegung zu ein paar Wachen, die am Rande des Saals stehen. Sie machen sich auf den Weg zu mir. Schließlich gehen sie zu den Treppen und ich folge ihnen. Rund um mich sind nun Wachen des Königs. Sie sind alle bewaffnet, doch scheinen sie ihre Waffen nicht nutzen zu wollen. Für mich ist das ein gutes Zeichen.

Wir nehmen die Treppe links entlang, hinauf zu der Erhöhung, ins nächste Stockwerk. Von hier aus sieht man beinahe direkt zu den Kronleuchtern, obwohl sie noch einige Meter über mir hängen. Es scheint, als wäre man selbst im Himmel. Dann entfernen wir uns vom Geländer und nähern uns Türen, die geöffnet werden, sobald die Wachen und ich ihnen näher kommen. Hinter den Türen befindet sich ein langer Gang. An den Wänden hängen in gleichmäßigen Abständen einzelne Gemälde mit jeweils einem Namensschild darunter.

»König Wilhelm 1.«, »König Wilhelm 2.«, »König Wilhelm 3.«, »König Alexander 1.« und schließlich der aktuelle König von Pantolow: »König Wilhelm 5.« Was wohl mit Wilhelm 4. geschehen ist ... Wahrscheinlich wurde er niemals König.

Es befinden sich keine einzige Kerze und ebenfalls keine Fenster in diesem Gang. Das einzige Licht, das dem Raum gespendet wird, sind die Kerzen, die die Menschen tragen.

Der Gang geht noch einige Meter weiter ohne ein weiteres Bild daran oder eine Tür, welche die Wand unterbricht. Dies soll wohl eines Tages »die Halle der Vergangenen« werden. Eine solche Halle besitze ich nicht in meiner Burg, doch macht die königliche Familie in Kelvington regelmäßig Familienporträts und Einzelporträts. Allerdings werden sie zur Regierungszeit des nächsten Königs wieder abgehangen. In meinem Königreich ist der älteste Sohn der Nachfolger des Königs. Nun ist bei uns es nicht der älteste Sohn, sondern die älteste Tochter, da meine Mutter eben nur zwei Töchter zu Welt gebracht hat. Außerdem ist es bei uns nicht üblich, dass auf einmal andere Regeln aufgestellt werden. Es ist beinahe Routine, dass jeder König dem älteren gleicht. Und bisher hat kein König und keine Königin Einwand dagegen erhoben. Die Porträts der Vorgänger werden dann sicher aufbewahrt und gepflegt und nicht zur Schau gestellt, sodass sie beinahe ewig halten. Wahrscheinlich ist aus demselben Grund kein Licht in diesem Gang. Die Gemälde sollen nicht vom Licht beschädigt werden.

Nach weiteren Gängen befindet sich eine große Zahl an Türen links und rechts entlang der Wände. Neben jeder Tür befindet sich jeweils eine Kerze, die hell aufleuchtet. Ich weiß nicht, was sich hinter diesen Türen befindet und ich werde es wahrscheinlich niemals erfahren, denn die Wachen bleiben nicht stehen. Schließlich gelangen wir in den nächsten Gang. Dieser ist frei von Wänden. Es ist eher eine Art Brücke mit Dach, das von Pfeilern getragen wird. Mit der Begleitung der Wachen von Pantolow gehe ich die Brücke entlang und sehe hinunter. Unter mir befinden sich Wasser und eine große Wiese.

Es ist wie ein Garten, hinter dem die Sonne untergeht. Auch dies ist ein Ort, in dem ich gerne jeden Tag verbringen würde, um das tägliche Wunder des Sonnenaufgangs zu begutachten. Doch die Wachen schenken mir keinen einzigen Moment, in dem ich die Aussicht genießen kann. Am Ende der Brücke angelangt, öffnen sich die Türen, die in das Schloss hineinführen. Dieser Gang ist lang und besitzt viele Türen, exakt wie im Gang vor der Brücke, doch mein Weg endet noch nicht. Wir folgen dem Gang, durch eine weitere

Tür, und dann bleiben die Wachen stehen. Sind wir angekommen?

Ich stehe in einem kleineren Raum, der etwa so klein ist, dass ich ihn mit nur zehn Schritten durchqueren könnte. Auf der anderen Seite des Raumes befindet sich eine weitere Tür, vor der ebenfalls Wachen stehen. Dies ist die einzige Tür, die ich bisher in diesem Schloss erblicken konnte, die bewacht wird. Wahrscheinlich, weil sich hinter dieser Tür eine wichtige Person befindet, wahrscheinlich der König. Doch die Wachen machen keine Anstalten, die Tür des Raumes zu öffnen, den ich wahrscheinlich gleich betreten werde. Allerdings gehe auch ich nicht durch die Tür hindurch, solange die Wachen mir die Türen nicht öffnen. Ich werde warten, bis der König mich hereinbittet. In dem Raum, indem ich mich befinde, sind Bänke aufgestellt, die mit Stoff gepolstert sind.

Diese Bänke stehen so, dass man sich, in angenehmen Abstand von den Fenstern, hinsetzen und hinaussehen kann, ohne zu weit im Raum zu sitzen und Personen aufzuhalten, die sich hinter einem bewegen. Ich setze mich auf eine der Bänke und sehe der Sonne dabei zu, wie sie die letzten Meter überbrückt, um den Tag abzuschließen.

Sobald die Sonne untergegangen ist und die Sterne den Himmel schmücken, öffnet sich die Tür, die in den geheimnisvollen Raum führt.

»Ihr dürft eintreten«, ertönt eine Stimme hinter mir.

Ich sehe noch aus dem Fenster, während ich aufstehe. Dann drehe ich mich um. Vor mir steht ein charmanter junger Mann. Er trägt eine Krone, doch keine Königskrone, eher eine, die dem zukünftigen König gehören könnte. Dies könnte der älteste Sohn des Königs, der Kronprinz, sein. Ich gehe um die Bänke herum und stelle mich zu ihm vor die Tür, um einzutreten, doch der Prinz stellt sich mir in den

Weg. Ich erkenne, wie mich seine Augen mustern, bis sie bei meinem Schwert hängen bleiben.

»Dies werdet Ihr wohl nicht mitnehmen können.« Er sieht mir in die Augen. Nach einem verärgerten Gesichtsausdruck von mir ergänzt er: »Zum Schutze des Königs.«

Ich trete zurück und lehne mein Schwert an der Wand neben der Tür an. Hier werde ich es am schnellsten wieder greifen können, falls ich es benötigen sollte. Erst jetzt geht der Kronprinz beiseite, damit ich hindurchtreten kann. Ich folge dem Angebot und trete ein.

In dem Raum ist es dunkel und es brennt nur eine einzige Kerze, die auf einem Tisch steht. Ich weiß nicht, wie breit oder lang der Raum ist, da das Einzige, das ich erkennen kann, Schwärze ist, die noch dunkler wird, sobald die Tür hinter mir geschlossen ist. Nun ist das Zimmer, mit Ausnahme der einen Kerze, vollkommen verdunkelt. Sollte sich jemand in diesem Raum befinden, der mich angreifen möchte, könnte ich ihn nicht sehen und mich nicht wehren. Ich betrachte das einzige Licht in diesem Raum, als wäre es meine Energiequelle. Doch dann wird auch diese dunkel. Nicht, weil sie ausgegangen ist, sondern, weil sich jemand vor sie, in meine Blickrichtung, gestellt hat.

»Ihr seid also Kronprinzessin Eleonore.«

Ich kann nur mit den größten Bemühungen leichte Umrisse eines Körpers erkennen, der vor mir steht. Die Person erhebt einen Armen und zugleich erhellt sich der Raum.

Nun erkenne ich, dass ein Mann vor mir steht. Er trägt eine Krone und ein langes Gewand, das mit blauem und weißem Pelz gestopft ist. Es erscheint wertvoll zu sein, genau wie die Krone, die er trägt. Sofort sehe ich mich weiter im Raum um, um mich mit der Situation vertraut zu machen. Es befinden sich keine Wachen im Raum, sondern alleinig der König, seine Frau, des Königs ältester Sohn, ich und ein Bediensteter. Keiner scheint bewaffnet zu sein, somit bin ich, solang die Wachen nicht in diesen Raum kommen, in Sicherheit. Ersucht der König von Pantolow, der Mörder meiner Schwester, tatsächlich nur ein Gespräch?

»Ihr könnt gehen!«, ruft der König seinem einzigen Bediensteten in diesem Raum zu, wonach dieser unverzüglich den Raum verlässt. »Zuallererst: Ich bedaure Euren Verlust, Eleonore. Ihr habt mein Beileid.«

»Ihr …«, doch ich kann nicht weiter sprechen, da er sofort mein Wort unterbindet.

»Mir ist bewusst, dass Ihr mich für den Übeltäter haltet, der Eure Schwester von dieser Welt genommen hat. Auch dies bedaure ich sehr. Doch muss ich Euch mitteilen, dass dies nicht der Wahrheit entspricht. Ich bin nicht für den Angriff auf Eure Schwester und ihren Verlobten verantwortlich.«

Ich sehe ihn verwundert an.

»Ihr lügt!«, werfe ich ihn laut vor, wodurch die Königin kurz zusammenzuckt.

Ich scheine sie erschreckt zu haben. Ihr Sohn geht an mir vorbei und schenkt ihr Trost.

»Ich wünschte, es wäre so. Dann hättet Ihr nicht dem falschen Eure Wut gewidmet, doch nun ist die Situation nun mal so.« Er atmet tief ein, bevor er weiterspricht. »Was hat Euch vermuten lassen, dass ich der Schuldige für diese abstruse Tat war?«

»Dies ist keine Vermutung. Ich habe mit meinen eigenen Augen gesehen, wie herzlos Euer Volk ist. Es ist ein

Volk, welches unschuldige Fremde, ohne eine vernünftige Verurteilung, verbrennen lässt und sich an dem Schmerz des Leidenden erfreut. Woher sonst soll Euer Volk ein solches Verhalten erlernen, wenn nicht von seinem eigenen König?«

»Ich verstehe Eure Bedenken, doch sie sind falsch. Fragt Euch: Warum, sollte ich Eure Schwester töten lassen? Ich hätte keinen Grund dazu.«

»Euer Plan war es, Euren Sohn mit der Kronprinzessin von Kelvington zu verloben! Es wäre unwichtig gewesen, ob Victoria oder ich. Niemand anderes als Ihr selbst solltet dies am besten wissen.«

Ich bin wütend. Wie kann er bloß behaupten, dass er nicht der Schuldige sei? Ein König ist ehrlich und steht zu seiner Tat. Doch er ... er erscheint mir kein guter König zu sein. Und trotz dessen hängen die Gemälde seiner Vorgänger und sein eigenes an der Wand, welche man zuerst erblickt, wenn man in sein Schloss kommt. Er stellt sich als jemand Großartigen dar, bei dem man sich freuen sollte, wenn man ihn erblickt. Er ist mit dem Gemälde, das Erste, was man erblickt. Er soll Freude bringen und dann steckt da eigentlich eine solch herzlose Person dahinter. Es ist unverzeihlich.

Ich möchte aus dem Raum stürmen, meine Waffe holen und sofortig mein Leid beenden, doch der Prinz versperrt mir den Weg.

»Bitte denkt nach. Wenn ich dies tatsächlich vorgehabt hätte, warum habe ich dann kein Angebot gemacht? Warum habe ich Euren Vater nicht um die Hand einer seiner Töchter gebeten, wenn dies mein eigentlicher Plan gewesen ist?«

Ich weiß nicht, ob er tatsächlich ein Angebot gemacht hat. Es war die Aufgabe meines Vaters, und nicht die meine, einen potenziellen Gemahl für mich zu finden. Außerdem habe ich nie erfahren, wer mein Verlobter ist, da ich vor der Entscheidung die Burg verlassen habe.

»Ich möchte Euch nicht aufhalten. Wenn Ihr fort möchtet ...« Der Prinz macht einen Schritt zur Seite und sieht zu seinem Vater. Auch er scheint unsicher zu sein, was sein Vater bewirken möchte. »... mir nicht zuhören wollt oder mir nicht glaubt, dann könnt Ihr gehen. Ich werde Euch nicht zwingen, zu bleiben. Ich wollte nur ein Gespräch mit Euch, um Euch meine Sicht der Dinge zu erläutern.«

Ich zögere, bevor ich die Tür tatsächlich öffne und aus dem Raum gehe. Die Wachen sehen zu mir und betrachten meinen betrübten Gesichtsausdruck. Ich bin mir nicht sicher, was ich erwartet habe, doch sicherlich nicht solch ein Gespräch. Ich sehe mein Schwert an, das neben der Tür gegen die Wand gelehnt steht. Im nächsten Moment packe ich es und sehe zurück in den Raum. Der König beobachtet mich dabei.

Ob er die Wahrheit spricht? Wenn er es tatsächlich war, der meine Schwester töten ließ, um seinen Sohn mit mir zu vermählen, hätte er wahrscheinlich alles Erdenkliche versucht, um seinen Plan in die Tat umzusetzen. Wobei er hier nicht einmal meine Schwester töten lassen hätte müssen. Es hätte gereicht, Kronprinz Nikolai davon zu überzeugen, die Allianz zu verhindern oder gar ihn töten zu lassen. Es wäre deutlich einfacher gewesen ihr das Angebot zu machen oder wollte er, dass unser Königreich am Rand des Abgrunds steht? Schließlich mussten wir nun auf die Schnelle ein gutes Angebot annehmen. Doch hätte Pantolow dann nicht ein Angebot machen sollen, dass wir nicht hätten abschlagen können? Dann wäre allerdings wahrscheinlich schon viel früher sicher gewesen, wer mein Gatte sein wird. Doch das war es nicht. Erst eine Woche vor meiner geplanten Hochzeit stand fest, wer mein Gemahl werden sollte.

Wahrscheinlich war es tatsächlich nicht sein Sohn. Somit drehe ich mich um und gehe. Die Wachen folgen mir, bis ich das Schloss verlassen habe und den Weg aus dem Königreich einschlage.

KAPITEL 21

Ich verlasse das Königreich Pantolow, ohne meinen Plan durchgeführt zu haben und trotzdem habe ich Wunden, die meinen Körper bedecken sowie Verbände und Schmerzen, die meine Bewegungen beeinflussen. Zum Glück ist keine Wunde so tief, dass sie langanhaltend ist. Ich kann selbst nicht glauben, dass ich es nicht geschafft habe. Ich bin wieder ganz am Anfang meiner Reise und weiß nun nicht einmal, wer der Täter tatsächlich ist. Was soll ich tun? Sollte ich Königin werden?

Ich gehe zurück an den Fluss, in dem ich beinahe ertrunken wäre und setze mich daneben. Im Wasser ist die Spiegelung der Sterne zu erkennen. Die Wellen lassen das Bild leicht verschwimmen. Dann sehe ich hinauf. Ich betrachte das Kunstwerk in seiner natürlichen Umgebung, dem Himmel. Zurück nach Hause ... Ein merkwürdiger Gedanke. Dabei fühle ich mich tatsächlich hier draußen sehr wohl. Ich würde gerne jeden Tag hier unter den Sternen verbringen können und die Freiheit genießen. Wie früher ... bevor ich Königin werden sollte und als Victoria noch bei mir war ... Doch erst durch sie bin ich hierhergekommen. Wäre sie nicht gestorben, wäre ich niemals aus meiner Burg geflohen. Ich hätte sie niemals rächen wollen und ihr niemals das Versprechen gegeben. Ich spüre den Ring an meinem Finger. Ich hätte niemals Edward kennengelernt.

Ich betrachte den Ring. »Kein Weg zu weit.«

Ich erinnere mich an das zurück, das Edward mir sagte, als er mir den Ring gab: Egal wie weit oder schwer ein Ziel zu sein scheint, ich sollte niemals aufgeben dieses Ziel zu erreichen. Ich habe ihm einen Schwur geleistet: Ich werde mich an mein Wort halten. Ich habe Victoria versprochen, ihren Mörder zu finden und sie zu rächen. Die Krone muss gerächt werden. Bloß, wo fange ich an? Ich bin nach Pantolow gereist, im Glauben daran, dass der König dieses Königreichs der Mörder ist, nun bin ich mir nicht mehr sicher.

Eigentlich bin ich mir inzwischen ziemlich sicher, dass König Wilhelm nichts mit all dem zu tun hat. Doch wer ist es dann gewesen? Wer hat einen Grund, meine Schwester töten zu lassen? Ich sehe auf das Wasser. Die Sterne, die zuvor noch verschwommen zu erkennen waren, sind nun verdeckt. Ich vermute, dass Wolken aufgezogen sind, doch es ist etwas anderes. Es ist eine menschliche Gestalt, die sich nun im Wasser spiegelt. Ich kann nicht erkennen, wer es ist, da das Bild der Person mit den Wellen verschwimmt, so wie es zuvor die Himmelskörper taten.

Ich sehe hinauf zu der Person, die am anderen Ufer des Flusses steht und mich beobachtet. Das kann doch nicht ... Edward?!

Ich stehe auf und komme dem Ufer näher, um ihn mehr zu betrachten. Tatsächlich ... Er ist es!

Ich spüre, wie sich meine Mundwinkel nach oben bewegen und ich beginne zu lächeln. Auch er trägt ein Lächeln im Gesicht. Ich muss zu ihm herüber. Doch er kommt mir zuvor und reitet mit seinem Pferd durch das Gewässer. Das Pferd muss sich bemühen, nicht mit der Strömung mitgerissen zu werden, doch es ist stark genug, um ihr standzuhalten.

Sobald Edward auf meiner Seite des Ufers angelangt ist, steigt er ab und kommt zu mir. Instinktiv werfe ich meine Arme um seinen Körper. Er schreckt nicht zurück und legt seine ebenfalls um mich. Das fühlt sich schön an. Ich stehe unter dem Sternenhimmel und in den Armen eines Freundes, der mir geholfen hat. Moment ... Ich gehe einen Schritt zurück und sehe zu ihm auf. Er weiß, wer ich bin. Woher wusste er, wohin ich bin? Keiner wusste, wer der Beschuldigte ist. Allein dem Königreich Malovien und mir ist dies bekannt. Schließlich habe ich den Brief, in dem stand, wer der Mörder war, vor jedem versteckt.

»Woher wusstet Ihr, wohin ich reise?«, frage ich ihn.

Ich habe diese Reise, wegen des Briefes aus Malovien angetreten, den ich in meinem Notizbuch aufbewahrt habe. Hat er etwa doch darin gelesen, aber woher wusste König Wilhelm von der Anschuldigung, wenn er es nicht war? Schließlich hat auch er den Brief nicht zu Gesicht bekommen. Ich sehe Edward tief in die Augen. Sie sind wunderschön. Ich würde mich jeden Tag in ihnen verlieren.

»Es tut mir leid, dass ich Eure Privatsphäre missachtet habe. Ich wusste nicht, dass dies ein Brief an Euch war.« Er stoppt und wartet auf meine Reaktion, doch ich höre weiter zu. Ich glaube ihm, dass er nicht einfach in meinem Notizbuch lesen würde.

»Der Brief muss wohl aus Eurem Heft gefallen sein, denn er lag auf dem Boden. Ich habe ihn aufgehoben und gelesen. Ich bedaure Euren Verlust ...« Er macht eine Verbeugung. »... Hoheit. Ihr habt mein Beileid.« Erneut macht er eine Pause und sieht mich einträchtig an. Sein Gesichtszug verändert sich und sein Lächeln verschwindet. Worüber denkt er nach? »Nachdem ich den Brief gelesen habe und aufgrund Eures Anliegens, das Ihr mir erläutert habt, habe ich erkannt, wohin Ihr wollt, so bin ich Euch gefolgt. Ich wollte

Euch helfen, wie ich es Euch versprochen habe, doch die Wachen haben mich mit meinen Waffen und meinem Pferd nicht hinein gelassen. So habe ich ihnen berichtet, wer hinter diesen Mauern wandelt.«

Von ihm wusste also König Wilhelm, dass ich ihn beschuldigen würde.

Er mustert mich. »Ist dies das Kleid, das ich Euch gegeben habe?«, unterbricht er seine Erzählung und sieht den Stoff genauer an.

»Ich … musste es etwas verändern, um richtig kämpfen zu können. Ihr hattet recht, als Ihr mir, während meines Aufenthaltes bei Euch, einen Anzug gegeben habt. Es ist komfortabler. Hierin …« Ich bewege mich elegant und weise auf meine Kleidung, »kann ich mich deutlich besser bewegen.«

Auf Edwards Gesicht erscheint ein leichtes Schmunzeln und er nickt sanft. Ich wünschte, dieses Lächeln wäre ewig, doch auch das verschwindet schnell wieder.

»Habt Ihr erreicht, was Ihr wolltet?« Sein Blick brennt auf meinem Körper und er betrachtet meine Wunden.

»Bedauerlicherweise noch nicht. König Wilhelm hat ein Gespräch mit mir gesucht und mir erklärt, dass er nicht derjenige war, der meiner Familie dieses Leid zugefügt hat.« Edward sieht mir lautlos und fragend in die Augen. »Ich glaube ihm«, ergänze ich schnell, bevor er etwas erwidern kann. »Doch nun weiß ich nicht, wohin ich soll. Vielleicht ist es das Beste, wenn ich nach Kelvington zurückkehre und meinen Pflichten nachgehe.«

Edward atmet hörbar aus und ich sehe ihn an. Er allerdings setzt sich vor mich auf den Boden und sieht in den Himmel hinauf. Ist er enttäuscht? Ich setze mich neben ihn und sehe ebenfalls in den Sternenhimmel.

Eigentlich erwarte ich eine Weisheit von ihm, ein Widerspruch oder irgendeine andere Reaktion, doch es kommt nichts. Es scheint, als wüsste er selbst nicht, was er in solch einer Situation tun würde.

»Bitte sagt etwas«, flehe ich leise und sehe ihn an.

Sein Haar wird vom kalten Wind verweht und macht somit sein Gesicht frei. Die Konturen seines Gesichts sind perfekt, wie eine Malerei auf der Leinwand. Dann erkenne ich, wie sich sein Mund öffnet und schließt. Was wollte er sagen? Doch im nächsten Moment äußert er: »Kein Weg zu weit.«

Ich verstehe sofort und sehe auf meinen Ring. Er hat ihn mir geschenkt, obwohl wir uns nicht lange kannten. Auch jetzt kennen wir uns noch nicht allzu lang, doch durch die gemeinsame Zeit und die Erlebnisse in Kelvington erscheint er mir wie mein engster Freund. Ein Freund, der mich nicht im Stich lassen würde und mich niemals betrügen oder hintergehen würde. Ein Freund, der mich alles lehrt, mir Mut macht und Halt gibt. Ein Mann, dem ich vertrauen kann, in jeglicher Hinsicht und der mich nicht dafür verurteilt, wer ich bin oder was ich tue und vorhabe. Ich sehe ihn verträumt an. Ein perfekter Mann. Ein Mann für das ganze Leben. Ein Mann, den ich niemals verlieren möchte, mit dem ich mein Leben teilen möchte, und, wenn möglich, mit dem ich es auch verbringen möchte.

»Ich wünschte, ich könnte Euch zum Mann nehmen.« Plötzlich sieht er mich an. *Habe ich das gerade laut gesagt?* »Oh nein! Das wollte ich nicht!«

Ich springe auf vor Scham. Edward stellt sich ebenfalls sofort vor mich und greift mich sanft an den Händen. Normalerweise würde ich dies genießen, doch im Moment bin ich außer mir. Ich würde am liebsten im Boden versinken. So etwas darf ich doch nicht sagen. Ich bin verlobt! Das ist Betrug! Ich hätte das niemals denken dürfen, geschweige denn laut aussprechen dürfen!

»Bitte beruhigt Euch«, sagt er mit sanfter Stimme.

Doch ich nehme ihn kaum mehr wahr. Das kann doch nicht sein! Ich habe meinen Verlobten hintergangen!

»Vielleicht könnt Ihr es sogar.«

In dem Moment bleibt mein Herz stehen. Was meint er bloß damit? Möchte er mit mir fliehen? Ich starre ihn überrascht an. Ich kann nicht fassen, was er da gerade von sich gibt. Möchte er etwa ebenso das Leben mit mir verbringen?

»Ich hätte es vorher erwähnen sollen, doch ich wusste nicht, wie.« Er umschließt meine Hände fester. Was geschieht hier gerade?

»Ich bin Prinz Edward von Felsing.« Er sieht mich innig an und ich vertiefe mich in seinen Augen.

Ich nehme nichts mehr wahr. Mein Herz ist vollkommen erstarrt und selbst das Wasser neben mir scheint nicht mehr zu fließen. Ich nehme kein einziges Geräusch wahr, außer seiner herrlich beruhigenden Stimme.

»Kronprinz Edward von Felsing.« Er macht eine weitere Pause, bevor er weiter spricht. »Ich bin nach Kelvington gekommen, um meine Verlobte kennenzulernen. Eine Prinzessin, die erst vor kurzer Zeit ihre ältere Schwester verloren hat und nun Kronprinzessin genannt wird.« Er sieht an mir hinab und atmet noch einmal tief ein. »Ich bin sofort aufgebrochen, um nach Kelvington zu gelangen. Kurz, nachdem ich angekommen war und eine Bleibe gefunden hatte, bin ich einer einfachen Dienstmagd auf der Straße über den Weg gelaufen. Sie hat mich beim ersten Anblick umgeworfen.« Ich lache kurz auf und er sieht mir wieder ins Gesicht. Sofort schweige ich und höre ihm gespannt zu. »Sie war auf der Flucht von ein paar Wachen, die ich weggeschickt habe. Es ist ein Einfaches, als zukünftiger König die Wachen des Königreichs wegzuschicken, das man schon bald beherrschen wird.«

Deswegen sind die Wachen fortgegangen, ohne uns zu kontrollieren. Sie wussten, wer er ist.

»Die Dienstmagd verhielt sich unpassend zu ihrer Bekleidung, doch ich konnte ihr Innerstes sehen. Sie hat mich um Hilfe gebeten und ich habe versprochen, ihr zu helfen. Sie hat mir sogar einen Schwur geleistet. Sie war sehr hartnäckig und stark. Sie hatte ein sehr selbstbewusstes Auftreten. Das hat mir sehr gefallen. Ich habe nicht viele Dienstmägde getroffen, die sich derart verhalten haben. Ich wollte mehr über sie erfahren und sie kennenlernen. Also habe ich sie in eine Taverne eingeladen. Doch vor dem Vergnügen, kommt bekanntlich die Arbeit, also habe ich die Geschenke für meine Verlobte besorgt und habe die Dienstmagd mit dem Gepäck, das sie tragen musste, trainiert. Nachdem alle Besorgungen gemacht und Bestellungen aufgegeben wurden, sind wir schließlich in die Taverne gegangen. Wir haben uns auf Anhieb gut verstanden. Bedauerlicherweise wurde unser Aufenthalt von Wachen, von denen sie sich verängstigt fühlte, unterbrochen. Doch wir haben es geschafft zu entkommen und sind zu meiner Unterkunft gefahren. Dort konnte ich sie noch viel besser kennenlernen und im Kampf unterrichten. Es hat mir sehr viel Freude bereitet.« Seine Augen verengen sich.

»Doch dann habe ich die Mitteilung erhalten, dass meine Verlobte seit dem Morgen vermisst und überall gesucht wird. Zu Beginn machte ich mir große Sorgen, doch dann sah ich zu ihr. Die Bedienstete auf dem Feld, die die königliche Kutsche beobachtet und vor den Wachen davon läuft. Die Bedienstete, die sich derart hochrangig verhält, dass mir nicht der Gedanke gekommen wäre, dass sie ihr Leben tatsächlich als Bedienstete verbracht hat. Somit hatte ich die Vermutung, dass sie meine Verlobte und die Kronprinzessin ist. Ich wusste, dass sie sich auf einer gefährlichen Reise befindet, doch ich habe sie nicht verraten, da auch ich ihr mein Wort gegeben habe. Ich habe ihr versprochen, dass ich ihr helfen würde. So habe ich sie weiterhin trainiert und doch wie eine Königin behandelt, ihr all die Sachen geschenkt, die zu ihr gesendet werden sollten, doch nun nicht angekommen sind. Unter anderem einen Ring ...« Er hebt meine Hand an, die den Ring trägt, über den er gerade spricht und küsst meinen Handrücken. Seine Lippen sind weich. »... der sie an die unendlichen Möglichkeiten einer Königin erinnern sollte.

Auch, wenn der Weg zu einer guten Königin schwer sein kann. Ich war froh, meine Königin bei mir zu haben und ihr wahres Ich kennenlernen zu können, ohne dass Bedienstete, Wachen oder Verpflichtungen die Situation oder auch ihr Verhalten beeinflussen. Sie war meine wahrhaftige Königin. Doch dann musste sie fort, da erneut Wachen auftauchten, die mir die Fortschritte bei der Suche nach meiner Zukünftigen berichten wollten. Dabei erkannten auch sie die junge Frau, die ich bei mir leben ließ. Sie wurde erkannt und rannte davon, wobei sie auch ihr Buch vergaß.«

Er dreht mir den Rücken zu und geht zum Pferd. Erst jetzt erkenne ich, dass das Pferd eine Satteltasche trägt, aus der Edward ein Buch hervorholt. Doch es ist nicht einfach irgendein Buch. Es ist mein Notizbuch. Er kommt zu mir und mit jedem Meter, den er mir näher kommt, wird mein Herzschlag schneller. Ich kann nicht glauben, was gerade geschieht. Ich greife das Notizbuch langsam und öffne es vorsichtig. Tatsächlich, es ist das meine. All meine Einträge sind noch unversehrt darin.

»Vielen Dank.« Ich sehe ihn an, während ich mir das Buch zugeklappt an meine Brust presse.

»Ich habe nicht darin gelesen. Ich habe mir nicht erlaubt, dermaßen Eure Privatsphäre zu missachten.«

Innerlich strahle ich voller Freude, was man wahrscheinlich auch von außer erkennen kann. Es ist unglaublich, was er für mich getan hat.

Im nächsten Augenblick erzählt er weiter: »Die Wachen haben die junge Frau verfolgt und wollten sie zurückbringen, doch ihnen ist es nicht gelungen. In diesem Moment war mir bewusst, dass ich mit meiner Vermutung richtig lag. Ich habe meiner Verlobten mein Herz geschenkt. Nach weiteren Gesprächen mit den Wachen, wie es nun weiter ginge, habe ich meine Sachen gepackt und bin mit zur Burg von Kelvington gefahren, um dort den Eltern meiner Verlobten entgegenzutreten. Schließlich wäre an diesem Tag unsere Hochzeit gewesen. Erst, nach zwei Wochen des Aufenthalts bei ihren Eltern in der Burg, habe ich auch den Brief gelesen, den ich auf dem Boden liegend aufgefunden habe. In diesem Brief habe ich erfahren, wen meine Verlobte als den Schuldigen für ihre Last und Trauer hielt. Ich habe den Brief mit anderen Dingen eingepackt und bin losgeritten. Ich war auf dem Weg nach Pantolow und somit zu meiner Verlobten. Ich habe ihr ein Versprechen gegeben und wollte sie nicht allein reisen lassen. Doch als ich in Pantolow ankam, ließen sie mich nicht hinein. Aus Furcht, diejenige zu verlieren, die mir in der kurzen Zeit ans Herz gewachsen ist, habe ich erzählt, was geschehen ist. Ich konnte selbst nicht glauben, dass ein Königreich wie Pantolow eine zukünftige Königin oder einen König umbringen lassen würde. Also habe ich ihnen vertraut. Offensichtlich zurecht, da meine Verlobte lebend aus dem Königreich gekommen ist und nun vor mir steht. Wie ich sehe, hat sie sich Wunden zugezogen, doch ich bin froh, sie nicht verloren zu haben und im Arm halten zu können.«

»Eine rührende Geschichte.«

»Und eine wahre.«

Wir halten unsere Hände und sehen uns an. Dieser Moment könnte ewig anhalten.

»Doch nun muss die Geschichte weitergehen«, unterbricht Edward meine Gedanken.

Er setzt sich zurück auf den Boden und streckt seine Beine aus. Sein Blick ist nach vorn auf das Wasser gerichtet, das nun wieder die Sterne spiegelt. Ich setze mich neben ihn und lehne mich nach hinten.

»Warum glaubt Ihr nicht, dass der König von Pantolow der wirkliche Schuldige ist?«

Ich sehe ihn nicht an, doch ich spüre seinen Blick, der sich auf mich richtet.

»König Wilhelm ist ein sehr weiser König. Er ist seiner Zeit voraus und hat sein Königreich allein und ohne Einflüsse von außen weiterentwickelt, sodass es beinahe keine Armut gibt sowie auch keine Obdachlosigkeit. Seine Untertanen sind frei und handeln selbstständig, wodurch es nur wenige Aufstände gibt. Auch dies hat dazu geführt, dass sich seine Städte entwickeln konnten. Die Städte sind größer und die Häuser prächtiger und sicherer geworden. Seine Burg hat sich inzwischen zu einem der größten und stärksten Schlösser entwickelt. Sein Königreich ist ein Vorzeige-Königreich. Er hat geschafft, was noch niemand anderes vor ihm geschafft oder auch nur angestrebt hat. Er hat es nicht nötig, ein anderes Königreich zu ruinieren, um stärker zu werden. Es würde ihm nur schaden.«

»Ich verstehe.« Ich verstehe es wirklich.

Aus seiner Sicht wäre es tatsächlich gedankenlos, in ein anderes Königreich derart einzugreifen. Es würde ihm schaden, da liegt Edward vollkommen richtig. Wäre er tatsächlich der Schuldige, wäre ich heute Nacht hingerichtet worden, so wie auch meine Schwester, oder er hätte mich anderweitig angegriffen.

»Wie wollt Ihr nun handeln?«, ertönt Edwards weiche Stimme erneut und unterbricht die Ruhe.

Ich schließe die Augen und neige meinen Kopf nach hinten, um die kühle Luft und den Wind in meinem Gesicht zu genießen.

»Ich habe gerade herausgefunden, dass der Mann, den ich all die Zeit gesucht habe, nicht der ist, für den ich ihn hielt. Nun kann ich meiner Schwester nicht die Gerechtigkeit geben, die ich ihr versprochen habe. Zuvor müsste ich herausfinden, wer wirklich der Schuldige ist. Doch ich weiß nicht, wo ich anfangen soll zu suchen, um ihn zu finden.«

»Vielleicht wäre ein Gespräch mit dem König von Malovien hilfreich. Schließlich berichtete er, dass es sich bei dem Schuldigen um den König von Pantolow handelt. Ich würde Euch selbstverständlich begleiten.«

Ich vertraue Edward. Er ist mir bis hierher gefolgt und hat versucht mich zu beschützen. Dies wird er auch dort, falls wir angegriffen werden sollten. Obwohl ich bezweifle, dass wir in Malovien angegriffen werden.

»Wir werden nach Malovien gehen.«

Wir sitzen noch eine ganze Weile am Wasser, doch ich werde das Gefühl nicht los, meine Notizen schreiben zu wollen. Ich habe dies schon so lange nicht mehr machen können und es ist derart viel geschehen. Ich stehe auf und gehe zu der Tasche des Pferdes. Hier sind doch sicherlich auch Tinte und Feder …Ja! Ich nehme mir die Schreibutensilien, setze mich etwas weiter entfernt von Edward auf die Wiese und beginne zu schreiben.

31. Dez. 1470

Schon lange habe ich nicht mehr geschrieben und berichtet wie ich mich fühle oder was geschehen ist. Zudem ist in dieser Zeit gewaltig viel passiert. Leider muss ich mich trotzdem kurz halten, denn ich bin erschöpft und würde mich noch gerne mit Edward etwas unterhalten, bevor wir uns schlafen legen. Die Ereignisse, die ich nun auslasse, werde ich zu einem späteren Zeitpunkt ergänzen. Also beginne ich einfach beim jetzigen Augenblick: Wie bereits erwähnt, ist Edward wieder bei mir. Ich hatte mein Notizbuch und den darin liegenden Brief, bei ihm vergessen und nur so konnte er mich in Pantolow ausfindig machen.

Er hat mir seine Sicht der Dinge erläutert und mir erzählt, dass ich seine Verlobte bin. Ist das nicht großartig? Ich würde ihn sehr gerne zu meinem Gatten nehmen. Schließlich durfte ich seinem wahren Ich begegnen, ohne die Umstände in der Burg und im Königreich. Ich konnte ihn und seine wahre Persönlichkeit kennenlernen, die wirklich einzigartig sind. Er ist ein wunderbarer Mann, mit dem ich gerne mein Leben teilen möchte und nun ist er hier und möchte mich auf meinem Weg begleiten.

Außerdem ist mir nun auch bewusst, dass König Wilhelm von Pantolow nicht der Schuldige ist. Somit weiß ich jetzt allerdings nicht, wer tatsächlich der Täter ist. Edward hat mir empfohlen nach Malovien zu gehen und dort die Suche zu beginnen.

Sollte ich dort hingehen? Ich denke, wenn der König von Malovien in seinem Brief nicht die Wahrheit gesprochen hat, wird er es auch nicht, wenn ich vor ihm stehe. Doch vielleicht wäre es das Beste nach Malovien zu gehen, denn eigentlich habe ich keinen anderen Ansatz. Ich kann sonst nirgendwohin. Entweder nach Hause, nach Kelvington und aufgeben, mein Versprechen nicht einhalten und meinen Schwur brechen oder nach Malovien und der einzigen Spur, die ich noch habe, nachgehen. Ja, ich sollte nach Malovien gehen. Doch nicht, um König Henry zu sprechen, sondern seinen Sohn, Prinz Nikolai. Wenn er sich tatsächlich versteckt hält, droht ihm noch Gefahr und eventuell wird er uns mehr berichten können. Schließlich bekommt er in seinem Versteck nicht all das Geschehen mit, oder befindet er sich doch in Malovien? Wenn ja, sind der König und der Prinz vielleicht die Schuldigen.

In jedem Fall ist es die beste Entscheidung, nach Malovien zu gehen. Nur so werde ich den wirklichen Schuldigen finden können. Doch was auch der Wahrheit entspricht, ich werde es erst herausfinden, wenn ich dort bin. Schließlich weiß nur König Henry von Malovien wo sich sein Sohn aufhält. Ich muss wenigstens versuchen, den Standort von Kronprinz Nikolai von seinem Vater zu erfahren. Nur so werde ich meiner Schwester in den Sternen den Frieden geben können. Ich werde mein Versprechen gegenüber Victoria und meinen Schwur gegenüber Edward nicht brechen. Denn kein Weg ist zu weit, um gegangen zu werden. Egal, wie schwer oder lang er erscheint. Das ist mir nun klar.

Ich packe die Schreibutensilien sowie mein Notizbuch zurück in die Tasche des Pferdes und lege mich zu Edward auf den Boden, der friedlich in den Himmel hinauf sieht. Um die Ruhe zu genießen und dem einzigen Geräusch, das ich wahrnehmen kann, zu lauschen: der Strömung des Wassers.

Doch dann unterbricht etwas mein Lauschen. Mein Magen knurrt. Ich bekomme Hunger. Über den Tag war ich zu aufgewühlt, um ans Speisen zu denken, doch nun bereue ich es. Leider habe ich heute Morgen im Fluss mein gesammeltes Essen verloren. Ich werde wohl bis morgen warten müssen. Plötzlich nehme ich wahr, dass Edward sich bewegt und ich sehe, wie er sich neben mir erhebt und fortgeht. Dann verschwindet er aus meinem Augenwinkel. Ich schließe meine Lieder, um den Moment zu genießen. Ein Augenblick für mich allein, in der freien Natur, unter den Sternen und ohne Furcht. Ich fühle mich bei Edward geborgen und weiß, dass er kämpfen würde, wenn etwas Schreckliches geschehen würde.

Ich höre, wie sich Schritte nähern. Sofort öffne ich meine Augen. Edward steht über mir und sieht zu mir mit einem leichten Grinsen herunter. Ich setze mich auf und sehe, dass er einen kleinen Korb in der Hand hält.

»Was ist das?«

Doch er antwortet nicht. Stattdessen setzt er sich neben mich und packt den Korb auf der Wiese aus. Darin befindet sich köstliches Essen: Beeren und gekochte Pilze, aber auch Fleisch, Fisch und Wein.

Ich helfe ihm, das Essen auszubreiten und folglich speisen wir gemeinsam. Nach einiger Zeit sehe ich zu ihm auf und beschließe im festen Ton: »Morgen werden wir aufbrechen.«

KAPITEL 22

»Guten Morgen, Eure Hoheit.«
Eure Hoheit? Habe ich dies alles nur geträumt? Bin ich noch in meiner Burg in Kelvington und habe meine Schwester bei mir? Hektisch, richte mich auf und öffne meine Augen. Edward schreckt zurück. Nein, es ist wahr. Ich habe meine Schwester verloren. Nun fühle ich die gesamte Trauer, die ich bereits beim ersten Brief verspürt habe, wieder. Unfassbar, dass es tatsächlich geschehen ist. Jemand hat mir meine erste Freundin genommen. Ich hätte mehr Zeit mit ihr verbringen sollen. Eigentlich hätte es mir klar sein sollen. Schließlich habe ich letzte Nacht nicht allzu gut geschlafen.

Das Königreich Pantolow hat den Jahresneubeginn mit lauten Luftraketen gefeiert, die die bösen Geister des letzten Jahres verscheuchen sollen. Unser Königreich kann sich leider solche Luftkörper nicht leisten, auch wenn sie dringend nötig wären. Vielleicht würden sie die Geister, die für die Aufstände verantwortlich sind, vertreiben.

»Kommt. Ich habe etwas für Euch.« Edward hält mir die Hand hin und hilft mir, mich aufzurichten. Dann geht er mit mir zu seinem Pferd, neben dem noch ein weiteres steht. Es ist weiß-braun gefleckt. Ein wahres Prachtexemplar. »Es ist Eures.« Ich sehe Edward ungläubig an. In diesem Moment sind all meine Sorgen verschwunden. »Ihr könnt doch reiten, nicht wahr?«

»Selbstverständlich. Ich habe es bereits als Kind an unserem Hof gelernt.«

Ich gehe zum Pferd und streichle es. Es hat ein weiches und warmes Fell. Meine Hand gleitet nach vorn an den Kopf des Pferdes. Es ist zahm und schließt die Augen, während ich es weiterhin kraule. Nun schließe auch ich meine Augen.

»Es ist wunderschön.« Ich wende meinen Blick Edward zu, der mich beobachtet. »Vielen Dank.«

Er lächelt mir zu. Sein Lächeln ist bildhübsch und verzaubert mich immer wieder. Doch dieses ist anders als die bisherigen, denn dieses Mal erreicht es auch seine Augen. Es ist ehrlich und aufrichtig. Dieses wunderschöne Lächeln. Es bringt einen selbst auch zum Lachen.

Dann wende ich mich nochmals meinem Pferd zu. Ich halte sein Gesicht an meines und genieße den Augenblick.

»Eigentlich wollte ich sie Euch erst nach dem Frühstück zeigen, doch Ihr schient erschreckt und bedrückt.«

Sein Lächeln verschwindet ein wenig. Es scheint ihn zu deprimieren, dass ich traurig war. Ich sehe meinem Pferd in die Augen.

»Bounty. Ich möchte sie Bounty nennen. Es bedeutet in etwa Belohnung oder Großzügigkeit.«

Als ich mich Edward zuwende, beginne ich zu lächeln, um ihm zu zeigen, dass es mir besser geht. Er schafft es immer wieder, mich glücklich zu machen, er bemerkt, wenn es mir schlecht geht und weiß, was ich in diesem Moment brauche. Ein Lächeln und meine Dankbarkeit sind das Mindeste, was ich ihm zurückgeben kann.

»Ein großartiger Name für ein solches Pferd.« Er scheint fröhlich, doch sein Lächeln verharrt in der Position, ohne sich zu erweitern.

Bedauerlicherweise erleuchtet es nicht wie zuvor. Ich gehe auf ihn zu und sehe ihm in seine wundervoll strahlend blauen Augen. Diese Augen …

»Ihr wolltet frühstücken.« Es ist keine Frage, sondern eher eine Bitte.

Nun wird sein Grinsen wieder stärker, doch es ist kein freudiges, sondern ein herausforderndes.

»Nach dem Unterricht«, antwortet er und zückt sein Schwert.

Aus Reflex ziehe ich auch meines aus meiner Schärpe, die ich aus neuem Stoff gebunden habe. Edward hat sich für die Reise nach Kelvington genug Geld eingepackt. Wahrscheinlich war es eigentlich für die Hochzeit gedacht, doch nun wird dieses Geld für Nahrung ausgegeben, oder auch wie vorhin für ein Pferd. Wir haben noch nie zuvor mit wahren Waffen gekämpft, doch ihm ist wohl bewusst, wie ernst und nahe der Endkampf sein wird. Wir beginnen zu kämpfen und zögern bei keiner Bewegung. Es fühlt sich an, als würden wir tatsächlich gegeneinander antreten. Es macht mir beinahe Angst, wie ungezügelt er auf mich einschlägt, doch ich schaffe es, mich zu wehren. *»Sein Schwert wird mich nicht berühren«*, rede ich mir ein.

Es ist genau wie beim Unterricht bei ihm im Anwesen. Falls er mich besiegen würde, würde er vor dem Treffer anhalten. Er würde mir niemals schaden. Er würde es niemals, ob bewusst oder unbewusst, gewollt oder auch ungewollt. Auf einmal sehe ich, wie sich seine Augen verdunkeln. Sein Blick härtet sich und er schlägt zu. Ich bekomme Angst. Wird er mich treffen? Einen solchen Schlag, eine solche Wucht habe ich noch nie zuvor bei ihm erlebt. Im nächsten Moment lande ich auf dem Boden. Ich kneife meine Augen zusammen, während ich aufschlage und sehe sofort wieder zu ihm auf. Der Sand und der Staub des Bodens steigen in die Höhe und gelangen in meine Augen. Kurze Zeit kann ich nichts erkennen, dann sehe ich eine Schwertspitze direkt vor meiner Nase.

Ich sehe verschreckt auf das Schwert, das beinahe mein Gesicht verunstaltet hätte oder auch Schlimmeres mit mir anstellen könnte. Es schwebt vor meinem Gesicht und verharrt in dieser Position. Der Schock durchfließt noch meine Adern. Das hätte ich niemals von Edward erwartet. Ich hatte tatsächlich Angst vor ihm.

Das Schwert entfernt sich von meinem Gesicht und stattdessen taucht dort seine Hand auf. Ich ergreife sie und er hilft mir auf.

»Ihr seid besser geworden. Das nächste Mal lasst Euch nicht von mir beeinflussen. Wir haben gerade schlimme Zeiten und Freunde könnten zu Feinden werden. Lasst Euch, falls dies der Fall sein wird, nicht von dem bekannten Gesicht verwirren.«

Er sieht mich eindringlich und besorgt an. Er macht sich tatsächlich Sorgen über mein Wohlergehen ... Ich nicke und er scheint mit dieser Reaktion zufrieden zu sein. Er nimmt meine Hand und küsst ihren Rücken sanft.

»Wir haben noch viel Zeit zum Üben. Wir sollten zuallererst etwas essen. Ich habe etwas vorbereitet.« Dann dreht er sich zur Seite und winkelt seinen Arm an.

Der Ausdruck seiner Augen wechselt plötzlich von betrübt zu hoffnungsvoll. Ich stecke mein Schwert zurück in meine Schärpe und lege meine Hand um Edwards Arm. Wir fassen uns genauso wie an dem Tag, an dem wir uns kennengelernt haben. Romantisch, nah und intim. Wir gelangen an das wunderschön glitzernde Gewässer, welches hinter einer Wiese liegt.

Unsere Pferde können wir von hier, trotz der Entfernung, erblicken und hören. Vor dem Fluss, auf der Wiese, ist eine große Decke ausgebreitet. Die Decke ist blau und hat weiße dünne Streifen, die kleine Rechtecke formen. Manche von ihnen werden von einem Korb verdeckt, der darauf steht. Es ist derselbe wie am gestrigen Abend. Wahrscheinlich ist dieser erneut bis zum Rand voll mit Köstlichkeiten gefüllt.

»Ich war bereits vor Euch wach und konnte alles vorbereiten.« Nach diesen Worten führt er mich zu dem Platz hin und wir setzen uns nebeneinander.

Gemeinsam sehen wir der Sonne zu, wie sie das Wasser glänzen lässt, und lauschen dem Wind, der schon beinahe einen Gesang ertönen lässt sowie der Flut, die friedlich plätschert und weiterfließt. Während ich den Augenblick und die Anwesenheit des Kronprinzen Edwards von Felsing genieße, öffnet er den Korb und holt Brot und Wein heraus. Es ist ein einzigartiger Augenblick. Allein durch Edwards Anwesenheit könnte jeder Moment einzigartig und großartig bis zu zauberhaft sein. Ich habe keinerlei Zweifel, dass Edward der perfekte Mann für mich ist. Er lässt mir die Freiheit, die ich mir ersehne und mein gesamtes Leben lang bereits genoss und hilft mir bei meinen Zielen, auch wenn es um einen Mord geht. Ich möchte ihn festhalten und nie wieder loslassen.

»Nach dem Essen werden wir sogleich nach Malovien aufbrechen, meine Königin.«

»Warum plötzlich so förmlich? Wir kannten uns doch bereits.«

»Es ist keine Förmlichkeit.« Er greift nach meiner Hand und küsst meinen Handrücken, und er hört nicht auf.

Er küsst die Hand erneut, doch dieses Mal auf dem Gelenk, dann noch einmal auf meiner Elle, noch einmal an meinem Ellenbogen und mit jedem Kuss nähert er sich weiter meinem Körper, bis er an meinem Hals angelangt ist. Er schiebt mein Haar beiseite und saugt leicht an meinem Hals. Es tut nicht weh. Es ist eher anziehend und romantisch. Ich lege meinen Kopf zur Seite und sehe ihn an. Ich erhoffe mir, er würde weiter machen und mich auf die Lippen küssen. Er sieht mich sehnsüchtig an, doch dann küsst er nicht mehr weiter. Stattdessen formt er seinen Mund zu einem schiefen Lächeln und entfernt sich von mir. Er sitzt genauso da, wie er zuvor saß und führt das Gespräch, das er begonnen hat, weiter: »Mit den Pferden werden wir schneller dort sein. Ich würde schätzen in etwa zehn Tagen.«

Zehn Tage? Es ist eine solch hohe Zahl, und doch um einiges kleiner, als sie wäre, wenn ich stattdessen zu Fuß unterwegs sein würde. Vier lange Wochen würde ich laufen müssen. Genauso lang wie ich bereits hierher, nach Pantolow, benötigt habe. Außerdem werden die Pferde den Weg um einiges erleichtern.

»Ich werde einen Brief an mein Königshaus schreiben, dass Wachen sowie eine Kutsche nach Malovien geschickt werden sollen, die dort auf uns warten. Meine Wachen werden uns unterstützen und die Kutsche den Heimweg oder auch den weiteren Weg angenehmer machen.«

»Ein bedachter Gedanke«, antworte ich darauf und wende mich wieder meinem Essen zu.

Nach dem Essen warte ich noch einige Zeit auf Edward, bis er den Brief geschrieben und ihm einen Boten an den Toren von Pantolow gegeben hat. Erst zeigt sich der Bote nur wenig kooperativ, doch nach dem Geld, das Edward ihm anbietet, schickt er unverzüglich eine Taube los, um den Brief so schnell wie möglich ankommen zu lassen. Nun reiten wir über das Land.

Zur Mittagszeit perfektionieren wir unsere Kampftechniken, dinieren und reiten weiter, an Bäumen vorbei, über Felder hinweg und über Wiesen und trockene Erde. Wir reiten so lange weiter, bis die Sonne untergeht, doch das scheint so schnell zu vergehen, dass ich den Eindruck bekomme, wir würden nur langsam vorankommen. Dennoch fühle ich mich schon jetzt meiner Schwester nahe. So als würde ich schon jetzt meinem Ziel näher kommen und auch ihr. Schließlich ist ihr Körper noch irgendwo in Malovien.

»*Doch, wenn du deine Pflichten erledigst, wirst du weniger Zeit zum Spielen haben.*«
»*Das stimmt nicht, Eleonore. Das verspreche ich dir. Ich werde immer bei dir bleiben, egal, was auf uns zukommt. Wir werden es gemeinsam meistern.*«
Victoria gibt mir eine herzliche Umarmung und einen Stirnkuss. Ihre Augen sehen mich ehrlich und liebend an. Ich kann nicht anders, als ihr zu glauben.
»*Versprochen ist versprochen und wird nicht gebrochen.*«
Ich strecke ihr meine Hand hin und hebe nur den kleinen Finger. Sie macht es mir nach und verhakt ihren in meinen. Das Versprechen ist abgelegt, doch dieses konnte irgendwann nicht mehr gehalten werden.
»*Vic, wo gehst du hin? Wir wollten doch spielen.*«
»*Tut mir leid, Eli. Ich habe inzwischen viele Pflichten zu erfüllen und muss für unser Volk da sein. Ich werde gleich nach der Arbeit zu dir kommen. Es wird nicht lange dauern.*«
»*Du hast auch mir versprochen, für mich da zu sein*«, *flüstere ich hinterher, doch sie hört mich nicht mehr.*
Ich setze mich auf eine kleine Bank vor dem Arbeitszimmer des Königs, in dem auch Victoria ist. Ich sitze dort und warte darauf, dass Victoria den Raum verlässt und endlich mit mir spielen kann, doch sie kommt nicht. Irgendwann sehe ich im Fenster die Sonne untergehen. Immer wieder sitze

ich dort und beobachte die Sonne, wie sie auf- und untergeht. Mein Alltag besteht aus keiner anderen Tätigkeit.

»*Zumindest kann ich dir vertrauen, meine Sonne. Jeden Tag gehst du für mich auf und begleitest mich, bis du am Abend wieder untergehst und mir sagst, dass ich zu Bett gehen sollte. Zumindest kann ich auf meine Sonne zählen.*«

Eines Tages sitze ich erneut auf der Bank vor dem Arbeitszimmer meines Vaters. Die Bediensteten begutachten das Geschehen bereits seit einiger Zeit, doch haben noch nie etwas unternommen. Doch an diesem Tag ist es anders, denn heute kommt eine Bedienstete auf mich zu und befreit mich von meinem elendigen Alltag.

»*Eure Hoheit, wollt Ihr vielleicht eine Kleinigkeit zu Naschen bekommen? Es wird mit Sicherheit Euren Frust etwas stillen.*«

»*Ich darf doch nichts essen, wenn wir nicht zum Mahl im Speisesaal sind.*«

»*Es muss niemand erfahren. Es bleibt ein Geheimnis zwischen Euch und mir.*«

Ich beginne zu grinsen.

»*Seht Ihr, bereits jetzt geht es Euch besser. Wie wird es Euch dann erst gleich ergehen?*« *Sie streckt mir die Hand entgegen.*

Ich springe auf und greife nach ihr. Folglich bringt sie mich in den Bediensteten-Flügel der Burg und in die Küche. Dort verbeugen sich sämtliche Bedienstete vor mir. Dann zeigt mir meine neue Freundin einen Hocker, auf den ich mich setzen kann. Schon im nächsten Moment hält sie sämtliche Süßigkeiten im Arm: Bonbons, Marzipan und Schokolade. Sie duften herrlich. Ich greife mir die noch warme Schokolade, als wäre sie frisch gemacht. Ich nehme ein Stück in den Mund und es ist köstlich. Ja, tatsächlich …, dies kann meinen Frust mindern. Diese Bedienstete ist immer an meiner Seite, wenn ich etwas benötige. In diesen Zeiten holt sie mich regelmäßig aus der Trauer und zeigt mir neue Orte in der Burg, die mich ablenken können.

»Die Sonne geht unter. Wir sollten eine Pause einlegen und unseren Schlafplatz einrichten.«

Wir zügeln unsere Pferde und bleiben stehen.

Hier gibt es kein Wasser in der Nähe, doch hoffentlich hat Edward noch etwas Wein im Gepäck. Als er von seinem Ross absteigt und zu mir kommt, um mir die Hand zu reichen, stehe ich vollkommen hilflos da und sehe in den Himmel hinauf. Der Himmel verfärbt sich in einem herrlichen Übergang von einem strahlenden Blau zu einem eindrucksvollen Lila. Dann bemerke ich, dass Edward an die Tasche geht, die sein Pferd bei sich trägt. Er holt die Decke, die er schon heute Mittag ausgebreitet hatte, heraus und legt sie auf den Boden. Sogleich legt er sich auf die Decke und sieht mich erwartend an. Ich komme zu ihm und lege mich daneben. Plötzlich wird mir kalt um die Schultern. Durch das Reiten habe ich mich bewegt und angestrengt und mich somit warmhalten können, doch nun liege ich hier in der Kälte, die mit jedem Tag stärker wird. Edward scheint zu bemerken, dass ich friere und legt seinen Arm um mich. Ich fühle mich sogleich geborgen, sicher und wärmer. Ich liege in seinem Armen und betrachte den Sonnenuntergang.

»Welch ein Meisterwerk, nicht wahr?«

Doch ich antworte nicht mehr. Ich bin zu müde, um zu antworten. So schließe ich meine Augen und im nächsten Moment schlafe ich ein.

KAPITEL 23

Wir sind bereits weit gereist, doch haben wir gerade einmal die Hälfte des Weges hinter uns gelassen. Es wird noch einige Tage dauern, bis wir in Malovien ankommen werden. Ich kümmere mich um mein liebes Pferd Bounty, mit der ich täglich unsere Verbindung pflege. Ich denke, sie hat mich gern und weiß auch, dass wir aktuell kein Essen haben. Wir sind bedauerlicherweise gestern keinem Händler über den Weg gelaufen. Als ich zu Edward sehe, fällt mir nur sein starker Rücken auf, der zu mir gewandt ist. Obwohl wir also gestern Abend nur Reste zu essen hatten, hat er sich Mühe gegeben.

Wir saßen auf unserer Decke Richtung Sonnenuntergang und haben ihn gemeinsam bestaunt. Vermutlich ist Edward inzwischen aufgefallen, dass mir die Himmelsereignisse Freude bereiten. Ich entferne mich von Bounty und komme zu Edward. Er ist so wunderbar. Wie kann ich ihm dies alles jemals zurückgeben? Ich sehe ihm ins Gesicht, seine Augen sind noch geschlossen. Er sieht so friedlich aus, wenn er schläft. Beim Unterricht ist er stets hart und kräftig, um mich so viel wie möglich zu lehren und am Abend ist er damit beschäftigt, mich glücklich zu machen. Ich möchte ihm etwas zurückgeben. Nach nur kurzen Überlegungen fällt mir ein, dass unser Vorrat an Essen bald aufgebraucht ist und ich mehr holen könnte.

Ich stehe auf und gehe zu Bounty, meinem lieben Pferd. Es ist wunderschön und hört auf jedes Wort. Inzwischen habe ich zu ihr eine, für diese kurze Zeit, in der wir uns kennen, sehr gute Bindung aufgebaut. Sie ist großartig und ich könnte mir kein besseres Pferd vorstellen. Ich würde sie um nichts auf der Welt eintauschen.

Ich nehme mir Geld aus Edwards Tasche, leine Bounty los und steige auf. Hier in der Nähe sollte ein Königreich liegen, in dem ich einige Dinge besorgen kann. Sogleich reite ich ohne Orientierung durch die Gegend, bis ich einen Weg finde, der so aussieht, als seien bereits viele hier vorbeigekommen. Dieser Weg müsste auf jeden Fall in ein Dorf führen, sonst wäre er niemals derart deutlich zu erkennen.

Ich reite den Weg entlang und der Sonne entgegen. Sie scheint mir direkt ins Gesicht, sodass ich mit meiner Hand die Sonnenstrahlen abschirmen muss, um etwas sehen zu können. Nach nicht langer Zeit und somit nicht weit entfernt von dem Platz, an dem Edward und ich uns niedergelassen haben, erscheinen bereits die Tore eines Königreichs. Anscheinend werden sie auch hier nicht bewacht. Außerdem scheint dieses Königreich nicht besonders groß zu sein, da ich direkt hinter den Toren die Burg erkennen kann. Sie steht einfach dort, unbewacht und klein. Fast könnte man sie niedlich nennen. Diese Burg könnte jeder mit nur einer kleinen und gut ausgebildeten Truppe einnehmen.

Entweder ist dieses Königreich neu und noch im Aufbau oder sehr leichtsinnig. Doch egal, was davon zutrifft, sollte der König etwas mehr Interesse an der Sicherheit seines Königreichs zeigen. Vor allem, da sich dieses inmitten größerer Königreiche und umzingelt von Wasser befindet. Ich trete ein und suche nach Händlern, doch finde keine auf. Nirgendwo scheint jemand zu sein. Dieses Königreich scheint nicht einmal Bewohner zu haben. Vielleicht wurden sie bereits angegriffen. Ich laufe weiter durch das Königreich und entdecke kein Haus, in dem jemand leben könnte. Ich suche den gesamten Mittag nach jemandem, den ich fragen könnte oder der mir etwas verkaufen könnte, doch ich finde niemanden. Vielleicht sollte ich zurückkehren. Edward wartet wahrscheinlich bereits auf mich. Ich sollte nicht so lange Zeit fort zu sein und unsere Reise verzögern. Doch dann erkenne ich in der Ferne doch ein Haus. Es ist eine kleine Holzhütte, die direkt neben der Burg steht, in der ein Licht brennt. Merkwürdig. Es ist doch helllichter Tag. Ich reite dorthin und klopfe an die Tür. Nachdem niemand öffnet, klopfe ich noch einmal. Während ich warte, sehe ich mich weiter um, doch auch nach Minuten langes warten öffnet weiterhin niemand. Aus dem Boden ragen kleine Steine, in die eine Schrift geritzt ist, die ich nicht lesen kann.

Es scheint eine andere Sprache zu sein. Doch eines kann ich lesen, denn über dem Text in der unbekannten Sprache stehen Namen, welche ich entziffern kann. *Sisi Addams, Mary Addams, Peter Addams.* Eine Familie? Auf dem nächsten Stein erkenne ich drei Namen, die alle den gleichen Nachnamen tragen. Einen Stein weiter sind es sogar fünf Namen. Noch einen weiter sind es nur zwei. Ich fühle mich unwohl. Was hat dies zu bedeuten? Solche Steine, die Namen tragen, kenne ich nur von einem Ort: einem Friedhof. Ich sehe mich um und erkenne es nun. Ich befinde mich mitten auf einem Friedhof, ohne es bemerkt zu haben. Das wollte ich nicht. Ich wollte nicht die Ruhe der Verstorbenen stören.

Ich drehe mich um und möchte gerade zurück zum Haus, um noch ein letztes Mal an die Tür zu klopfen, als ich einen Schatten hinter einem Baum verschwinden sehe. Es ist bestimmt nur ein Tier. Doch ich fühle mich unwohl und beobachtet. Unter all den vielen Toten wird mir nun langsam unbehaglich und es erscheint mir alles düster zu sein. Nun verstehe ich, warum eine Lampe am helllichten Tage brennt. Ich verfalle weiter in Panik. Ich könnte auch hier liegen. Dann spüre ich etwas an meinem Fuß. Hektisch drehe ich mich um. Es sind Knochen. Mich haben Knochen berührt. Eigentlich ist es nichts Dramatisches, doch es fühlt sich unheimlich an. Meine Furcht steigt weiter. Erneut erkenne ich den Schatten, doch nun hinter dem Haus. Bounty scheint meine Beunruhigung zu spüren und steht nun neben mir.

Ich erschrecke mich so sehr vor ihren plötzlichen Bewegungen, dass ich zu Boden falle. Bounty steht vor mir und beugt ihren Kopf zu mir herunter. Wahrscheinlich möchte sie mich nur beruhigen, doch sie schafft es nicht, da ich weitere Knochen neben meinem Kopf liegen sehe. Ich schreie auf und laufe zu Bounty. So schnell wie möglich steige ich auf und reite davon. Während ich mich von diesem Ort entferne, sehe ich zurück.

Hinter mir steht eine alte, gebrechliche Frau. Sie ist sehr faltig und verängstigt mich noch mehr. Einen solchen Anblick habe ich nicht erwartet. Ich habe tote Menschen gesehen und sogar gespürt. Hinzu kommt eine alte Frau, die wahrscheinlich schon bald sterben wird. Sie sieht jeden Tag den Tod, doch scheint sie nicht von diesem Ort fort zu wollen. Wahrscheinlich, weil die anderen genau wie ich bei ihrem Anblick reagieren würden: voller Furcht und Entsetzten. Schnell reite aus dem Königreich hinaus, falls dies überhaupt eines ist. Ich vermute eher, dass es sich dabei um einen geschützten Friedhof eines anderen Königreichs handelt. Ich frage mich, ob Victoria auch an solch einem Ort liegen könnte. Dass sie ganz allein sein könnte, nur ihre Knochen im Dreck liegen und das, ohne dass ihre eigene Familie weiß, wo genau. Würde ich an einem solchen Ort liegen, wenn ich tatsächlich in Pantolow verbrannt worden wäre? Hätte meine Familie je erfahren, wo ich bin? Würde sie noch einmal einen solchen Schmerz erleiden müssen wie bei Victoria?

Traurig und schweren Herzens reite ich zurück zu Edward. Er muss schon lange auf mich warten, schließlich sollten wir eigentlich schon trainiert haben und nun essen oder sogar weiterreisen.

Stattdessen wollte ich etwas Essen holen und habe tatsächlich nur Zeit verschwendet. Ich bin in ein Königreich gereist, das eigentlich kein Königreich ist und kehre nun viel zu spät zurück und das ohne Essen ...

Endlich kann ich Edward erblicken. Ich sehe ihn am Horizont auf seinem Ross, während es sich umsieht. Dann dreht er sich zu mir. Sofort galoppiert das Pferd in meine Richtung. Kurze Zeit später steht Edward neben mir.

»Da seid Ihr! Ich habe Euch gesucht! Ihr wart heute Morgen plötzlich verschwunden und ich hatte kein Geld mehr. Ich dachte bereits, Ihr wärt ohne mich weiter gereist oder wir wurden ausgeraubt. Ein Glück, dass Ihr wohlauf seid« Er nimmt meine Hand.

Wir beide sitzen auf unseren Pferden und sehen uns in die Augen. Sie leuchten noch so wie am ersten Tag.

»Es tut mir leid, wenn ich Euch Unbehagen verursacht habe. Ich wollte im nächsten Königreich etwas Essen besorgen.« Er sieht an mir hinab und wohl fällt ihm auf, dass ich nichts bei mir trage. Ich strecke ihm meine Hand mit dem Geld entgegen, welches er wortlos annimmt. »Ich habe keines gefunden.«

»In Ordnung. Doch gebt beim nächsten Mal Bescheid, wenn Ihr fortgeht.« Ich lächle ihn an.

Es fühlt sich schön an, geliebt zu werden. Jemandem so wichtig zu sein, dass er sich um mich sorgt, doch eigentlich sollte er das nicht. Es reicht, wenn ich weiß, dass er es würde.

»Natürlich.«

Er dreht sich um in Richtung Südwesten. Im Horizont sind Bäume zu erkennen. Es sieht bemerkenswert aus.

»Dann werden wir wohl heute ohne Kampfübungen weiterziehen müssen.« Edward sieht zu mir.

»Wie soll ich kämpfen, wenn ich es nicht lernen kann?«, frage ich schockiert und furchtsam.

Erst jetzt bemerke ich, wie mich die Situation belastet. Ich habe den gesamten Weg über Furcht vor der Zukunft und dem bevorstehenden Kampf gehabt, doch das darf nicht sein. Ich habe ein Versprechen gegeben und einen Schwur abgelegt, dieses Versprechen zu halten. Ich darf nicht zögern. Das hatte auch Edward versucht mich zu lehren und doch spüre ich die Furcht in mir aufsteigen.

»Ihr könnt ausgezeichnet kämpfen, glaubt mir. Wenn es nicht so wäre, hätte ich nicht mit Euch derart trainiert. Außerdem habt Ihr Euch diese Unterrichtszeit eigenständig mit Eurem Ausflug genommen.« Er scheint zu bemerken, dass ich trotz dessen verunsichert bin. »Und zu all dem werde ich an Eurer Seite kämpfen. Komme was wolle. Ich werde Euch beschützen und unterstützen.«

Dies lässt mich sicherer fühlen. Er wird den Weg mit mir bezwingen und würde sich ebenso für mich opfern. Doch genau das verunsichert mich mehr. Was, wenn er tatsächlich sein Leben für mich opfert? Ich würde ihn im Kampf verlieren. Nun reiten wir los in Richtung Horizont, der sich mit jedem Meter weiter von uns entfernt. Mit jedem Tag kommen der Kampf und die unklare Zukunft näher. Sie scheint mir beinahe zum Greifen nahe, doch gleichzeitig könnte sie mich verschlingen und in die Tiefen ziehen, wenn ich ihr nur einen Schritt zu nahe komme.

Wir üben an jedem weiteren Tag, wodurch wir beide immer besser im Kampf werden. Wir werden sogar derart gut, dass ich doch das Gefühl bekomme, unschlagbar zu sein, wenn Edward an meiner Seite ist.

Nach einiger Zeit reiten wir zwischen zwei Königreichen entlang. Malovien ist nicht mehr weit entfernt. Wenn überhaupt, nur noch zwei Tagesritte, wenn wir uns beeilen, sogar nur noch einen.

08. Jan. 1471

Die letzte Zeit war außergewöhnlich. Ich habe nicht gewusst, dass solch eine Kraft in mir verborgen liegt. Meine Schwester und Edward haben mich abgehärtet. Ich werde jedem auf die Füße treten können, ohne dabei nur einen winzigen Fehler zu machen oder mich zurückzuziehen. Ich werde die Überlegende sein und mein Volk beschützen können. Diese Ereignisse, diese Erfahrungen, die ich in den Monaten meiner Reise gesammelt habe, haben mich viel mehr über Krieg, Kampf und Politik gelehrt, als es jemals mein Vater oder die Lehrer und Berater in der Theorie hätten tun können.

Ich werde den König von Malovien, König Henry, treffen und erfahren, wer meiner Schwester das Leben genommen hat. Wer war der Mörder? Wer hat diesen Befehl ausgesprochen und was war das tatsächliche Ziel, wenn es nicht die Verlobung mit dem nächsten Thronerben und somit mit mir war? Welcher Grund kann aus einem Menschen ein solches Monster und einen Mörder machen und einer gesamten Familie und einem Königreich seine Königin nehmen?

09. Jan. 1471

Durch den weiteren Unterricht und Edwards Unterstützung fühle ich mich nun stärker als je zuvor. Ich habe keine Furcht mehr. Ich verspüre alleinig Wut und Rachegelüste.

Ich packe mein Notizbuch rasch in die Tasche von Edward und lege mich zu ihm. Er hält mich in seinen Armen, wie an jedem Abend. Es hat mich immer ein wenig beruhigt, doch inzwischen ist der Tag der Wahrheit so nahe, dass ich keine Ruhe mehr finden kann. Die gesamte Nacht liege ich wach und sehe in den Himmel. Ab und zu sehe ich auch Edward an. Seine Augen sind geschlossen. Er schläft ruhig und selig, als würde er sich bei mir genauso fühlen wie ich bei ihm, wenn die Umstände mich nicht aus meiner Ruhe ziehen würden.

Ich möchte aufstehen und mein Notizbuch holen, um etwas darin zu schreiben, da ich im Moment ohnehin nicht schlafen kann. Dann könnte ich die Zeit sinnvoller nutzen, als nur dazuliegen, meine Vergangenheit und meine Erlebnisse zu bemitleiden und mir Gedanken über die Zukunft zu machen, die eventuell gar nicht morgen gelüftet werden, doch ich kann nicht aufstehen, denn Edwards Griff ist zu stark. So lasse ich locker und lege mich in seinen Arm, um statt zu schreiben, meine Gedanken spielen zu lassen und über das weitere Vorgehen nachzudenken.

Ich bin bisher davon ausgegangen, dass morgen, am Tag der Ankunft, der Tag sei, an dem sich all meine Fragen klären und meine Aufgabe endlich besiegelt werden würde, doch genauso könnte es geschehen, dass König Henry von

Malovien keine Informationen hat und mich und Edward weiterschickt. Dann würden wir den Prinzen Nikolai aufsuchen, doch würde König Henry uns tatsächlich den Aufenthaltsort seines Sohnes und zukünftigen Königs anvertrauen? Eigentlich gibt es keine Gründe dafür, sich zu sorgen, sich der Schwester der ehemaligen Verlobten seines Sohnes anzuvertrauen. Doch was, wenn ich diese Information trotzdem nicht erhalten würde? Was, wenn König Henry all dies geplant hatte und es nicht zugeben wird? Was, wenn ich niemals erfahren werde, was Victoria tatsächlich zugestoßen ist? Ich überdenke noch einmal jeden Schritt, bis ich schließlich vor Erschöpfung einschlafe.

KAPITEL 24

Heute ist Edward fort. Ich liege nicht in seinen Armen und weiß auch sonst nicht, wohin er gegangen sein mag. So muss er sich vor einigen Tagen gefühlt haben, als ich morgens plötzlich nicht mehr neben ihm lag. Als ich mich umsehe, bemerke ich mein Notizbuch mit Tinte und Feder neben mir auf dem Boden liegen.

Es fühlt sich gut an, dass jemand auch bei solchen Kleinigkeiten an mich denkt. Während ich mich umsehe, prallt die aufgehende Sonne direkt in mein Gesicht und ich erkenne Mauern, die um mich erbaut sind. Es scheinen zwei Königreiche zu sein, die friedlich nebeneinander herrschen. Doch ich sehe bereits jetzt den Krieg der Königreiche kommen. Er ist unvermeidbar.

Die Königreiche scheinen schließlich nicht klein zu sein und wollen sich sicherlich ausbreiten oder sich als der Stärkere beweisen. Vielleicht ist tatsächlich Pantolow, ohne wirklichen Nachbarn, am besten ausgestattet, um zu wachsen. Denn wie sollte ein Königreich sich entwickeln, wenn es von allen Seiten angegriffen werden kann?

Doch nun zur eigentlichen Frage: Wo ist Edward? Sollten wir nicht schon längst kämpfen? Doch stattdessen liege ich noch hier auf der Decke und starre in den Himmel. Ich würde gerne sagen, dass er schön ist, doch das wäre gelogen. Es sieht leider danach aus, als würde es bald anfangen zu regnen. Dies wäre nicht gerade angenehm, wenn ich bedenke, dass wir noch einen langen Weg mit Pferden und ohne Kutsche und Dach über dem Kopf vor uns haben.

Plötzlich erscheint ein Schatten über mir, der nicht durch die Wolken entsteht. Mit einem Ruck stelle ich mich auf und drehe mich um. Doch plötzlich sehe ich ein Schwert vor mir. Ich kann nicht schnell genug reagieren und im nächsten Moment hat mich bereits der Angreifer in der Mangel. Ich stehe mit dem Rücken zu seinem Körper und er hält mich mit Händen und Schwert an sich. Diese Arme kenne ich zu gut. Sie liegen schließlich inzwischen täglich um mich. Es ist Edward. Er hat anscheinend einen Überraschungsangriff geplant. Sanft versuche ich mich umzudrehen, doch Edward lässt mich nicht. Er hält mich weiterhin fest an seinen Körper gedrückt und verweigert mir jegliche Art der Bewegung.

»Ihr habt gewonnen. Lasst mich los, dann können wir weiter kämpfen.« Doch noch immer lässt er mich nicht los und schweigt.

Ist es wirklich Edward, gegen den ich kämpfe? Ich spüre, wie mein Puls sich erhöht. Er wird immer schneller, kräftiger und lauter. Inzwischen versuche ich mich hastig aus den Griffen des Mannes zu befreien. Wenn es tatsächlich jemand Fremdes ist, könnte er mich töten. Ich könnte ernsthaft in Gefahr sein. Ich sehe mich um, doch sehe niemanden. Niemand würde mich hören und auch, wenn tatsächlich jemand da wäre, würde mir wahrscheinlich keiner zur Hilfe kommen. Ich zapple weiterhin willkürlich umher, bis mir auffällt, dass dies nichts bringen wird. Ich muss eine andere Taktik wählen.

Eine Taktik, die mir Edward gezeigt hat, um mich selbst aus einer solchen Situation zu befreien. Ich trete nach hinten und versuche das Bein meines Angreifers zu treffen, doch er weicht schnell genug aus. Ich versuche mich zu bücken und ihn über mich zu werfen, doch er hält mich fester.

Ich versuche, mit meinen Ellenbogen meinen Angreifer zu treffen, doch auch hierbei kann ich mich nicht rühren.

Ich kenne keine weiteren Taktiken. Edward hat mir nur diese drei gezeigt. Ich muss mir etwas einfallen lassen. Während ich nachdenke, bewege ich mich weiter, um meinem Angreifer keine Zeit zu geben seine weiteren Schritte zu bedenken. Was sind die Schwachstellen eines Menschen? Knie, Glied, Bauch, Augen ... all dies habe ich bereits versucht. In dem Moment fällt mir etwas ein. Das Gesicht ist nur selten geschützt und doch kann es schrecklich wehtun dort getroffen zu werden. Ich schlage meinen Kopf nach hinten und spüre einen Aufschlag. Mein Kopf erschüttert für einige Sekunden und es ertönt ein knackendes Geräusch.

Während ich mich zu meinem Angreifer drehe, greife ich zu meinem Schwert. Dieses Mal werde ich mich nicht beeinflussen lassen. Zuvor dachte ich, es wäre Edward und er würde mir nichts tun, doch nun ist mir klar, dass er es nicht ist. Sondern ... Edward? Er ist es tatsächlich. Also lag ich richtig mit meiner Vermutung. Edward wollte mich überraschend angreifen. Er packt sich mit beiden Händen an die Nase und kneift seine Augen zusammen. Kurz darauf stellt er sich wieder aufrecht hin und sieht mich an. Als er seine Hände niederlässt, fällt mir seine blaue Nase auf. Ich habe meinen Hinterkopf gegen sein Gesicht geschlagen und womöglich dabei seine Nase gebrochen. Doch statt etwas dazu zu sagen, breitet sich ein leichtes Schmunzeln auf seinem Gesicht aus, während seine Hand zu seinem Schwert greift.

Er möchte mich ablenken! Schließlich weiß er, dass ich sein Lächeln liebe. Vielleicht ist er aber auch nur stolz, weil ich mich befreit habe. Stumm, kommt er auf mich zu und schlägt mit dem Schwert auf mich ein.

Diesmal allerdings nicht nur mit dem Schwert, sondern auch mit seiner Hand. Mit dieser greift er nach mir und gleichzeitig versucht er mich mit seinen Füßen zu Fall zu bringen. Um dies zu verhindern, hüpfe ich hin und her und konzentriere mich auf meine Schritte, doch Edward lässt nicht nach. Er vermittelt mir weiterhin Reize, bis ich beginne zu schwitzen, obwohl die Luft um mich herum kühler wird. Inzwischen sind auch die wenigen Sonnenstrahlen am Himmel hinter den Wolken verschwunden und es ist düster und kalt. Weiterhin versuche ich mich auf jegliche Art gegen Edward zu wehren, doch ich schaffe es nicht. Plötzlich liege ich auf dem Bauch vor seinen Füßen und spüre seine Schwertspitze auf meinem Rücken. Er sticht leicht zu, doch ich bemerke, dass er mir damit nur zeigen möchte, dass ich verloren habe. Ich habe versagt, obwohl ich mich zuvor aus seinem Griff befreien konnte. Dann reicht er mir die Hand und hilft mir, mich aufzurichten.

»Lernt Euch auf das Wichtigste zu konzentrieren. Ein paar Schritte könnt Ihr einstudieren, um ausweichen zu können oder Euch auf dem Boden zu halten. Ich zeige Euch ein paar, dann machen wir weiter.« Seine Stimme klingt streng.

Was ist geschehen, dass er nun einen solchen Ton in den Mund nimmt? Als ich mich aufrichte und Edward mir die Schritte gezeigt hat, schlägt er, ohne darauf zu warten, dass ich sie lerne, sofort zu. Unkonzentriert und müde, durch den wenigen Schlaf, den ich in der letzten Nacht hatte, falle ich erneut zu Boden.

»Ihr müsst beim Kämpfen dazulernen!«

Wieder hilft er mir auf und schlägt sofort erneut zu. Diesmal bemühe ich mich noch mehr als zuvor und reiße all meine Kraft zusammen, um gegen ihn zu kämpfen. Ich dachte, ich wäre bereits unschlagbar, doch anscheinend habe ich mich getäuscht.

Um Edward nicht zu enttäuschen, bemühe ich mich noch mehr. Ich schlage so schnell zu wie ich kann, doch er weicht aus und ich verliere an Halt. Erneut bin ich diejenige, die im Dreck liegen bleibt.

Doch dieses Mal hilft er mir nicht auf. Stattdessen dreht er sich um und geht zu seinem Pferd, um Essen aus seiner Tasche zu holen.

»Hier. Dies werdet Ihr brauchen. Ihr seht erschöpft aus.«

Er hat recht. Diese Übungseinheit war bisher das anstrengendste. Völlig außer Atem nehme ich das Essen dankend an und wir setzen uns nebeneinander.

»Ich möchte bereits heute Abend vor die Tore von Malovien gelangen, da meine Männer dort bereits warten sollten. Daher werden wir wohl heute weit reisen.«

Er scheint genervt zu sein, doch weswegen? Als ich jedoch Edwards Gesichtszüge näher betrachte, erkenne ich Besorgnis. Dann bewegen sich seine Mundwinkel, als würde er etwas hinzufügen wollen, doch er macht es nicht. Stattdessen wendet er sich schweigend seinem Mahl zu. Bereits nach dem Essen schwingen wir uns auf unsere Pferde und brechen auf. Unterwegs bemerke ich, dass auch Bounty ungewöhnlich unruhig ist. Wahrscheinlich hat sie mitbekommen, wie Edward und ich heute miteinander umgegangen sind.

Es herrscht eine Spannung zwischen uns, die ich nicht erklären kann. Ich weiß nicht, was geschehen ist oder was ihm im Kopf herumschwirrt, dass er von dem einen auf den anderen Tag streng und hart geworden. Vielleicht ist etwas geschehen, das ihn oder mich womöglich in Gefahr bringen könnte? Doch wie sollte er die Nachricht erhalten? Niemand weiß, wo wir sind. Mit der Zeit wird der Wind, der uns entgegen pustet, stärker, wodurch sich mein Dutt nach einiger Zeit beginnt zu lösen und schließlich mein langes Haar frei nach hinten weht. Irgendwann wandert Edwards Blick zu mir und er beobachtet mich. Vielleicht möchte er sehen, dass ich ihm folgen kann, doch vielleicht liegt es auch daran, dass er mich noch nie zuvor mit offenem Haar gesehen hat. Plötzlich bremst Edward stark ab und steigt vom Pferd, obwohl der Weg, der noch vor uns liegt, noch einige Meilen beträgt. Doch auch ich halte inne und steige mit seiner Hilfe vom Pferd.

Noch immer sieht er mich prüfend an und fokussiert dabei jedes Detail meines Haares, das nach der langen Zeit wahrscheinlich schon fettig und völlig verdreckt ist, von Staub und allem, was sich darin verfangen hat. Mein kastanienbraunes Haar fällt mir leicht gelockt über die Schultern, bis zu meinen Hüften. Ich sehe hinunter und erkenne den Dreck, der darin hängen geblieben ist.

»Euer Haar ist sehr schön. Ihr solltet es öfters offen tragen.«

Nun beginne ich zu lächeln. Es ist ein wundervolles Kompliment, da auch ich der Meinung bin, dass mir offene Haare eher stehen, da sie meine Gesichtsform betonen. Doch in der jetzigen Situation würden mich die Haare nur stören und in meinen Bewegungen einschränken, weswegen ich sie lieber gebunden halte.

»Vielen Dank. Ich werde es offen tragen, nachdem unsere Reise beendet ist.«

Weiterhin betrachte ich seine blauen Augen, die durch die Sonne, die auf sie scheint, beginnen zu glitzern. Doch im nächsten Augenblick kneift er seine Augen zusammen und dreht sich zur Seite, wodurch ich aus meinen Gedanken gerissen werde.

Als ich schließlich meine Haare zubinden möchte, wendet Edward ein: »Ihr könntet Euer Haar offen tragen, bis wir in Malovien ankommen.« Seine Stimme klingt nun friedlich und aufrichtig, doch sofort räuspert er sich und verfestigt seinen Blick. »Wir machen eine kurze Pause zum Essen und reisen danach sofort weiter.«

Doch ich kann nicht aufhören zu lächeln. Er ist so aufmerksam.

Nach dem Essen sowie dem Füttern der Pferde reiten wir weiter. Wahrscheinlich freuen sich ebenfalls die Pferde auf die längere Pause, die sie haben werden, wenn wir nach Malovien gelangen.

Doch jetzt müssen sie leider noch durchhalten. So reiten wir, so schnell die Pferde uns tragen können, über das Land. In diesem Moment fühle ich mich als würde ich über den Boden schweben, doch eigentlich steht mir genau das Gegenteil bevor. Ich werde nicht in den Frieden fliegen, nicht bevor nicht ein Kampf um Frieden, Gerechtigkeit und Trauer stattfand. Nach einer weiteren Weile geht langsam auch die Sonne unter, doch wir sind noch nicht angekommen.

Normalerweise legen wir nun eine Pause ein, üben eventuell noch ein wenig und legen uns schließlich schlafen, doch heute reiten wir weiter. Inzwischen scheinen die Pferde langsamer und erschöpft zu werden, doch Edward möchte noch heute Nacht vor die Tore von Malovien gelangen.

Irgendwann sind die Pferde nicht einmal mehr schneller als Edward und ich laufen würden, weswegen wir absteigen und so den Pferden die unnötige Last ersparen. So laufen wir neben den Pferden in derselben Geschwindigkeit her, die sie zuvor erreichen konnten. Bald werden wir an den Toren von Malovien ankommen. Spät in der Nacht erkenne ich schließlich die Tore langsam am Horizont emporsteigen. Sie werden immer größer, je näher wir ihnen kommen. Dabei fühlt sich jeder Schritt wie eine Last an. Mit jedem Schritt komme ich dem Mörder näher. Vielleicht bin ich sogar näher dran als ich glaube. Vielleicht stehe ich jetzt gerade vor den Toren des Täters, ohne es wirklich zu wissen. Doch vielleicht muss ich noch eine weitere Reise hinter mich bringen, um mein Ziel zu erreichen. Vielleicht werde ich niemals erfahren, was meiner Schwester tatsächlich zugestoßen ist.

Nach vielen Tagen der Reise, sind wir nun endlich bei Malovien angekommen, doch heute werden wir noch nicht hineingehen. Heute Nacht werden wir uns schlafen legen und ausruhen, um morgen auf alles gefasst zu sein. So steige ich von meinem Pferd und sehe mich um. Ich erkenne Ritter am Tor des Königreichs, die die Eingänge schließen und in der Ferne eine Kutsche, die, mit hunderten von Rittern begleitet, auf uns zukommt. Erst kann ich nicht erkennen, aus welchem Königreich sie sind, doch als sie dann beinahe schon vor uns stehen, erkenne ich das gelbe Wappen von Felsing, welches jeder der Ritter bei sich trägt.

Als ich Edward ansehe, sieht er mich noch mit demselben traurigen und sowohl auch strengen Gesichtsausdruck an wie zuvor. Gleichzeitig breitet er die Decke aus und legt sich auf den Boden, sodass neben ihm noch genügend Platz ist, dass ich mich neben ihn legen kann.

»Guten Abend, Prinz Edward«, spricht schließlich einer der Ritter.

Dabei sieht er Edward an, als würde er eine Antwort von ihm erwarten. Edward hingegen sieht genüsslich weiter in die Sterne und sorgt sich nicht um den Ritter.

Kurz darauf macht der Ritter eine Verbeugung und entfernt sich. Mein Blick allerdings folgt ihm und ich kann erkennen, dass sie alle beginnen ein kleines Lager aufzubauen. Gerade als ich mich entspannen möchte, steht Edward auf und zückt sein Schwert vor mir. Er möchte jetzt kämpfen?

Wir sind doch gerade erst angekommen. Außerdem war der Weg heute viel anstrengender als die Tage zuvor und es ist mitten in der Nacht. Nach wie vor liege ich auf dem Boden und betrachte den Himmel, der voller Wolken ist, die düster das gesamte Land bedecken. Heute Morgen war es noch nicht derart bewölkt. Anscheinend ist das Wetter im Laufe des Tages schlechter geworden, genau wie meine Konzentration.

Trotz dessen stehe ich auf und zücke mein Schwert. Diese Übungseinheit ist anstrengender als ich mir je vorstellen konnte. Ich muss während der Konzentration, nicht getroffen zu werden, damit kämpfen, meine Augen überhaupt offenzuhalten. Zudem ist es stockfinster und es fällt mir bereits schwer meine eigene Hand vor Augen zu sehen.

»Vertraut auf Euer Gehör.«

Ich schließe meine Augen und achte nur auf die Geräusche, die mich umgeben: Wind und Schritte, doch ich weiß nicht, aus welcher Richtung sie stammen. Ich stehe reglos da und befürchte, dass ich im Stehen einschlafen würde, wenn Edward nicht jetzt den Unterricht beenden würde.

Dann falle ich zu Boden, ohne überhaupt bemerkt zu haben, was mit mir geschieht.

»Wir hören für heute auf«, beschließt Edward und greift mich sanft an der Hüfte.

Er dreht mich zu sich und geht mit mir voran. Seine Stimme und Haltung scheinen dabei enttäuscht. Das wollte ich nicht. Ich kann mich nur nicht mehr allzu gut konzentrieren. Schließlich ist es bereits mitten in der Nacht und am Tag haben wir bereits einen weiten Weg hinter uns gebracht. Dann steigen wir in die Kutsche, mit welcher die Ritter gekommen sind. Sofort legt Edward sich in die Kutsche und schließt seine Augen. Offensichtlich ist auch er vom Tag erschöpft. Im nächsten Augenblick streckt er seinen Arm aus und ich lege mich zu ihm. Sofort schlingt er seinen Arm so fest um meinen Körper, sodass er mich, wenn ich auseinanderfallen würde, zusammen hält.

Eigentlich konnte ich ihn heute kaum wiedererkennen. Er hat kaum ein Wort zu mir gesprochen und, wenn er es tat, war es streng.

Trotzdem versuche ich mich zu entspannen und schließe die Augen.

»Wenn wir morgen durch die Tore Maloviens treten, werden wir nicht mehr lernen können. Falls morgen der Tag des Kampfes sein wird, werdet Ihr handeln müssen, ohne zu zögern und ohne lange nachzudenken. Ihr müsst auf Euch acht geben und ich werde dort sein und Euch unterstützen.«

War er deswegen den gesamten Tag über so still und streng? Hat er mich durch den ganzen Tag mit harten Übungen geführt, weil er sich um mich sorgt? Unglaublich, dass er sich so sehr um mich kümmert, auch wenn es auf den ersten Blick nicht so erschien. Ich weiß, dass er mich beschützen wird. Doch was meint er damit, dass ich mich auf mich konzentrieren soll? Er wird mich beschützen und ich ihn. Das ist keine Frage.

Ich werde es ebenso machen, wie er es für mich machen würde. Um ihm sein Leid und seine Sorgen zu nehmen, greife ich nach seiner Hand. Während wir uns in die Augen sehen, scheint er auf meine Zustimmung zu warten, doch diese wird er nicht bekommen. Ich werde mich nicht alleinig auf mich fokussieren. Statt der erwarteten Zustimmung recke ich mich hinauf zu seinem Gesicht und gebe ihm einen Kuss auf den Mund, sodass seine Lippen weich und sanft auf den meinen liegen. Mit diesem Kuss möchte ich ihm zeigen, dass auch ich ihn nicht verlieren möchte. Als ich mich von seinen Lippen löse, öffne ich auch meine Augen. Er scheint überrascht oder überrumpelt, doch scheint daran auch Gefallen gefunden zu haben, denn seine Augen sind noch immer friedlich geschlossen.

Als er sie öffnet, reagiert er mit: »Ich wünsche Euch eine gute Nacht, meine Königin.« Nun klingt seine Stimme nicht mehr angespannt, sondern ruhig und warmherzig, wie ich es von ihm kenne.

Im nächsten Augenblick schließt er seine Lider und schläft ein. Trotz meiner Aufregung für den nächsten Tag kann auch ich voller Erschöpfung sofort einschlafen.

KAPITEL 25

Ich öffne die Tür der Kutsche. Ohne zu Edward zurückzusehen, steige ich aus und sehe in die Sonne, die mir entgegen scheint. Der Himmel ist bewölkt, doch es sieht deutlich schöner aus als an den Tagen zuvor. Zudem erwärmen die Sonnenstrahlen mein Gesicht. Wäre die Sonne nicht herausgekommen, wäre es heute wahrscheinlich unerträglich kalt und meine Kleidung würde nicht genügen, um draußen herumzulaufen. Ich nehme mein Haarband in die Hand und binde meine Haare zu einem Dutt. Wir werden heute hineingehen und es könnte ein Kampf geschehen. Darauf muss ich vorbereitet sein und daran darf mich nichts hindern.

Ich höre, wie sich die Tür der Kutsche öffnet und Schritte hinauskommen. Edward ist ebenfalls aufgestanden und steht nun neben mir, während er sich streckt, um wacher zu werden.

»Ich habe etwas für Euch.«

Ich drehe mich zu ihm und sehe, dass er eine Krone in der Hand hält. Er selbst trägt ebenfalls eine.

»Wir werden dort als König und Königin auftreten.«

Ich verstehe, was er meint. Eigentlich wären wir bereits verheiratet und gekrönt. Daher sollten wir, wenn wir ins Königreich Malovien gehen, unsere Kronen auch tragen.

»Ich habe mir die Krone gleich mit der Kutsche bringen lassen. Ich hoffe, sie entspricht Euch.« Ich mache einen leichten Knicks vor Edward und senke mein Haupt, um ihn zu zeigen, dass alles perfekt ist.

Kurz darauf setzt er sie mir auf, woraufhin ich mich wieder aufrichte. Ich werde als Königin in dieses Königreich gelangen. Ich sehe Edward ins Gesicht. Er erscheint ruhig und trotzdem erkenne ich seine innere Unruhe, die ich ignoriere, da ich seine Aufregung nachvollziehen kann. Auch ich habe Angst, dass ich allein hinausgehen könnte, dass ich ihn verlieren könnte oder den Mörder meiner Schwester niemals finden werde. Ich schlucke meinen Frust hinunter und unterdrücke ihn. Ich werde für jeden eine Königin sein und werde mich auch wie eine verhalten. Eine Königin darf keine Schwäche zeigen.

Als Edward seine Hand hebt und seinen Körper zurück zur Kutsche wendet, reiche ich ihm meine Hand. Ich werde ihn nicht zurücklassen. Wir steigen in die Kutsche und setzen uns, dann fährt sie bereits los. Meine Aufregung steigt mit jedem Meter, den wir überbrücken. Ich starre nur die Wand der Kutsche an. Keinen Augenblick später spüre ich Edward meine Hand greifen. Er scheint meine Beunruhigung zu bemerken oder braucht er meine Nähe genau wie ich seine?

Im nächsten Moment hält die Kutsche. Ich sehe nicht hinaus, denn wahrscheinlich stehen wir noch vor den Toren und müssen erst noch durch den Einlass gelangen. Ich atme deutlich ein und aus, während wir abwarten. Draußen spricht der Kutscher mit den Wachen von Malovien: »König Edward von Felsing und Königin Eleonore von Kelvington wünschen, mit König Henry zu sprechen.«

Als wir nicht weiterfahren, mache ich mir Sorgen darüber, dass womöglich ein Problem besteht. Ich bleibe still sitzen und bewege mich keinen Zentimeter. Die Gardinen verdecken die Fenster nicht vollkommen und es erscheint ein Schatten in der Lücke. Die Wachen sehen wahrscheinlich nach, wer sich in der Kutsche befindet. Allerdings wende ich mich nicht zum Fenster. Ich sehe weiter an die Wand in der Kutsche und warte ab. Es ist nicht meine Aufgabe, auf das äußere Geschehen einzugehen. Ich muss mich auf mich selbst konzentrieren. Eine Königin ist stolz und selbstsicher. Eine Königin muss nicht sichergehen, wer sich vor ihr befindet. Ich muss nicht auf mich selbst aufpassen. Nicht jetzt und nicht hier.

Ich spüre etwas an meiner Hand. Es ist ein leichter Druck, den Edward an meine Hand weitergibt. Er zeigt mir, dass er bei mir ist und ich es nicht allein durchstehen muss.

Dann verschwindet der Schatten wieder und die Kutsche bewegt sich. Wir haben es geschafft. Wir sind durch die Tore gelangt! Wir werden heute, und das nur in wenigen Stunden, in der Burg von Malovien ankommen und mit König Henry sprechen. Bald werde ich einen Schritt weiterkommen oder vielleicht werde ich schon gleich mein Vorhaben erledigen. Womöglich könnte ich schon bald zurück in mein Königreich und meine Reise beenden.

Auf dem Weg bemerke ich, dass die Straßen des Königreichs nicht besonders ausgebaut sind, da die Kutsche derart wackelt, dass ich Probleme habe meine Krone auf meinem Haupt zu behalten. Edward hält weiterhin meine Hand und drückt sie fest. Ich werde von ihm gehalten, ganz gleich, was geschehen wird. Er wird bei mir sein und mich unterstützen. Er hat es mir gesagt und somit versprochen und Edward hält sein Wort.

Ich schiebe die Gardine beiseite und sehe hinaus. Während mein Königreich von vielen Bäumen umgeben ist und aus wenigen kleinen Dörfer besteht, Pantolow aus großen erbauten Städten, besitzt Malovien große Landflächen und Erntefelder. In Kelvington gibt es zwar ebenfalls Landflächen, doch noch lange nicht in diesen Ausmaßen. Diese hier sind gigantisch. Mit einer dieser Ernten könnte ich mein Königreich problemlos mehrere Monate lang ernähren. Als ich in der Ferne eine Burg erkenne, schließe ich die Gardine und wende mich Edward zu. Er wirkt angespannt, aufgeregt oder gar ängstlich? Ich kann es nicht wirklich deuten.

»Ist alles in Ordnung?«, frage ich und greife die Hand, die die meine hält, mit meiner zweiten. Ich umschlinge sie und wende ihm meine gesamte Aufmerksamkeit zu. Er kann mir vertrauen. »Macht Ihr Euch noch Sorgen?«

Ich sehe ihn weiter an, doch bekomme keine Antwort. Seine Hand wird kurz fester und lockert sich wieder in meiner. Doch er sieht mich nicht an. Er sieht an die Wand der Kutsche und wartet auf unsere Ankunft.

»Ich werde auf mich acht geben.« Ich hoffe, dass es das ist, was ihn beunruhigt, denn andernfalls weiß ich nicht, was ich für ihn tun kann.

Ich betrachte erneut den Weg neben uns, den wir entlangfahren. Nun fahren wir über eine kleine Brücke, die über einen breiten Fluss reicht. Dann sehe ich Mauern neben mir. Wir sind da. Wir sind in der Burg von Malovien. Ich schließe die Gardine und packe Edwards Hand fester. Ich spüre nun auch, dass meine Unruhe stärker wird. Nein. Ich muss entspannt bleiben. Es wird mir nichts geschehen.

Ich sehe erneut zu Edward und er wendet sich auch mir zu. Er bemerkt meine Gefühle und nimmt meine Hand noch ein letztes Mal fest in seine. Im nächste Moment wird die Tür der Kutsche geöffnet. Unmittelbar gibt Edward mir einen Kuss auf meinen Handrücken und steigt folglich aus. Er hilft mir noch aus der Kutsche zu steigen und bewahrt dann aber Abstand zwischen uns. In der Öffentlichkeit wird der Kontakt zwischen zwei Liebenden nicht geduldet. Vor allem nicht, wenn die Liebenden zu einer Königsfamilie gehören, selbst dann nicht, wenn sie verheiratet sind. Und doch könnte dieser Kontakt zwischen uns, der letzte sein, den wir erleben, wenn tatsächlich heute der Tag des Kampfes ist.

Wir folgen dem Weg, um in die Burg zu gelangen. Edwards Ritter und die von Malovien schließen sich uns an. Im Inneren ist es still. Keiner tritt durch die Hallen der Burg, außer wir, die den Weg in den Thronsaal von den Wachen aus Malovien gezeigt bekommen. Im Saal befindet sich bereits König Henry. Er wirkt traurig, doch sobald er mich erblickt, scheint er fröhlicher zu sein.

»Ich habe Euch erwartet.« Er sieht zu Edward und seine Miene zeigt eine Spur von Furcht, doch der König spricht nach einer kurzen Pause weiter: »Königin Eleonore von Kelvington.« Er scheint bei seinem Wort zögerlich. Als wäre er nicht sicher, das Richtige zu sagen. Sein unruhiger Blick gilt noch immer Edward. Dann sieht er mich an und ein sein Ausdruck wird freundlicher.

»Ihr seht Eurer Schwester sehr ähnlich.«

In dem Moment verändert sich seine Miene und wird traurig. Das ist verständlich, schließlich hat er seine Schwiegertochter verloren und, so wie ich Victoria einschätze, ist sie dem König schnell ans Herz gewachsen. Victoria war herzlich, freundlich, bildhübsch und hatte ein Gesicht, das jemanden sehnsüchtig nach ihr machen konnte. Niemand konnte ihr etwas abschlagen. Wie es den Eindruck macht, traf dies wohl auch auf König Henry zu. Zu der Trauer, die uns umgibt, herrscht hier in Malovien allerdings auch Sorge, um einen weiteren Angriff.

»Ich wünsche, mit Euch über sie zu sprechen sowie über den Tag des Geschehens.«

Plötzlich verändert sich seine Mimik zu einem ängstlichen Gesicht. Hat er etwas zu verbergen? Warum sollte er sonst aus der Fassung geraten?

»Eure Schwester Victoria war eine lebensfrohe und lebendige Frau. Sie hat es geschafft, meinen Sohn Nikolai alleinig mit ihrer Präsenz glücklich zu machen. Sie wären ein ausgezeichnetes Ehepaar, als auch Königspaar, geworden. Jedermann hätte von ihrer einzigartigen Verbindung gesprochen. So, wie es damals bei Euren Eltern war.«

Ich stocke. Doch er sprach nicht von ihr. König Henry sprach alleinig über seinen Sohn. War Victoria ebenfalls glücklich oder hat sie nur den Kronprinzen glücklich gemacht? Ich wünschte, es wäre die wahre Liebe gewesen, dann wäre sie zumindest sorglos von uns gegangen und hätte die Liebe in ihrem Leben gespürt, so wie ich sie bei Edward spüre. Hatte sie eine solche Nähe zu Nikolai, wie ich bei Edward? Ich wünsche es ihr. Es ist das Erfüllendste, das ich jemals im Leben verspürt habe. Ich sehe zu Edward. Ich würde ihn so gern in den Arm nehmen und niemals loslassen. Ich würde gern den Kuss von gestern Abend wiederholen und intensiver ausleben. Ich würde ihn niemals gehen lassen.

Edward bemerkt mein Stocken und beginnt zu sprechen: »Wir wünschen Auskunft über die Angreifer. Wer waren sie? Aus welchem Königreich stammen sie? Wenn Ihr nicht die Wahrheit sprecht, werde ich sie selbst befragen«, betont er streng.

Er spricht als wahrer König von zwei der größten Königreiche. Keiner sollte es wagen, seinen ... meinen ... unseren Wunsch zu verwehren. Offensichtlich kann er diese Rolle besser annehmen als ich, wahrscheinlich liegt das daran, weil er als Kronprinz geboren und erzogen wurde, allerdings muss ich noch lernen meine Rolle als Königin nach außen zu zeigen.

»Habt Ihr unseren Brief nicht erhalten? Wir haben Euch berichtet, wer der Übeltäter war, der den Befehl ausgesprochen hat. Die Wachen befinden sich hinter Gittern bis zu ihrer Verurteilung.« Ich habe den Brief erhalten. »Wir haben Euren Brief erhalten und zur Kenntnis genommen, doch König Wilhelm ist nicht der Übeltäter ...«

Ich möchte erzählen, dass ich bei ihm war und nach meinem Aufenthalt auf direktem Wege hergekommen bin, doch Edward unterbricht mich. Er sieht mich auffordernd an und spricht weiter.

»Wir erwarten die Wahrheit.«

König Henry scheint verwirrt, verängstigt und verunsichert zugleich. Er weiß mehr als er uns glauben lassen will. Dabei bin ich mir sicher.

»Gebt Ihr uns keine Informationen, dann werden wir uns selbst welche verschaffen. Wachen, geleitet uns zu den Kerkern!« Edward macht einen solch selbstbewussten Eindruck, dass die Wachen auf ihn hören und uns zu den Kerkern geleiten.

Eigentlich wollte ich König Henry ebenfalls zum leblosen Körper von Victoria ausfragen, doch Edward denkt nicht darüber nach und folgt den Wachen, ohne zu zögern. Nun erscheinen die Wachen ebenso verunsichert wie zuvor der König. Der König von Malovien hat ihnen nicht den Befehl erteilt und er hat diesen Befehl nicht bestätigt. Trotz dessen hören die Wachen ohne Widerworte, als wäre Edward ihr

König. Doch obwohl sie auf Edward hören, laufen sie trotzdem langsam voran.

Im Kerker ist es dunkel und nass. Es ist so nass, dass die Wände aus kaltem Stein anfangen zu schimmeln. Hinzu kommt der furchtbare Geruch nach Urin, welcher kaum entweichen kann, da es nur ein Fenster hinter jeder Tür gibt, welches nicht einmal größer ist als ein Tablett. Die Türen sind alle verschlossen, egal ob sich dahinter jemand in Haft befindet. Ich kann nur durch kleine Spalte in der Tür hindurchsehen, welche allerdings bei manchen Türen zugeschoben sind. Ich vermute, dass diese Räume diese sind, die belegt sind.

Dauernd ertönen laute Geräusche, die durch die Abteile schallen und durch die Steinwände lauter werden. Die Gefangenen rufen nach Hilfe, schreien vor Qualen und hungern sich beinahe zu Tode. Sie schlagen gegen die Türen und versuchen sie vergeblich aufzubrechen. Ich wusste nicht, wie grausam es in einem Kerker sein kann, doch sie alle sind aus einem Grund hier und warten auf ihre Verurteilung oder auch ihren Tod.

Manche Türen sind verriegelt und bedeckt mit einem weißen Tuch. Das Tuch trägt kein Zeichen, Wappen oder andere Dekorationen, es ist einfach weiß. Es ist ein Tuch, welches üblicherweise einem Toten über gelegt wird, um den anderen den Anblick auf die Leere des toten Blickes sowie der verfaulenden Haut zu ersparen. Wie wohl Victoria nun ausschauen mag? Sie ist in einen tiefen Schlaf gefallen, doch konnte noch keinen Frieden finden. Ich muss ihr Gerechtigkeit schenken und eine Beerdigung für sie schaffen, in welcher auch sie friedlich unter die Erde gelegt werden kann, ohne von Fremden gestört zu werden.

Wir wandern bereits eine lange Zeit durch die Gänge des Kerkers, doch wir sind noch nicht den denjenigen angelangt, die meine Schwester hingerichtet haben. Hass breitet sich in meinen Adern aus. Ich verfalle zurück in meine Wut, die ich schon spürte, als ich den Brief las und realisiert habe, dass ich nicht tatenlos in Kelvington bleiben kann. Ich versuche alle Geräusche und Drohungen der Gefangenen auszublenden, doch es fällt mir schwer.

»Sie gelten nicht mir, sondern denjenigen, die sie hier halten«, rede ich mir ein.

Ich schlendere durch die Gänge, ohne einer Tür meine Aufmerksamkeit mehr als einen Blick zu schenken, doch eine Tür erlangt meine Aufmerksamkeit. Es ist eine Tür, die mit einem weißen Tuch bedeckt ist. Ich dachte, es würde bedeuten, dass dieser Gefangenen von uns gegangen sind, doch dem ist wohl nicht so, denn durch diese Tür nehme ich ein Atmen wahr. Es klingt nach einem schweren Atmen, das eine leichte und zärtliche Stimme trägt. Es ist eine weibliche Stimme.

Sie scheint mir Vertrauens erweckend und bekannt, doch ich erkenne sie nicht. Hier sind sicherlich viele Personen hinter Gittern, die äußerlich harmlos wirken und gleichzeitig im Inneren böse sind und sich von ihren Trieben leiten lassen. Das Atmen scheint schwerer und lauter zu werden. Vielleicht bedeutet hier das weiße Tuch, dass die Person darin zum Tode verurteilt ist, ob gesundheitlich oder auch gemäß einem Urteil. Sie hier wird wohl bald aufgrund ihrer schweren Atmung sterben. Ich löse mich von der Tür, nachdem ein Gefängniswärter mich bittet, weiterzugehen und meinem Gatten zu folgen.

Es sei kein Ort für Königinnen und ich solle nicht alleinig durch die Gänge schlendern, meint er. Kurz, nachdem ich mich umdrehe und zu Edward laufe, geht der Wärter in den Raum hinein. Ich bin zu weit entfernt, um in den Raum zu sehen.

Er hat recht, dies ist kein Ort für eine Königin, doch ich bin eine Geflüchtete und keine Königin.

Nun endlich kommen wir an. Die Wachen bleiben neben einer Tür stehen und einer stellt sich genau davor. Es ist der Leutnant der Gruppe.

»Hier befindet sich der Leiter des Einsatzkommandos gegen die ehemalige Kronprinzessin von Kelvington, Victoria. Er könnte auch Euch gegenüber handgreiflich werden. Gebt auf Euch Acht.«

Es fühlt sich merkwürdig an, Victoria als eine ehemalige Kronprinzessin bezeichnen zu hören. Es trifft mich zutiefst. Der Leutnant öffnet die Tür und ich gehe hinein. Hinter mir folgt Edward meinem Schritt.

»Ich wünsche, allein mit ihm zu sprechen«, verlange ich und erhebe mein Haupt.

Er hat mich zu seiner Königin gemacht und soll mir diesen Wunsch gewähren. Edward sieht in den Raum hinein und dann wieder zu mir, nickt und tritt den Schritt zurück, den er mir in den Raum gefolgt ist. Dann wird die Tür vor meiner Nase geschlossen und verschlossen. Eigentlich wollte ich, dass Edward bei mir bleibt und mich unterstützt, doch ich wollte nicht riskieren, von den Wachen nicht mehr herausgelassen zu werden, schließlich darf ich auch König Henry nicht mein Vertrauen schenken, ohne sicherzugehen, was hier von sich geht. Nun drehe ich mich um und erschrecke mich sofort.

Vor mir steht eine Person, welche nicht mehr als Mensch wahrgenommen werden kann. Der Kopf ist kahl geschoren, seine Haut verschrumpelt und die Körperteile völlig ausgehungert. Er besteht nur noch aus Haut und Knochen. Seine Kleidung ist verdreckt und feucht und sein Geruch ist noch schlimmer als der, der ohnehin in diesen Gängen herrscht. Ich könnte mich augenblicklich übergeben.

»Habt Ihr etwas zu essen«, fleht er mich an.

Ich kann nicht darauf antworten. Sein Mundgeruch ist unerträglich und er steht nur wenige Zentimeter von mir entfernt. Ich würde ihn von mir wegstoßen, doch ich möchte ihn nicht berühren. Stattdessen rücke ich ein Stück zurück, wodurch ich gegen die Tür knalle. Der Mann kommt den Schritt näher und ich schüttle den Kopf, um ihm eine Antwort zu geben. Kurz darauf verändert sich sein Gesichtsausdruck von flehend zu wütend und er schlägt mit der Faust neben mich gegen die Tür. Er brüllt mich an: »Ich will etwas zu essen!«

Ich höre Edwards Stimme auf der anderen Seite der Tür: »Was geht darin vor?«

»Es ist alles gut«, rufe ich zurück und fühle mich dabei von diesem Gefangenen bedrängt. »Ich werde Euch etwas Essen besorgen, wenn Ihr mir dafür ein paar Fragen beantwortet«, flüstere ich ihm entgegen.

»Nein! Ich habe seit Tagen nichts gegessen!« Er brüllt mich an, wobei er in mein Gesicht spuckt.

Weiß er nicht, wer ich bin? Er sollte mir mit Respekt begegnen und nicht zu nahe kommen. Ich stelle mich aufrecht, doch trotz seiner eingeknickten Haltung ist er deutlich größer als ich.

»Ich werde nicht auf Euer Wort hören. Ich bin die Königin!«

Er scheint zu verstehen und entfernt sich um ein paar Schritte von mir. Somit wird auch mir ermöglicht mich von der Tür zu lösen und ich gehe auf ihn zu, bis schließlich er an der Wand des Raumes steht und mich anstarrt. Er lehnt sich vollkommen dagegen und wagt es nicht, sich von ihr zu entfernen. Dann bricht er in sich zusammen. Er ist ausgehungert und scheint keine Kraft zu haben, allzu lange stehenzubleiben.

»Ich werde Euch Essen bringen lassen, wenn Ihr meine Fragen beantwortet.« Ich stehe voller Stolz aufrecht vor ihm. Nun sehe ich zu ihm hinab, wie er elendig auf dem Boden verharrt. »Ihr habt meine Schwester töten lassen oder wart Ihr es, der meine Schwester hingerichtet hat?« Plötzlich ist meine Stimme voller Hass und Stärke.

Innerlich erschrecke ich mich vor mir selbst. Ich habe nicht erwartet, dass ich einen solchen Ton anschlagen kann. Der Mann sieht mich vom Boden hinauf an.

»Ihr seid Königin Eleonore?« Seine Stimme klingt überrascht. Dann sieht er zur Tür herüber. »Verstehe. Habt Ihr seinen Plan bereits durchschaut oder wollt Ihr es von mir hören?«

Seinen Plan? »Wessen Plan?«

»Ihr wisst es also nicht?«

»Wer hat Euch beauftragt?«

»Diese Frage habe ich bereits vor einiger Zeit beantwortet. Wurdet Ihr nicht informiert?«

»Selbstverständlich weiß ich von Euren Täuschungsversuch. Ich selbst bin nach Pantolow gereist, um die Wahrheit zu erfahren, doch mir ist nun klar, dass König Wilhelm keinerlei Absicht hegt, meiner Familie etwas zuleide zu tun.«

»Ich sprach nicht von König Wilhelm. Ich habe vermutet, Ihr wärt gewiefter und wärt bereits weiter. Da habe ich mich wohl getäuscht.«

»Wagt es nicht, eine Königin zu beleidigen.«

»Was sollte geschehen? Ich sitze bereits vollkommen erschöpft hinter Gittern in einem fremden Königreich und warte auf die Erlösung des Todes. Eure Schwester hat Glück, schnell gestorben zu sein.«

Ich kann mich nicht mehr im Zaum halten und greife nach meinem Schwert. Vor ihm ziehe ich es hinaus und halte es gegen ihn. In dem Moment springt die Tür auf.

»Eleonore! Das ist nur, was er erreichen möchte. Er will sterben. Lasst nicht zu, dass ihm dieser Wunsch gewährt wird.« Es ist Edwards Stimme, die auf mich einspricht.

Er hat recht. Ich darf ihm seinen Wunsch nicht gewähren. Er sollte leiden für sein restliches, erbärmliches Leben. Ich stecke mein Schwert zurück in die Schärpe und drehe mich zur Tür. Edward folgt mir auf Schritt und Tritt.

Hinter uns wird bereits die Tür der Zelle geschlossen und es ertönt ein lautes Geschrei: »Ihr habt mir Essen versprochen! Wo bleibt mein Essen? Ihr habt es mir versprochen! Ihr solltet Euch an Euer Wort halten!«

Doch Edward und ich reagieren nicht darauf. Ich habe ihm Essen versprochen, wenn er mir meine Fragen beantwortet, doch das hat er nicht.

»Habt Ihr etwas herausgefunden?«, fragt mich Edward mit weicher Stimme. Diese beruhigende Stimme ... Ich habe sie vermisst.

»Ich habe nur erfahren, dass König Henry nichts mit dem Tod meiner Schwester zu tun hat. Der Leutnant meinte, er sei in einem fremden Königreich gefangen.« Damit ist das Gespräch zwischen uns bereits beendet.

Schnell eilen wir zurück ins Obergeschoss der Burg, um mit König Henry zu sprechen. Ich muss ihn sofort sprechen.

Ich stürme mit Edward an meiner Seite durch die Eingangstore des Thronsaals. König Henry unterhält sich gerade mit einem seiner Untergebenen und wird nun von unserem Auftreten unterbrochen.

»Wer hat den Befehl erteilt, meine Schwester töten zu lassen?«

Er scheint sofort verunsichert zu sein und schickt den Untergebenen, mit dem er gerade noch sprach, mit einer einfachen Handbewegung fort.

»Eure Schwester war herzlich und gut. Keiner hätte ihr etwas zuleide tun wollen.«

»Wer hat den Befehl erteilt, meine Schwester töten zu lassen?«, wiederhole ich mich laut und deutlich.

Meine Stimme erhebt sich so lautstark, dass niemandem in den Sinn kommen würde, dass ich in Wahrheit keine Königin bin.

König Henry sieht wieder zu Edward herüber. Sein Blick scheint noch verunsichert und ängstlich.

»Sagt es uns!«, verlange ich vorlaut.

»Ich weiß es nicht«, erwidert König Henry schließlich leise und unsicher.

Musste er etwa nachdenken? Er verheimlicht etwas. Er weiß mehr. Ich weiß, dass er es nicht war, doch anscheinend weiß er, wer es war und möchte es nicht verraten. Er ist verängstigt. Vielleicht wird er bedroht, ...

»Wo ist Ihr Sohn? Ich verlange ein Gespräch mit ihm!«

Wenn König Henry mir nicht die Wahrheit sagen kann, muss ich es mit anderen Methoden versuchen. Sein Sohn befindet sich nicht hier. Dies bedeutet, dass er den Trubel in diesem Haus und die Drohungen nicht mitbekommt. Er könnte mir weiterhelfen.

»Das kann ich Euch nicht mitteilen.«

»Ich möchte mich nicht wiederholen müssen.«

Mein Blick ist eindringlich und König Henry scheint kurz vor der Antwort zu stehen.

»Eure Schwester war nicht das eigentliche Ziel des Angriffs, sondern mein Sohn Nikolai. Ich musste ihn fortschicken, um ihn zu schützen. Ich werde seine Sicherheit nicht gefährden.«

Ich sehe zu Edward und denke nach. In welches Königreich könnte der König seinen Sohn geschickt haben? Es sollte ein Königreich sein, das in der Nähe liegt, um schnellstmöglich handeln zu können, wenn etwas geschieht. Und doch nicht so nah, dass jeder, der herkommt und das Königreich angreift und erfährt, wo sich der Kronprinz aufhält, in Kürze dorthin gelangen könnte. Es sollte ein Königreich sein, welches nicht vor der Gefahr steht, angegriffen zu werden. So muss das Königreich weiter entfernt liegen. Die Königreiche von Edward und mir kann ich ausschließen, doch nach wie vor gibt es viele Königreiche, die zur Auswahl stehen. Trotz allem tippe auf das, welches am wahrscheinlichsten für mich erscheint. Anhand der Reaktion von König Henry werde ich erfahren, ob ich mit meiner Vermutung richtig liege.

»Er befindet sich in Trellgan, nicht wahr?« Ich benötige keine Antwort, um zu wissen, dass es wahr ist.

Der König reißt seine Augen weit auf und erstarrt praktisch vor mir, bevor er die Vermutung mit einem deutlichen: »Ich werde Euch keinerlei Auskunft geben«, verneint.

Edward scheint dasselbe bemerkt zu haben und nickt mir zu. Im nächsten Augenblick verlasse ich gemeinsam mit Edward und seinen Wachen die Burg und wir brechen auf.

KAPITEL 26

Noch am selben Tag verlassen wir Malovien aus dem südöstlichen Tor, um nach Trellgan zu gelangen. Die Dauer der Reise sollte etwa drei Tage betragen, wenn ich dabei beachte, dass Edward und ich wahrscheinlich jeden Tag nutzen werden, um neue Techniken zu erlernen und zudem eine Kutsche besitzen, die uns fährt. Außerdem werden wir uns um unsere Sicherheit und Nahrung keine Sorgen machen, da die Wachen ausreichend dafür sorgen.

»Ich habe eine Idee«, äußere ich vor Edward in der Kutsche.

Er sieht mich sehnsüchtig an, nimmt meine Hand und fragt: »Was für eine Idee, meine Königin.«

Es fühlt sich weiterhin falsch an, von ihm, als Königin bezeichnet zu werden und doch fühle ich mich dadurch geehrt. Edward küsst den Rücken meiner Hand und sieht zu mir auf.

»Wenn wir die Pferde und Reiter schlafen lassen, während wir üben, können wir reisen, während wir in der Kutsche schlafen. So würden wir deutlich früher in Trellgan ankommen.«

Er setzt sich auf und sieht mich näher an. »Glaubt Ihr nicht, wir sollten die Zeit nutzen, um zu lernen und unsere gemeinsame Zeit genießen. Wir müssen nicht bereits morgen ankommen.«

Ich sehe hinunter auf meine Hand, die er noch in seiner hält und auf den Ring, den er mir gegeben hat. Er wollte, dass ich seine Königin bin. Er schenkte ihn mir, weil er hoffte, ich wäre sie und nun bin ich es tatsächlich. Erst jetzt wissen wir voneinander, wer wir sind. Bereits vorher kannten wir uns, doch erst jetzt ist uns bewusst, dass wir uns tatsächlich gefunden haben. Er möchte die Zeit genießen, die wir zusammen haben, da es sein könnte, dass wir uns nach dem Kampf niemals wiedersehen. Edward küsst den Ring und hält seine Augen auf mich gerichtet.

Ich beginne zu lächeln. »Genießen wir unsere Zeit gemeinsam.«

Am frühen Abend bittet Edward den Kutscher darum anzuhalten. Er steigt aus und reicht mir die Hand, um mir hinaus zu helfen. Als ich aussteige, umgeben mich zahlreiche Wachen und Ritter aus Felsing. Ich habe das Gefühl, den Überblick zu verlieren, wenn ich sie alle ansehe.

11. Jan. 1471

Kann es sein, dass es mehr sind als zuvor? Waren es nicht tatsächlich weniger Ritter, als wir in Malovien ankamen? Edward scheint es nicht zu bemerken. Vielleicht bilde ich es mir nur ein. Doch wobei ich mich nicht irre ist, dass ich mich in Malovien verändert habe. Ich habe mich zum ersten Mal wie eine Königin verhalten. Ich war stolz und selbstbewusst. Ich bin als eine starke Persönlichkeit aufgetreten, die keine Schwächen zeigt und auf deren Wort man hört. Dies scheint auch Edward erkannt zu haben.

Zudem nennt er mich stets seine Königin. Ich weiß nicht, ob er es macht, weil er es möchte oder um den Schein vor den Rittern zu waren, doch durch das Gespräch in der Kutsche ist mir klar, dass er es möchte. Denn auch, wenn die Ritter uns nicht beobachten, sucht er meine Nähe. Scheinbar nun sogar mehr als zuvor. Ob es daran liegt, dass ich selbstsicherer bin, so wie ich es als Blair war?

Ich habe ihm gesagt, dass ich kämpfen lernen möchte, obwohl ich eine Frau bin und offensichtlich eine Bedienstete. Ich wollte mich als Frau wehren können und möchte es noch immer. Edward und meine Reise haben mir gezeigt, dass ich doch selbstbewusster und stärker bin als ich zuvor dachte. Ich kann alles schaffen, wenn ich es versuche. »Kein Weg zu weit.« Nun endlich verstehe ich tatsächlich, was er damit meint.

Wir sind gemeinsam draußen in den Weiten der Welt. Wir können unsere Zweisamkeit und die Ruhe genießen, bevor wir gemeinsam nach Kelvington zurückkehren und über unsere beiden Königreiche regieren. Niemand kann uns und unsere Taten verhindern. Es ist genau so, wie es vorher war, nur noch schöner. Wir fühlen uns verbundener. Dies zeigt sich auch in meinem Unterricht. Schon kurz nach der Abreise aus Malovien fühle ich mich besser. Ich bin stärker geworden. Auch Edward hat die Zeit in Malovien zu schaffen gemacht. Er weiß, wie viel mir dieser Ort bedeutet und was er zu bedeuten hat, denn dort hat meine Schwester diese Welt verlassen müssen, nachdem sie bereits meine Familie und mein Königreich verlassen hatte.

Wahrscheinlich hat er sich auch deswegen unwohl gefühlt. Er wusste, wie ich dabei empfinde und wollte nicht, dass ich mich unwohl fühle. Zudem war seine Furcht stark, dass er mich nun schon verlieren könnte.

Am nächsten Morgen beginnen wir, wie an jedem Tag zuvor, mit dem Unterricht. Wir üben, bis wir hungrig werden und in der Kutsche speisen, während der Kutscher bereits losfährt und uns nach Trellgan bringt. Am Mittag sitzen wir gemeinsam in der Kutsche und unterhalten uns miteinander.

»Wir haben uns noch nicht über Euer Leben in der Burg unterhalten.« Nein, bitte lasst uns nicht jetzt über meine Eltern und meine Flucht sprechen. »Wie habt Ihr Eure Zeit verbracht, wenn Ihr nicht gerade in Euer Notizbuch geschrieben habt?«

»Ich war sehr gern in der Bibliothek und habe gelesen. Jeden einzelnen Tag habe ich mich auf meine Terrasse gesetzt und gelesen. Meine beiden liebsten Orte sind die Bibliothek und unsere Terrasse. Beide Orte hat mir eine meiner Bediensteten gezeigt, als ich noch jung war.« Ich würde gern weitersprechen, doch es schmerzt mich.

Diese Orte wurden mir nur gezeigt, um mich vom Frust wegen Victorias Abwesenheit abzulenken und mir die schönen Seiten des Alleinseins zu zeigen.

»Wie habt Ihr Eure Freizeit in der Burg verbracht?«, frage ich schließlich ihn.

Edward beginnt zu lachen. »Ich hatte nicht besonders viel Freizeit. Schon zum Zeitpunkt meiner Geburt war klar, dass ich eines Tages König werde. So wurde ich dann auch erzogen. Wie Eure Schwester Victoria. Sie war ebenso wie ich von Geburt an Thronfolgerin, nicht wahr? Habt Ihr Euch mit Euren Geschwistern verstanden?«

Nun sind wir doch in meiner Vergangenheit mit Victoria angelangt.

»Wir haben uns sehr gut verstanden und waren immer füreinander da ...« Edward nickt und hört mir gespannt zu. Er scheint glücklich darüber, dass wir es geschafft haben trotzdem Zeit miteinander zu verbringen. »... Bis sie mit dem Unterricht beginnen musste und somit keine Zeit mehr für uns hatte«, ergänze ich.

In dem Moment verschwindet sein Lächeln und seine Stirn runzelt sich, als würde er nachdenken.

»Ich habe noch nie eine besonders gute Beziehung zu meinen Geschwistern gehabt.«

»Ihr habt Geschwister?«

»Zwei. Einen älteren Bruder und eine jüngere Schwester.«

»Wenn Ihr einen älteren Bruder habt, wie ist es dazu gekommen, dass Ihr Thronfolger seid?«

Edward räuspert sich, bevor er antwortet.

»Ihr müsst darauf nicht antworten.«

»Natürlich tue ich es. Mein Bruder ist der Sohn meines Vaters, doch nicht der meiner Mutter, der Königin. Mein Bruder war das Resultat der Nacht meines Vaters mit einer seiner Mätressen. Da er das uneheliche Kind ist, hatte er ab dem Zeitpunkt meiner Geburt keinen Anspruch mehr auf den Thron.«

»Also haben Eure Eltern keine liebliche Ehe?«

»Nein, bedauerlicherweise nicht. Sie sprechen eigentlich kaum miteinander.«

Es tut mir weh, dass Edward nicht in einem solchen Umfeld und mit liebevollen Eltern wie ich aufwachsen konnte. Ich habe zwar meine Schwester verloren, doch habe ich ihre

Liebe spüren können. Doch leider hatte er keine Gelegenheit, Liebe von seiner Familie zu bekommen. Ich werde ihm zeigen, wie sich Liebe anfühlt. Ich werde sie ihm zeigen und ebenso, dass Liebe etwas Großartiges ist.

Sobald die Sonne untergeht, hält der Kutscher und wir gehen hinaus an die frische Luft. Es fühlt sich gut an, frei zu sein, zu reisen und keine Sorgen zu haben. Ich bin mit meiner wahren Liebe unterwegs und erkunde die Welt, verbringe meine Zeit mit ihm und lerne ihn besser kennen sowie auch die Welt außerhalb von Kelvington. Ich werde ihn sehr gern zu meinem Mann nehmen, sobald meine Tat vollbracht und mein Versprechen eingelöst ist. Wir werden zurückreisen, heiraten und gemeinsam regieren. Ich werde ihm zeigen, dass eine Ehe aus Liebe bestehen und von ihr gehalten werden kann und natürlich all ihre guten Seiten zeigen.

Wir werden uns näherkommen und es wird sich wunderbar anfühlen. Wir beginnen mit dem Unterricht. Dieses Mal konzentriere ich mich voll und ganz auf Edward. Ich widme all meine Aufmerksamkeit ihm allein, wodurch wir ausgezeichnet vorankommen, denn heute lerne nicht nur ich allein, sondern auch Edward lernt inzwischen aus unseren Kämpfen dazu und beginnt neue Bewegungen zum Ausweichen und Zuschlagen auszuprobieren. Er scheint sehr zufrieden zu sein, denn sein Lachen strahlt mehr als je zuvor und es macht keinerlei Anzeichen sich wieder zu verflüchtigen.

Es ist ehrlich und bleibt bestehen. Es reicht bis zu seinen Augen, welche nun mit kleinen Lachfalten ausgezeichnet sind. Sein Lachen bringt auch mich zum Schmunzeln. Es ist zauberhaft. Es scheint mir, als würde ich nicht mehr aufhören können, mit ihm zu lachen und es ist absolut großartig. Er kümmert sich um mich und ich mich um ihn. Ich werde ihn nicht mehr von mir fortlassen. Das zeige ich ihm mit einem Kuss. Er möchte mich angreifen, doch ich halte inne und trete einen Schritt näher, sodass wir direkt voreinander stehen.

Wir sind uns so nah, dass ich seinen Atem auf meiner Haut verspüre. Ich schlinge meine Arme um seinen Hals und drücke ihn fest an mich, ohne meinen Blick von seinen bezaubernden blauen Augen abzuwenden. Dann küsse ich ihn. Nicht wie in der Kutsche zuvor, sondern viel intensiver. Seine Lippen verschmelzen mit meinen und ich fühle mich besser als je zuvor. Gleichzeitig vergrabe ich meine Hände in seinen wuscheligen Haaren.

Ich liebte es allein zu sein, doch seit ich Edward kennengelernt habe, verbringe ich die Zeit mit ihm und unter Menschen. Zuvor wollte ich allein auf der Terrasse, mit meinen Büchern, sitzen, doch nun würde ich eher mit Edward zusammen die Welt erkunden. Ich spüre wie sein Mund sich leicht öffnet und seine Zunge leicht über die meinen Lippen streicht. Im nächsten Moment habe auch ich meinen Mund geöffnet. Seine Zunge und meine berühren sich und bewegen sich zärtlich aneinander.

Es ist wie ein kleines Spiel, das sie spielen. Doch dann entfernen sich Edwards Lippen plötzlich von meinen. Verwundert öffne ich langsam meine Augen und sehe, wie er mich ansieht. Ich meine zu erkennen, wie seine Liebe zu mir steigt, die Nähe zwischen uns noch inniger wird und plötzlich wissen wir beide, dass wir uns niemals mehr allein lassen werden. Ich drehe meinen Kopf zur Seite und lege ihn auf seine Brust. Erneut schließe ich die Augen und genieße seine Gegenwart. Schließlich wird diese noch angenehmer, als Edward seinen Kopf auf meinen legt. Er ist mir so nah. So nah habe ich noch niemanden an mich herangelassen. Zu Beginn war bereits eine Berührung seiner Hand intim und überwältigend, doch nun möchte ich noch mehr als das hier. Ich weiß nicht, was genau, doch ich weiß, dass ich ihn für mich haben möchte.

Edward scheint dieses Gefühl ebenso zu empfinden und küsst mich mitten auf den Mund. Er lässt seine Zunge bei sich, doch packt mich an der Taille und hebt mich hoch. Instinktiv schlinge ich meine Beine um seine Hüfte, um ihm näher zu sein. Noch immer verschmelzen unsere Lippen miteinander.

Im nächsten Augenblick bemerke ich, dass Edward sich bewegt, doch ich sehe nicht wohin. Meine Augen halte ich geschlossen, bis ich mit dem Rücken gegen eine Wand knalle. Vor Schreck öffne ich meine Augen und sehe Edward. Ich kann mich nicht umsehen, daher widme ich meinen Blick ihm allein. Doch nicht lange, da Edward im nächsten Moment seine Lippen auf meine legt. Eine Hand von ihm entfernt sich kurz von meiner Hüfte, sodass ich mich noch mehr an ihn drücke. Kurz löst er seine Lippen von meinen und atmet hörbar aus. Dann sind sie wieder an meinen. Ich möchte sie niemals von ihm ablegen. Es fühlt sich traumhaft an: weich, hingebungsvoll und sanft.

»Neigt Euren Kopf ein wenig«, flüstert er mir zu und ich gehorche.

Auf einen Schlag liege ich auf einer kleinen Bank und Edward ist nicht mehr bei mir. Ich spüre seine Nähe nicht mehr. Als ich meine Augen öffne, sehe ich Edward die Kutschentür von innen schließen. Er zieht die Gardinen vollkommen zu, sodass niemand herein sehen kann. Dann betrachtet er mich. Ich hingegen liege auf der kleinen Bank und erwarte seine Rückkehr. Im nächsten Augenblick ist er über mir. Wir küssen uns und ich schlinge meine Beine um seinen Körper.

»Wagt es nicht, wieder fortzugehen«, stöhne ich leise auf. Ich bekomme keine Antwort, doch ich benötige sie auch nicht. Sein gesamter Körper presst sich an den meinen und ich weiß, dass er sich nicht mehr von mir lösen wird. Er widmet sich ganz mir und ich widme mich ihm. Wir sind eins und keiner wird uns voneinander trennen können.

»Ich möchte Euch etwas zeigen«, spricht er leise zu mir. Beinahe so als würde er nicht wollen, dass die Wachen uns hören. Dann stützt er sich mit seinen Armen neben meinem Haupt ab und sieht mich von oben herab an. Er betrachtet mich, als wäre ich eine Heilige.

Gespannt nicke ich ihm zu. Folglich stellt er sich auf und entfernt sein Hemd von seinem Körper. Ich drehe mich zur Seite und halte meinen Kopf auf meiner Hand gestützt oben, während ich ihn beobachte.

Sein nackter Rücken zeigt zu mir. Es ist ein muskulöser Rücken, der mich zur Ohnmacht gebracht hätte, wenn ich nicht gerade liegen würde. Im nächsten Moment dreht er sich seitlich zu mir, sodass ich seine starken Arme erkenne, die ich bereits unter seinem Hemd erfassen konnte. Plötzlich nehme ich wahr, dass er an seinen Hosenbund fasst.

»Was habt Ihr vor?«, unterbreche ich ihn.

Dann dreht er sich ganz zu mir. Er betrachtet mich erneut und beginnt zu lächeln, sobald er meine Haltung sieht. Er tritt den Schritt näher und gibt mir einen Kuss. Mein Gesicht behält er in seiner Hand gefasst, während die andere dabei ist, seinen Hosenbund zu öffnen.

»Ich wollte Euch doch etwas zeigen.«

Es klingt nach keiner Aufforderung, sondern eher nach einer Frage. Möchte ich wirklich wissen, was mir bevor steht? Wenn ich es erfahren möchte, würde er es mir zeigen.

Er bemerkt mein Stocken und verharrt in seiner Position. Sein Bund ist bereits geöffnet, doch er hält inne und hockt sich vor mich. »Seid Ihr bereit?«

»Bereit wofür?«

Er küsst mich wieder.

»Das möchte ich Euch zeigen. Ihr könnt jederzeit Einwand einlegen, sobald Ihr Euch nicht sicher fühlt.« Seine Stimme ist sanft und einfühlsam.

Er sorgt sich um mein Wohlbefinden. Ich weiß nicht, was auf mich zukommt und fühle mich deswegen etwas unbehaglich, doch ich weiß, dass ich es beenden kann, wenn ich etwas nicht möchte. Ich vertraue Edward. Ich vertraue ihm mein Leben im Kampf an. Warum sollte ich ihm nun nicht auch hier vertrauen? Ich nicke erneut, doch er rührt sich nicht.

»Ich möchte Eure Zustimmung hören. Euch wird nichts geschehen, was Ihr nicht wollt.«

»Ich bin bereit«, antworte ich.

Dann stellt er sich aufrecht und lässt seine Hose zu Boden fallen. Mein Blick folgt ihr. Dann nimmt Edward die Hose, die noch um seine Beine liegt und zieht sie sich vollkommen aus. Nun steht er da: vollkommen ohne Kleidung und direkt vor meinen Augen.

Mein Blick möchte sich an Edwards Gesicht wenden, doch bleibt an seinem Glied hängen. Er sieht anders aus als ich. Als ich in sein Gesicht sehe, scheint seine Mimik leicht besorgt, doch auch überzeugt.

»Setzt Euch auf«, verlangt er im ruhigen Tonfall.

Ich gehorche und setze mich auf. Seine Hand wandert an mein Gesicht und im nächsten Moment spüre ich seine Lippen auf meinen. Ich schließe meine Augen und genieße das Geschehen. Seine Hände gleiten hinunter, unter meine Brust. Er scheint meine Kleidung ebenfalls öffnen zu wollen.

Ich greife seine Hände und wir beide erstarren. Ich führe sie wieder hinauf zu meinem Gesicht. Edward scheint nicht zu wissen, was ich vorhabe und folgt den meinen mit seinem Blick. Diese gleiten zurück zu meinem Bauch. Dort öffne ich selbst mein Oberteil und lege es ab. Dann hilft Edward mir beim Ausziehen.

Während ich meine Hose zu öffnen beginne, sieht er weiter zu mir. Ich dachte, er würde mich genauso betrachten wie ich ihn, doch er behält seinen Blick an meinem Gesicht. Erst als ich meine Hose zu Boden fallen lassen, spüre ich seinen Blick auf meiner Brust. Sofort stürzt er sich auf mich und wir liegen zusammen auf der Bank. Eine Hand von ihm liegt unter meinem Haupt. Wahrscheinlich um meinen Kopf zu schützen und es mir gemütlicher zu machen.

Seine andere streift meine Hose über die Füße und wirft die Schuhe mit ihr zu Boden. Sofort umhüllt mich die kühle Winterluft und ich beginne zu zittern. Die Hand, die zuvor mit meiner Hose beschäftigt war, packt nun mein Fußgelenk. Während sein Griff stärker wird, wird auch sein Kuss intensiver. Zugleich löst er meinen Dutt und vergräbt sich in meinen offenen Haaren. In dem Moment lockert sich sein Griff an meinem Gelenk und er gleitet an meinem Bein entlang hinauf zu meinem Oberkörper, auf meinen Bauch und zu meiner Brust.

Er umfasst sie mit seiner gesamten Hand und packt sie leicht und vorsichtig. Kurz darauf löst sie sich und wandert weiter hinunter. Zwischen meinen Beinen bleibt sie liegen. Sie befindet sich genau an der Grenze zwischen Bein und meinem Intimbereich. Plötzlich bemerke ich, wie sich Lust in mir ausbreitet und ich bekomme erneut Gänsehaut. Doch dieses Mal nicht, weil mir kalt ist, sondern wegen meiner Gefühle. Es fühlt sich wunderbar an, doch er entfernt seine Lippen erneut von meinen. Enttäuscht sehe ich ihn an.

»Wollt Ihr, dass ich weitermache?«

»Ja«, stoße ich hingebungsvoll aus.

Sofort sind seine Lippen wieder auf den meinen und seine Hand wandert zwischen meine Beine. Sie geht auf und ab, streicht über meinen Körper und zurück in meinen Intimbereich, hinauf und zurück, bis ich schließlich einen leichten Stoß verspüre und an seinem Mund aufstöhne. Seine Hand geht weiterhin sanft auf und ab, doch streicht nicht mehr über meinen Körper. Er fühlt sich himmlisch an. Mein Atmen wird lauter, mein Körper erwärmt sich und die Verbundenheit zu Edward steigt mit jedem Augenblick. Ich ziehe seinen Kopf zu mir und küsse ihn intensiver. Er soll meine Lust und Wohlbefinden spüren. Er soll das Gleiche fühlen wie ich in diesem wunderbaren Moment. Mit jeder Sekunde wird es intensiver und intensiver, doch dann hört er plötzlich auf. Er nimmt seine Hand fort von meinen Beinen, stützt sich über mich auf und sieht mich an.

»Wollt Ihr mehr?« Sein Blick wirkt inniger und vertrauter als sonst.

Ich habe noch nie zuvor mit jemandem solch eine Verbundenheit verspürt.

»Ja.« Meine Antwort ist klar und deutlich. Keinerlei Zweifel hege ich zu diesem einen Wort.

»Es könnte kurz wehtun.«

»Verstehe«, antworte ich mit einem lauten Atemzug.

Dann senkt er seinen Kopf und sieht an uns hinab. Ich behalte sein Gesicht die gesamte Zeit über im Blick. Er ist so attraktiv und hübsch. Erneut spüre ich einen Stoß. Dieser ist stärker als die vorherigen Male. Sie sind stärker, intensiver und besser. Er presst seine Hüfte an meine und ich stöhne laut auf. Sein gesamter Unterkörper bewegt sich leicht vor und zurück und mit jedem Mal verspüre ich mehr Lust. Sofort führe ich sein Gesicht mit meiner Hand zu mir hinunter.

Sein Mund, ist leicht geöffnet wie meiner und wir atmen schwer.

Trotzdem presse ich seine Lippen auf meine. Ich möchte ihn nicht von mir entfernt haben. Mit der Zeit werden die Stöße noch schneller und kräftiger. Immer weiter. Ich weiß nicht, wie lange wir bereits diesen himmlischen Akt der Liebe vollziehen, doch ich wünschte es würde niemals enden.

Am nächsten Morgen finde ich mich unter einer Decke in der Kutsche wieder. Edward liegt angezogen neben mir und hat seinen Arm über meine Hüfte gelegt. Es war ein unglaublicher Tag. An diesem Morgen haben wir nicht gemeinsam gekämpft. Wir sind wach geworden und haben bemerkt, dass die Sonne bereits seit Langem aufgegangen ist. So setzen wir uns in die Kutsche und frühstücken entspannt, während der Kutscher uns weiter nach Pantolow führt.

»Wollt Ihr eines Tages Kinder haben?«, unterbreche ich die Stille, die zuvor zwischen uns herrschte.

»Natürlich, doch sparen wir uns dieses Vergnügen für unsere Hochzeitsnacht auf.«

Er gibt mir einen kurzen Kuss auf die Stirn und beginnt zu grinsen, während er mein Gesicht betrachtet. Auch ich muss schmunzeln. Bei ihm fühle ich mich besonders. Natürlich bekomme ich den Eindruck schon in der Burg durch meine Bediensteten und meine Eltern vermittelt, da ich die zukünftige Königin bin, doch bei Edward ... Bei Edward ist es anders. Bei ihm habe ich mich bereits besonders gefühlt, bevor er überhaupt wusste, wer ich tatsächlich bin.

Nun ist unser Gespräch beendet. Auch während des Essens haben wir kein weiteres Wort mehr miteinander gewechselt. Schließlich, nach dem Essen, setzen wir uns auf die Bank nebeneinander und halten uns an der Hand. Die Ruhe um uns herum ist keine unangenehme Stille. Sie stört mich nicht, denn dieser Augenblick, in dem wir einfach unsere gegenseitige Anwesenheit genießen, ist genug. Ich benötige nicht mehr als das Gefühl, Edward bei mir zu wissen.

Am Abend halten wir etwas früher an, um uns intensiver mit unseren Kampffähigkeiten auseinandersetzten zu können, da wir die übliche Zeit am Morgen verschlafen haben.

Wir kämpfen und lösen unsere Blicke nicht voneinander. Schon nach kurzer Zeit befinde ich mich allerdings in Edwards Armen.

»Dies sollte im Kampf nicht geschehen«, witzelt er.

»Ich weiß«, antworte ich mit einem Grinsen und gebe Edward einen Kuss.

Eigentlich ist es einfacher, wenn er mir einen gibt, da er größer ist als ich. Er muss sich nur ein kleines Stück ducken, um zu mir hinunter zu kommen, doch ich muss mich auf Zehenspitzen stellen, um an seine Lippen zu gelangen. Nach dem kurzen und auch wunderbaren Augenblick wenden wir uns wieder dem Unterricht zu.

Dieser verläuft noch besser als die vorherigen, da wir beide voller neuer Energie zu sein scheinen. Es sind die besten Kampfeinheiten, die beste Nacht und der beste Tag, die ich je erleben durfte.

Als Edward und ich uns in die Kutsche setzen, um uns schlafen zu legen, spricht der Kutscher kurz mit uns: »Wir werden morgen Mittag ankommen.«

»Vielen Dank«, antworte ich dankbar und setze mich mit Edward in die Kutsche hinein.

Die letzte Nacht vor der Ankunft. Eventuell wird es auch meine letzte sein. Doch dann wäre dieser letzte Tag zumindest der beste gewesen, den ich je erlebt habe.

KAPITEL 27

Wie vom Kutscher versprochen, kommen wir am nächsten Tag am Mittag in Trellgan an. Edward und ich setzen unsere Kronen auf und warten gespannt auf unseren Einlass. Die Tore von Trellgan werden alleinig mittels einer Frage kontrolliert. Diese lautet: »Wer befindet sich in Eurer Kutsche, Kutscher?«

»König Edward von Felsing und Königin Eleonore von Kelvington«, antwortet unser Kutscher trocken.

Dann fährt die Kutsche los. Doch bevor wir die Tore von Trellgan durchqueren, gebe ich Edward einen letzten Kuss. Ich liebe seine Nähe, seinen Körper, seinen Charakter, die Art, wie er sich verhält und niemanden verurteilt. Er wird ein außergewöhnlicher König mit einer außergewöhnlichen Königin an seiner Seite sein.

»Ich liebe Euch.«

Er nimmt mein Gesicht in die Hand und sieht mir tief in die Augen. Diese Augen ...

»Ich liebe Euch ebenfalls, meine Königin.«

Ich spüre, wie meine Wangen sich erwärmen. Seine Stimme lässt mich dahinschmelzen und die Worte erhitzen mich. Diesen Satz würde ich liebend gern öfter von ihm hören.

»*Küss mich*«, flehe ich Edward in Gedanken an, während er mich innig ansieht, doch er macht es nicht.

Stattdessen setzt er sich aufrecht hin und sieht nach vorn. Wie ein wahrer König.

Als wir in der Burg von Trellgan ankommen, steht der König bereit mit seiner Königin am Eingang und erwartet uns.

»Ich habe die Nachricht erhalten, dass Ihr den Kronprinzen Nikolai von Malovien sucht. Ist dies korrekt?«, spricht der König zu mir.

»Wir wünschen mit ihm zu sprechen«, bestätige ich seine Frage. Meine Miene bleibt währenddessen fest, um ihn von mir zu überzeugen. »König Henry hat uns darum gebeten, Euch zu ihm zu bringen, doch Euer Gemahl darf Euch nicht geleiten.«

Ich sehe Edward an. Welchen Grund sollte es dafür geben? Vor einigen Tagen hat König Henry nicht einmal das Königreich des Aufenthaltsorts seines Sohn geäußert, doch nun wünscht er mich direkt zu ihm bringen zu lassen. Aber warum darf Edward mich nicht geleiten? Ich verstehe es nicht und nehme dies nicht an. Es könnte ein Hinterhalt sein. Sollte es das sein, möchte ich, dass Edward an meiner Seite kämpft.

»Ich lehne Euer Angebot ab. Ihr werdet mich zu dem Kronprinzen bringen, wie es König Henry wünscht, doch werde ich nicht ohne meinen König fahren!«

Der König und die Königin scheinen überrascht zu sein. Sie sehen sich an und verständigen sich mit einfachen Blicken.

»Wenn König Edward mit Euch kommt, müssen wir darauf bestehen, unsere Wachen mitzunehmen.«

»Ich verstehe«, äußere ich und bin mit dem Resultat soweit zufrieden.

So war der Handel. Im nächsten Moment bekommen wir eine Kutsche von Trellgan und werden zum Kronprinzen Nikolai von Malovien gebracht, doch gleichzeitig halten Edward und ich uns bereit, falls es doch ein Hinterhalt sein sollte.

Nicht weit von der Burg von Trellgan entfernt befindet sich ein großer Hügel, den ich noch nicht als Berg bezeichnen würde. Diesen fahren wir auf direktem Wege hinauf. Unterwegs betrachte ich weiterhin den Himmel. Er ist düster und bewölkt. Als wüsste er, dass bald etwas Schreckliches bevor steht: ein Kampf um Leben und Tod, ein Kampf um Frieden und Gerechtigkeit und ein Kampf gegen einen Mörder. Edward hingegen scheint, anders als noch vor dem Ankommen in Malovien, ruhig zu sein. Dort war er aufgeregt und besorgt, doch nun scheint er keine Angst zu haben. Er weiß, dass wir gewinnen werden, er weiß, dass wir füreinander da sein werden, er weiß, dass ich mich wehren kann wie niemand anderes und er weiß, dass wir uns niemals verlieren werden.

Sein Blick gilt fest entschlossen der Wand der Kutsche. Er starrt sie an und wartet auf unsere Ankunft. Kein Muskel seines beeindruckenden Körpers regt sich und leider berührt er mich auch nicht. Plötzlich höre ich ein leichtes Prasseln auf dem Dach der Kutsche. Ist das Regen? Es scheint so. Der Himmel ist bedeckt von pechschwarzen Wolken und der Boden wird durch den leichten Regen angefeuchtet. Zwar ist der Regen nicht stark, doch trotz dessen stark genug, dass er sich erkennbar macht. Es ist deutlich, dass der Himmel mir mitteilen möchte, dass ich bald erfahren werde, wer der Schuldige ist und ihn schon bald vor mir stehen haben werde, dass bald der Kampf beginnt und, dass ich vorbereitet sein sollte.

Nun endlich kommen wir an. Vor meinem Fenster erkenne ich ein kleines Häuschen aus Stroh und Stein. Vor dem

Häuschen steht ein Pferd, welches angeleint im Regen auf einer großen Wiese steht und das Essen genießt, das ihm noch zur Verfügung steht. Schon bald wird das Gras von der Kälte ungenießbar werden. Dann halten wir. Ich habe klare Sicht auf die Tür des Häuschens und erwarte bereits den Kronprinzen durch die Tür treten zu sehen, doch es geschieht nicht. Stattdessen sehe ich die Gardine sich an einem Fenster bewegen, durch welches ein junger Mann sieht. Mit großen Augen sieht er hinaus auf die riesige Gruppe, bestehend aus einer Kutsche und Wachen aus Felsing und Trellgan. Edward und ich steigen aus der Kutsche und treten dem Häuschen näher. Edward scheint die Person am Fenster nicht zu bemerken, doch ich beobachte die männliche Gestalt, während sie uns beobachtet.

Ist das Kronprinz Nikolai? Ich verstehe seine Vorsicht, schließlich ist er hier, weil jemand ihn töten lassen möchte. Er ist in Gefahr und sollte niemandem öffnen und vor allem nicht, wenn Ritter aus einem fremden Königreich anwesend sind. Edward klopft an die Tür. Der junge Mann am Fenster erschrickt und verschwindet im nächsten Moment. Ich kann nur noch eine schwingende Gardine erkennen, die zurückfällt. Edward und ich sehen uns an, ohne zu wissen, was wir tun sollten. Einen Augenblick später öffnet jemand die Tür.

»Wer seid Ihr?«, fragt er mit aufrechter Körperhaltung und stolzem Ton und wendet seinen Blick zu Edward.

Nikolai ist in normaler Dorfkleidung gekleidet, die ich bereits von Mr. Harris und Ann kenne. Offensichtlich sollte er so tun, als wäre er ein Untertan, doch seine Verhalten zeigt deutlich, dass er in einem ranghöheren Ort erzogen worden ist.

»König Edward von Felsing und Königin Eleonore von Kelvington«, antwortet Edward lautstark.

»Ihr seid bereits verheiratet?«, fragt Nikolai nach.

»Nein, noch nicht. Wir sollten es sein, doch ich bin fortgegangen, um mit Euch zu sprechen.« Gewollt, lasse ich die gesamten Geschehnisse außen vor, um nicht allzu viel auf einmal auf Nikolai einzusprechen.

»Worüber wünscht Ihr mit mir zu sprechen?«

»Ich wünsche, über den Tag des Angriffs zu sprechen.« In dem Moment werden Nikolais Augen ganz weit geöffnet. »Ich verstehe, wenn Ihr über diese Ereignisse nicht sprechen wollt, doch es ist mehr als wichtig und Ihr würdet mir einen Gefallen tun, wenn wir unter sechs Augen sprechen könnten. Euch würde dann offen stehen, zu welchen Fragen Ihr tatsächlich antwortet.«

Nikolai tritt aus dem Häuschen hinaus und geht den Hügel hinauf. »Folgt mir«, befiehlt er uns und geht weiter voran.

Edward und ich folgen seiner Bitte. Er führt uns auf einen höheren Punkt des Hügels und betrachtet das Königreich. Die Aussicht ist wunderschön. Von hier kann man die Städte von Trellgan, die Mauern als auch das freie Land außerhalb der Grenzen von Trellgan sehen. Mir fällt auf, dass das Land hier voller Berge und Hügel ist. Es ist eine Landschaft, die ich so noch nicht zu Gesicht bekommen habe. Ich werde wohl diesen Ort nun auch zu einem meiner schönsten zählen. Nikolai dreht sich zu mir und Edward um. Dabei betrachtet er mich mit einem leichten Lächeln und Edward mit einem finsteren Blick.

»Der Tag des Angriffs war einer der schönsten und schlimmsten Tage meines Lebens«, fängt Nikolai an zu erzählen.

Dann macht er eine leichte Handbewegung zu ein paar Baumstämmen, die aneinandergereiht auf dem Boden liegen. Ich setze mich und sehe zu Nikolai, der augenscheinlich jede Bewegung von Edward genauestens zu beobachten scheint.

»Victoria und ich haben uns bestens verstanden. Zu diesem Zeitpunkt war uns beiden bereits bewusst, dass wir gerne miteinander reagieren würden. Sie hat mich glücklicher gemacht als jemals etwas oder jemand anderes. Allein ihre Präsenz brachte mich zum Staunen. Soweit ich weiß, sollte eigentlich ich am Tag des Angriffes hingerichtet werden, weswegen ich weggebracht und hier untergebracht wurde. Ich habe gehört, dass die Ritter des Feindes ...« Seine Miene verfinstert sich. Das Wort »Feind« hat er langsam ausgesprochen. Ich vermute, um es zu betonen, doch er scheint auch leicht nachdenklich dabei zu sein. »... nach meiner Abwesenheit Victoria in ihre Gewalt gebracht haben. Ich wollte zu ihr, doch ich durfte nicht. Ich wurde zu meinem eigenen Schutz in meiner eigenen Kutsche als Gefangener genommen.« Er atmet kurz auf, bevor er fortführt: »Ich weiß leider nicht, was geschehen ist, nachdem Victoria in Gewahrsam genommen wurde. Ich hoffe, Victoria wurde an einen sicheren Ort gebracht worden, so wie auch ich.«

Sein Gesichtsausdruck wird plötzlich traurig. Er scheint sie sehr zu vermissen. Ich kann es ihm nicht übel nehmen, schließlich habe auch ich die Freude geliebt, die Victoria ausgestrahlt hat, wenn ich mit ihr Zeit verbracht habe.

»Victoria ...« Ich muss schlucken.

Es fällt mir schwer seine Hoffnungen zu zerstören, doch es wäre ihm gegenüber nicht fair, wenn ich ihm nicht die Wahrheit sagen würde. Ich stehe auf und nähere mich Nikolai. Seine Augen verdunkeln sich mit jedem Schritt, den ich näher komme. »Victoria ... wurde getötet.« Nikolai zeigt keinerlei Reaktion auf meine Worte.

Er muss es erst einmal verarbeiten. Auch ich habe einen Moment gebraucht, um zu verstehen, dass ich sie niemals mehr wiedersehen werde. Dann sieht Nikolai zur Seite. Ich kann seine Augen nicht mehr erkennen.

»Es tut mir sehr leid für Euch.« Meine Stimme sollte einfühlsam und betroffen klingen, doch es klang mehr als nur trauernd, als würde ich mich selbst bemitleiden. Nun sieht er zu mir. Seine Augen sind gläsern.

»Ihr müsst mich nicht bemitleiden, schließlich ist Euer Verlust größer.« Er klingt entschlossen und traurig, gleichzeitig kann ich einen wütenden Unterton vernehmen.

Ich sehe Nikolai weiterhin berührt an. Währenddessen wandern seine Augen an mir vorbei, hinter mich. Ich drehe mich um und sehe Edward hinter mir stehen. Als ich mich zurück zu Nikolai drehe, hält er bereits mein Schwert in der Hand. Er hat es aus meinem Träger gezogen und steht nun bewaffnet vor mir.

»Ihr wart es!«

Nikolai sieht nicht zu mir, sondern zu Edward, der hinter mir steht und mich von Nikolai wegzieht. Anscheinend möchte er mich aus der Situation holen, denn unbewaffnet sollte ich nicht in einen Kampf geraten. Verwundert sehe ich zu Edward auf, der Nikolai wütend ansieht. Er stößt mich von sich fort und zückt sein Schwert, nachdem Nikolai Andeutungen macht, auf ihn einzuschlagen. Edward wehrt sich wie zuvor mit mir beim Unterricht.

»Eleonore! ... Ihr müsst mir glauben! ... Es waren Wachen aus Felsing, die uns an diesem Tage angegriffen haben! ...« Nikolai ruft es mir lautstark zu.

Ich stehe währenddessen wie erstarrt einfach daneben und betrachte die beiden beim Kämpfen. Was hat er gerade gesagt? Ritter aus Felsing waren anwesend und haben sie angegriffen? War es tatsächlich Edward?

Nun wird mir einiges deutlich. König Henry von Malovien, König Ludwig von Trellgan ... Sie beide wollten mich und Nikolai von Edward fern halten. Könnte es wirklich sein? Ist Edward der Schuldige?

KAPITEL 28

Der Regen wird stärker und prasselt auf uns. Der Boden wird schlammig und rutschig, während unsere Kleidung feucht und schwer wird. Ich beobachte Edward und Nikolai weiterhin bei ihrem Kampf. Gekonnt und mit Leichtigkeit weicht Edward allen Schritten von Nikolai aus und wehrt sich, doch es scheint, nicht als würde Edward Nikolai treffen wollen.

Edwards Ritter waren dort ... Edwards Ritter waren dort ... Edwards Ritter waren dort! Ich kann es nicht glauben. In einem Moment wird mein Herz in zwei Teile zerrissen. Ich konnte Nikolais Liebe zu Victoria mit der von mir zu Edward vergleichen. Doch nun ...? Nun ist er derjenige, weswegen dies alles geschieht.

Mit jedem Gedanken brodelt meine Wut stärker. Ich sehe zu, wie Nikolai und Edward miteinander kämpfen. Wenn es wahr ist ... Wenn es wirklich wahr ist und Edward mit all dem, etwas zu schaffen hatte, warum hat Nikolai nicht bereits bei unserer Ankunft gesagt, dass die Ritter von Felsing die Übeltäter waren?

Nikolai hat einen hasserfüllten Gesichtsausdruck und seine Augen beginnen zu tränen, während er weiter mit meinem Schwert auf Edward einschlägt. Es sieht so echt aus. Ob er solche Gefühle schauspielern kann? Edwards Gesicht kann ich nicht erkennen, da er mit dem Rücken zu mir steht. Nikolai wusste nicht, dass Victoria verstorben ist. Er hoffte, sie wäre in Sicherheit. Vielleicht dachte er sogar, dass sie zurück in Kelvington ist und wir deswegen hergekommen sind.

Er hat nichts gesagt, weil er Hoffnungen hatte. Und ich habe sie zerstört ...

Es gab so viele Andeutungen. Bereits König Henry hat jegliche Bewegung von Edward beobachtet und er schien Furcht vor ihm zu haben. Ich hatte auch bereits die Vermutung, dass er irgendetwas verheimlicht. Warum hat er es mir nicht erklärt? Vielleicht wird er tatsächlich bedroht.

Und dann noch der Hauptmann des Kommandos. Auch er hat davon gesprochen, dass ich noch nicht dahintergekommen wäre, dass »er« es wäre. Es war nicht einfach nur irgendein »er«, es war Edward! Derjenige, der vor den Türen der Zelle stand und dem ich vertraut habe!

Ich bemerke, wie mein Atem schwerer und mein Puls stärker wird. Meine Hände ballen sich zu Fäusten. Edward hat mich hintergangen. Ich habe mich ihm anvertraut, mich ihm hingegeben und er hat mein Vertrauen missbraucht. Er war der Schuldige, den ich die gesamte Zeit über gesucht habe. Ich habe nach dem Schuldigen gesucht, ohne zu wissen, dass er direkt vor mir steht. Die gesamte Zeit über. Ich habe mich derart getäuscht ...

Nikolai verliert sein Schwert und fällt zu Boden. Tatsächlich hatte ich damit gerechnet, dass Edward diesen Kampf gewinnen würde, schließlich habe ich mit Edward geübt und er ist der beste Kämpfer, den ich kenne. Ich bin die einzige Person, die gegen ihn kämpfen kann, denn er hat auch von mir gelernt. Um ihm zu besiegen, muss der entscheidende Angriff unvorhersehbar sein.

Edward steht vor Nikolai und hält sein Schwert fest in der Hand, während Nikolai vor ihm auf dem Boden liegt. Die Gefühle in seinem Gesichtsausdruck vermischen sich: Ärger, Wut, Angst, Trauer ...

Ich packe mein Schwert, das Nikolai mir entwendete und im Kampf verlor. Dann trete ich näher. Er war derjenige, den ich die ganze Zeit über gesucht habe und er war an meiner Seite. Er versprach, er würde mich beschützen und unterstützen, mir helfen bei meiner Suche und im Kampf auf meiner Seite stehen. Er hat mich benutzt und ausgenutzt. Er hat mich hintergangen. Ich stelle mich hinter Edward. Im nächsten Moment steche ich zu. Edward stöhnt laut auf vor Schmerz. Er hat meine Schwester ermordet und mir die Liebe genommen. Er war meine Liebe, doch nun muss sie gelöscht werden. Er wird nicht auch noch ihre Liebe töten.

Ich habe ihn genau so getroffen, dass er seinen Arm nun nicht mehr bewegen kann, allerdings lebt er noch. Als ich ihm das Schwert mit einem Ruck herausziehe, fällt er vor mir zu Boden und sein Schwert ebenso. Er kniet vor mir, schmerzerfüllt und regt sich nicht. Selbst sein Schwert versucht er nicht zu greifen. Nikolai steht schnell auf und geht mehrere Schritte zurück, während ich weiterhin Edward beobachte. Er soll es nicht wagen, sich zu bewegen. Ich sehe, wie ihm langsam das Blut an seinem Rücken herunterläuft. Die Pfütze auf seinem Rücken wird größer. Er krümmt sich nach vorn und stöhnt auf. Er wird es überleben.

Langsam und Schritt für Schritt gehe ich um Edward herum und behalte ihn dabei weiter im Auge. Es wäre nicht edel von mir, ihn von hinten zu töten. Dann stehe ich vor ihm. Ich hocke mich hin und sehe ihm in die Augen. Er soll mich ansehen. Er soll sehen, wem er all dies angetan hat. Er soll sehen, wem er den Tod zu verdanken hat. Nun sieht er mich an. Das Einzige, das ich in seinem Blick entdecken kann, sind Schmerz und Trauer. Aber ... sehe ich dort auch einen Funken Hoffnung? Ich richte mich auf. Ich muss all meinen Mut zusammen nehmen. Ich liebe ihn und doch hasse ich seine Taten. Ich habe Victoria ihre Gerechtigkeit versprochen. Ich habe sogar Edward selbst geschworen, stets mein Wort zu halten. Er weiß, was ihm bevor steht. Die schönen blauen Augen, die ich zuvor lieben lernte, sind nun erloschen. Es zählt nur noch mein Versprechen. Edward schließt seine Augen und stellt seinen Körper aufrecht. Noch kniet er vor mir. Nein! Er darf nicht in Ehre und Stolz sterben! Es soll meinen Schmerz spüren! Ich sehe zu ihm herab.

»Sieh auf!«, befehle ich streng. »Du hast meiner Familie Leid zugefügt. Nun werde ich dir das gleiche Leid geben.« Edward öffnet seinen Mund, doch ich warte nicht auf seine Worte.

Ich weiß, wenn ich jetzt ein Wort von ihm hören würde, würde er es schaffen, mich zurück zu ihm zu bringen. Ich würde mein Versprechen und meinen Schwur brechen, nur um seine himmlische Stimme wieder hören zu können. Mit all meiner Kraft und meinen Emotionen steche ich ihm mein Schwert ins Herz. Er sollte dankbar sein, dass er einen schnellen Tod erleidet. In diesem Moment vermischen sich meine Gefühle. Ich verspüre Trauer, um die Liebe meines Lebens, Gerechtigkeit für meine Schwerster, Schuld, weil ich jemanden getötet habe und Wut auf all das Geschehene. Edward greift mit beiden Händen an das Schwert, das sich noch in seiner Brust befindet. Von seinen Händen beginnt Blut herunterzutropfen. Ich muss es herausziehen, doch ich kann es noch nicht. Der Schmerz ist noch nicht vorüber. Dieser Moment sollte all meine Sorgen auflösen, doch es geschieht nichts. Ich nehme nichts wahr, außer Edward und mich. Er ringt nach Luft und öffnet seinen Mund. Er scheint etwas sagen zu wollen.

»I... I... Ich ... w... war ... es ... nicht ...«

WAS? Seine letzten Worte sind eine solche Lüge? Ich dachte, ich würde ihn besser kennen. Ich dachte, er wäre ehrlich und würde zu seiner Tat stehen, doch schließlich hat er mich die gesamte Zeit über angelogen. Wusste er schon bei unserer ersten Begegnung, wer ich war?

Dann verspüre ich eine Träne, die über meine Wange läuft, die anscheinend all meine Gefühle enthält. Ich lasse los. Ich fühle nichts ... nichts als Leere. Ich ziehe das Schwert aus seiner Brust heraus. Edward sieht zu mir hinauf und fasst sich an die Wunde. Durch seine Finger fließt das dickflüssige Blut, das geradeso aus ihm heraus sprudelt. Es ist ... so viel Blut ... Ich sehe ihm in seine Augen, wie er auch in meine, und erkenne, dass seine Augen leerer werden. Er stirbt. Schließlich kippt er beiseite, auf den Boden. Neben ihm fließt die Blutlache, die immer größer wird. Er ist tot. Ich habe meine Liebe ermordet.

Ich dachte, ich würde wissen, wie der Tod aussieht, doch anscheinend habe ich mich geirrt. Ich drehe mich um und sehe Nikolai hinter mir stehen. Er betrachtet das Geschehene und ist wie erstarrt. Wahrscheinlich vom Schock. Dann erscheint ein leichtes Lächeln auf seinen Lippen, das sofort verschwindet, nachdem sich eine Träne von seinen Augen löst. Auch er scheint in diesem Moment für Victoria Gerechtigkeit zu verspüren.

Sowohl er als auch ich haben unsere Liebe verloren. Hinzu kommt, dass ich dachte, dass ich meine Liebe falsch eingeschätzt habe. Ich hatte ein falsches Bild von Edward. Ich dachte, es wäre meine Liebe. Ich dachte, es wäre eine Liebe, die niemals erloschen würde. Ich glaube sogar, dass sie das auch nicht wird. Ich habe meine Liebe zum Tode verurteilt und er selbst hat sich in diese Situation gebracht. Er selbst ist zu mir gekommen und hat mich begleitet, bis ich mein Ziel erreicht habe. Wie er es mir versprochen hat ... Dabei war er mir treu geblieben. Er hat mich vor Nikolai beschützen wollen, da ich unbewaffnet war und hat mich in der Schlacht nicht angegriffen.

Selbst dann hat er mich nicht angegriffen, als ich vor ihm stand und er wusste, dass er durch meine Hand sterben wird.

Er war, wie er es versprochen hatte, an meiner Seite geblieben und hat mich selbst bei dieser Tat unterstützt, bis er zum Schluss gestorben ist.

Ich atme tief durch, bevor ich wieder klar wahrnehmen kann, was geschieht. Ich benötige Ruhe. Ich werde sie bekommen, sobald ich nach Hause zurückkehre.

»Ich werde Königin werden und Ihr König«, beginne ich meine Rede vor Nikolai. »Ihr solltet nicht tatenlos herumstehen ...« Noch einmal muss ich tief Luft holen. »Ihr solltet für Euer Königreich kämpfen.«

Mit diesen Worten und, ohne auf eine Antwort zu warten, drehe ich mich um, gehe den Hügel hinunter und steige in die Kutsche ... Ohne Edward ... Ich werde heimfahren, zurück in mein eigenes Königreich. Die Kutsche fährt los, doch die Ritter um mich herum bleiben stehen. Es sind Ritter aus Felsing. Sie werden mich nicht begleiten, wenn Edward nicht an meiner Seite steht oder es ihnen befiehlt.

Hat er mich geliebt? War es bloß ein Spiel? All dies wird niemals beantwortet werden ... Doch darüber sollte ich nun nicht nachdenken. Ich sollte über die Zukunft meines Königreichs nachdenken und die Vergangenheit in der Vergangenheit lassen. Nun geht es zurück zu meinen Eltern und Untertanen. Ich werde mich vorbereiten, eine Königin zu werden. Ich werde Königin werden, doch nicht wie meine Vorgänger es waren. Ich werde eine andere Königin, eine bessere Königin. Ich werde eine Königin, die aus ihren Erfahrungen lernt.

»Nutze deine Erfahrungen, aber bleib nicht in ihnen. Nutze sie und verbessere die Zukunft.«

Erst jetzt verstehe ich, was Ann damals damit gemeint hat.

EPILOG

Als ich in Kelvington ankomme, erlebe ich Erschreckendes: Häuser brennen, das Volk brüllt, Kinder weinen und inmitten des Marktplatzes wird eine riesige Guillotine aufgestellt. Meine Eltern stehen daneben. Leiten sie etwa diesen Aufstand? Dann wird jemand hinauf auf die Bühne gebracht. Ich weiß nicht, wer es ist, da das Gesicht mit einem Stoffbeutel bedeckt wird, doch die Person trägt ein Kleid, also sollte es sich hierbei wohl um eine Frau handeln. Was hat sie wohl verbrochen, dass sie den Tod verdient hat? Was hat sie verbrochen, dass meine Eltern sie zum Tode verurteilt haben …? Haben wir nicht bereits genug verloren? Die Frau stolpert die Bühne entlang hinter die Guillotine. Dann wird ihr der Beutel abgenommen, damit jeder ihr Gesicht erblicken kann. Aber das kann doch nicht …

Ich falle zurück in die Vergangenheit.

Ich sitze auf der kleinen Bank vor dem Arbeitszimmer meines Vaters und warte vergebens. Dann kommt sie wieder, die Bedienstete, die mich bereits so oft aus meiner Trauer geholt hat. Sie steht vor mir und spricht kein Wort, sie hält mir ganz einfach ihre Hand entgegen. Sofort stehe ich von der Bank auf und nehme ihre Hand, wie auch in den letzten Jahren. Heute zeigt sie mir die Bibliothek, die mit hunderten von Büchern, Märchen und Welten, die in der Realität existieren und in der Fantasie erschaffen worden, gefüllt ist. Zuvor habe ich mich nie für Bücher interessiert, doch nun stellt sie mir ein paar von ihnen vor. Das erste Buch, dass sie mir zeigt, handelt von einem Mädchen, das zu Beginn viel trauert und später dann eine der einflussreichsten Persönlichkeiten wird. Der Titel lautet: »Eine Macht aus Nichts.«

Mit dem Buch in der Hand geleitet sie mich an eine kleine Terrasse, auf der anderen Seite der Burg, sodass ich meine Zeit ganz mir selbst widmen kann. Das war der Moment, in dem ich das Lesen lieben lernte und die Terrasse zu meinem Lieblingsort geworden ist.

Eines Tages schenkt sie mir ein leeres Buch. »Doch was soll ich mit einem leeren Buch?«

»Füllt es mit Eurer eigenen Geschichte.« Mit diesen Worten reicht sie mir Tinte und Feder.

»Danke dir, Grace. Ich wüsste nicht, was ich ohne dich machen würde.«

Sie hat mich aus meiner Trauer gezogen und mich unterstützt, sogar als ich von meiner eigenen Burg geflohen bin und nun steht sie dort oben auf der Bühne hinter einer Guillotine. Haben sie herausgefunden, dass sie mir geholfen hat? Steht sie meinetwegen dort oben?

»Miss Grace Evans. Ihr wurdet zum Tode verurteilt. Nun habt Ihr die Chance zu sprechen. Was werden Eure letzten Worte sein?«, ruft ein Mann laut, damit jeder es verstehen kann.

Grace antwortet nicht darauf und sieht weiterhin zu Boden. Als der Mann bemerkt, dass nichts geschehen wird, drückt er sie nach vorn, wodurch sie auf ihre Knie fällt. Kräftig drückt er sie weiter herunter und legt ihren Kopf in eine runde Einkerbung im Holz.

Für kurze Zeit sieht sie auf das Volk, dann erblickt sie mich. Ihre Augen werden rot und sie beginnt zu weinen. Sie formt mit ihrem Mund Wörter, doch sie bringt keinen Ton heraus. Sie sieht mich nur an und formt die Wörter, doch ich erkenne ihre Worte nicht. Sollte ich ihr helfen? Sollte ich gehen? Sollte ich abwarten? Sollte ich jetzt zu meinen Eltern? Sollte ich die Zeremonie unterbrechen? Doch was würde es bringen?

Der König hat gesprochen und das Seil wird gezogen. Auch ich als Kronprinzessin habe hier nichts zu beschließen, aber ich muss es wenigstens versuchen!

»Mutter!«, brülle ich durch die Menge, doch niemand reagiert.

Es ist zu laut, als dass mich jemand hören könnte. Schnell versuche ich mich durch die Menschenmenge zu drängen, doch es fällt mir schwer. Das Volk steht so nah aneinander, dass niemand hindurchkommt und niemand sich bewegen kann.

»Grace!«, brülle ich aus vollem Halse, doch erneut reagiert keiner.

Scheinbar hat Grace ihr Schicksal inzwischen akzeptiert, denn sie sieht zu Boden und schließt ihre Augen. Nein! Ich darf nicht noch eine Person verlieren! Ich schubse alle beiseite, doch auch das ist schwerer als gedacht.

»Ihr Kopf wird von ihrem Körper getrennt werden, wenn ich nicht eingreife«, betone ich für mich selbst.

Ich muss zumindest versuchen, es zu verhindern. Endlich erreiche ich die Bühne. Ich kann direkt zu Grace hinauf sehen. Wie sie vor mir hockt und mich nicht bemerkt. Ich darf sie nicht verlieren.

»Mutter!«, brülle ich die Bühne hinauf, doch sie reagiert nicht.

»Miss Grace Evans wurde von König Arthur und Königin Eloise höchstpersönlich zum Tode durch die Guillotine aufgrund von Hochverrat verurteilt. Sie wusste nicht nur, dass Kronprinzessin Eleonore das Königreich verlassen möchte, sondern habe ihr auch geholfen, dies zu tun.«

Ich quetsche mich den Rand entlang zur Treppe, doch bleibe dann stehen.

»Aus diesem Grund wird Euer Kopf nun fallen!« Es ertönt ein ziehendes Geräusch.

Etwas wurde ausgelöst ... In dem Moment, in dem ich mich umdrehe und hinauf sehe, fällt ihr Kopf zu Boden. Es ist zu spät. Ich bin zu spät. Ich habe es nicht geschafft. Ich konnte sie nicht retten.

Während der Mann sich hinunterbeugt und den Kopf von Grace an den Haaren packt, sieht er mich. Ich stehe starr und zitternd vor der Bühne und sehe auf Graces Haupt. Ihre Augen sind geschlossen und Blut tropft aus ihrem getrennten Hals hinaus. Im nächsten Moment werde ich von Wachen gepackt, die wohl zum Schutz meiner Eltern hier sind. Sie nehmen mich mit sich, bringen mich auf die Bühne und lassen mich erst dort wieder los. Der Mann, der zuvor das Kommando für den Henker gegeben hat, steht nun vor mir und deutet auf mich. In der anderen hebt er am Schopf gepackt das Haupt von Grace in die Höhe, damit jeder es sehen kann.

»Kronprinzessin Eleonore ist zurückgekehrt! Kronprinzessin Eleonore von Kelvington ist beschützt!«, ruft er laut aus und die Menge jubelt.

Was meint er mit »beschützt«?

Ohne auf mein Volk zu achten, drehe ich mich zu meinen Eltern um und plötzlich schlägt eine ganz andere Stimmung auf. Zuvor war sie hasserfüllt, jetzt ist sie liebevoll und besorgt. Langsam trete ich zu meinen Eltern. Sie haben mir Grace genommen. Sie hatten keine Wahl.

Meine älteste Freundin ist von uns gegangen. Sie mussten es tun. Meine Gedanken schwanken hin und her und ich hoffe, sie verstehen auch meine Situation, aber es sieht eher danach aus, als würden sie glauben, dass Grace mich verletzen wollte. Sie war eine wahre Freundin! Sie war eine wahre und eine treue Freundin! Meine Eltern nehmen mich in den Arm.

»Gott sei Dank ist dir nichts geschehen. Wir dachten, wir hätten dich verloren.« Dann löst sich ihr Griff.

Natürlich behalten sie mich nicht im Arm, schließlich müssen sie ihre Haltung und den Schein bewahren. Schließlich dürfen sie nicht angreifbar wirken.

»Zum Glück bist du wieder hier und in Sicherheit«, ergänzt noch rasch mein Vater.

Sie denken, ich wäre in Gefahr dort draußen und hier beschützt? Wahrscheinlich war ich das auch, allerdings denke ich, dass ich hier mehr Feinde habe.

Sie drehen mich und wir sehen hinweg über unser Volk. Ein Volk, voller Hass auf die Königsfamilie und nun verstehe ich warum.

»Endlich ist die Königsfamilie wieder vollständig!«, ruft der Mann zum Schluss noch in die Menge, um die Attraktion zu beenden. Vollständig ... ohne Victoria werden wir niemals mehr vollständig sein ...

Ich habe meine älteste Freundin und zugleich Schwester als auch meine treuste Bedienstete und zugleich beste Freundin verloren und trotz dessen muss ich Königin werden und so tun, als wäre niemals etwas geschehen.

Als Königin werde ich führen. Als Königin werde ich mich für Freiheit und Gerechtigkeit einsetzen. Ich werde mich für all jene einsetzen, von denen ich erfahren habe, dass sie kein gutes Leben führen können. Ich werde mich gegen all das Schlechte stellen, das mir widerfahren ist und das ich miterleben musste … Für all das werde ich mich einsetzen und noch für vieles mehr!

Nachwort

Moment mal …

Hast du etwa geglaubt, dass die Geschichte hiermit vorbei ist? Oh nein! Es geht noch weiter, denn ich habe noch so viele Fragen, die beantwortet werden müssen:

Wie wird sich Eleonore als Königin machen?
Wie wird sie mit dem Mord an ihrer Liebe umgehen oder wird sie gar eine neue Liebe finden?
Glaubt ihr, Edward spricht die Wahrheit und Eleonore hat einen Fehler begangen oder hat er wirklich nur bis zum Ende um sein Leben gekämpft?
Kann Eleonore Nikolai vertrauen?
Wird Eleonore den Tod ihrer Schwester verarbeiten können?
Wie wird sie sich mit Nikolai verstehen und wie verbleiben die Königreiche miteinander?
Wie wird sie mit Graces Tod umgehen?

Es gibt so viele Fragen und so wenig Antworten …
Aber keine Sorge: Es gibt einen Band 2!
Freut euch darauf!

Zum Schluss möchte ich noch darauf aufmerksam machen, dass manche von euch möglicherweise von Themen betroffen sind, die belastend sein können oder dass ihr jemanden kennt, bei dem ihr einen Verdacht habt. Hier bitte ich euch: Nehmt Hilfe in Anspruch.

Ich weiß, dass besonders der erste Schritt, sehr schwer ist, doch ihr könnt mir glauben, dass es sich lohnt, auch wenn es anfangs nicht so erscheint. Manche Schritte sind schwer, aber meist sind genau diese die wichtigsten.

DANKSAGUNG

Zuallererst danke ich natürlich jedem, der/die mich unterstützt, durch den Kauf des Romans, durch das Folgen auf meinen Social-Media-Kanälen oder auch durch Zusprüche im Privaten.

Dann danke ich meinen Testleser*innen für die Unterstützung schon vor der Veröffentlichung und währenddessen. Danke, für die wunderbare Bloggertour und eure Rezensionen.

Ich danke auch all meinen Freunden und Autorinnenkolleg*innen, die mich auf meinem Weg unterstützt haben, mir Mut zugesprochen haben und meine Fragen beantwortet haben.

Vor allem danke ich denen, die an meiner Veröffentlichung mitgearbeitet haben. Danke, an meine Cousine Jacqueline, die für mich die Landkarte und das Grundgerüst des Covers gestaltet hat, meinem Freund Jan, der die Details ins Cover eingearbeitet hat und meiner Freundin Clara, die die Illustrationen für mich gemalt hat.

Danke an Judith aus dem WortTraum Lektorat und Korrektorat und für ihre Arbeit und zu guter Letzt Lilly aus dem Autorenservice & more für den Buchsatz.

Ein großes Danke an euch alle!

ÜBER DIE AUTORIN

Kate L. ist eine leidenschaftliche Autorin aus Köln. Bereits als Kind hatte sie eine große Vorliebe für Geschichten und begann schon früh, eigene Szenen und Dialoge zu verfassen.

Im Dezember 2021 hat sie sich schließlich dazu entschlossen, ihr erstes vollständiges Fantasy-Buch zu schreiben und veröffentlichte es im August 2023, kurz nach ihrem Abitur.

Am liebsten setzt sich Kate abends, nach einer Runde Sport, hin, macht eine Duftkerze an, holt sich eine Tasse Tee und beginnt zu schreiben. In diesen Momenten wird sie vollkommen von ihrer Welt verschlungen und ist in der realen Welt nicht mehr ansprechbar.

TRIGGER

In diesem Buch werden potenziell triggernde Inhalte thematisiert.

Die folgende Auflistung könnte Spoiler enthalten.

Potenziell triggernde Inhalte, die in diesem Roman thematisiert werden, sind häusliche Gewalt, Mord, Verlust nahestehender Personen und Vertrauensbruch.

Quellen Angabe
https://tomburgritter.de/?p=3966

Milton Keynes UK
Ingram Content Group UK Ltd.
UKHW010900040923
428018UK00004B/286